1. Auflage © 2024

Alle Rechte liegen bei der Autorin:

 Solène de la Pluie

Covergestaltung: Jessica- Jasmin Mogdans

Für Fragen und Anregungen:

info@delapluie.de

Herstellung und Verlag: BoD – Books on Demand, Norderstedt
ISBN: 9783758369261

Wo der Nordstern sein zu Hause weiß

Solène de la Pluie

Vertraue niemals anderen,

alleine deinem Herzen.

Und wenn der Mensch in seiner Qual verstummt,

Gab mir ein Gott zu sagen, was ich leide.

Johann Wolfgang von Goethe – Marienbader Elegie

Prolog

Glauben Sie mir, ich war nie ein verrückter Mensch, ich war stets zu akkurat für die hiesige Gesellschaft, doch… das Leben geschieht, irgendwann stellt es keine Fragen mehr… Menschen verändern sich, vollendete Tatsachen sind nicht mehr zu ändern.

Glaube mir, wenn ich in deine Augen sehe, weiß ich, dass es möglich ist, nicht nur eine Seele zu lieben, jede auf eine besondere Art und Weise. Die Anerkennung und Annahme einer nicht monogamen Liebe stellt sich jedoch als nicht tragbar, als Verrat dar, an dem Menschen, dem wir erstmals unsere Liebe geschworen haben…

Ich komme nicht umhin, dich auf ein Podest des Höchsten zu stellen… mein Herz will mir endgültig versagen… Ich nehme das Leid jedoch wehmütig an, lade meinen Freund, den Schmerz, ein, gehe mit ihm durch Dunkelheit, Verzweiflung,

Angst und Einsamkeit. Ich habe nie um diese Rolle gebeten… Teufelswerk kann Liebe nicht sein… Am Ende wird es sein wie es immer schon war… die schöne Frau an deiner Seite, die dein ganzes Sein ausmacht. Was Gott verbunden hat, soll der Mensch nicht trennen...

In Liebe Madeline.

I

England 1881:

Das ganze Haus befand sich in hellem Aufruhr, jetzt waren es nicht einmal mehr vierundzwanzig Stunden bis zur Hochzeit. Wenn ich mich an meine eigene Hochzeit zurückerinnere, weiß ich, dass sich meine Euphorie und Aufregung in Grenzen hielten. Das bedeutet jedoch nicht, dass meine Hochzeit nicht zu einem der schönsten Tage in meinem Leben zählt. Vivienne, die mit ihren achtzehn Jahren morgen ihre Jugendliebe Arthur ehelichen würde, wirkte im Gegensatz zu mir damals vollends ungeduldig und außer sich vor Freude, sodass sie einen jeden mit ihrer Unruhe und Nervosität ansteckte. Es war schon früh klar, dass die beiden füreinander bestimmt sind. Sie begegneten sich im Alter von sieben und zehn Jahren das erste Mal. Arthur ist der Sohn einer guten Freundin unserer Mutter. Je öfter sie sich sahen, desto sicherer wurde ihre Verbindung.

Das Problem an dieser zugegeben romantischen Geschichte war, dass Arthurs Vater bereits eine andere Heiratskandidatin für seinen Sohn auserwählt hatte, und von diesem Plan ließ er sich nicht abbringen. Die Mitgift hätte sich sehen lassen können, sein Sohn wäre bis zum Lebensende abgesichert gewesen. Unsere Familie ist zu einer Hälfte polnischer Abstammung, andererseits haben wir englisches Blut, doch übermäßig vermögend sind wir nicht, nicht mehr. Für Arthur gab es immer nur Vivienne, Geld weckte sein Interesse nicht. Arthur verließ seine Familie als er verstand, dass keiner von ihnen an seinem Glück interessiert war und von ihm verlangt wurde, sich des Geldes wegen das Herz herauszuschneiden. Die Entscheidung, mit seinem Vater zu brechen, zehrte lange und schwer an ihm, doch nichts vermochte es, sich über sein Liebesglück zu stellen. Er genießt meinen tiefsten Respekt im Hinblick auf diese Sache, ich bewundere ihn. Arthur ist ein sehr liebevoller Mann, und ich bin dankbar, dass Vivienne und er sich gefunden haben.

Wir sind zwei Schwestern unterschiedlichen Naturells. Vivienne gelingt es jedes Mal, die Menschen mit ihrer offenen, sorglosen und lebensfrohen Art für sich zu gewinnen. Es geschieht ganz selbstverständlich, und ein jeder fühlt sich sogleich komfortabel und willkommen in ihrer Gesellschaft. Ich, als ältere Schwester mit meinen zwanzig Jahren, bin viel ruhiger, studiere die Philosophen und Musiker, ihre Werke, die sie uns hinterlassen haben, in denen für mich oft etwas Wahres und Verborgenes zu finden ist. Ich komme mit mir selbst gut aus, das heißt, ich verfalle nicht in Melancholie, wenn mein Mann John wieder einmal für einige Wochen politisch aktiv unterwegs ist, wenngleich man mich mit einer schwerblütigen Natur vergleichen könnte. Vivienne braucht die Gesellschaft, den Trubel, sie würde ohne Gesellschaft nicht zurechtkommen. Unsere jüngste Schwester Lana ist mit zwölf Jahren gerade dabei, ihre Persönlichkeit zu entwickeln. In den letzten Monaten war es besonders für sie nicht einfach. Mama starb im letzten Frühling, ganz plötzlich ging sie von uns, ohne jede

Vorwarnung. Ihr Tod stellte uns alle vor die größte Herausforderung. Vor allem Lana hatte dadurch viel ihrer kindlich unbeschwerten Art verloren. Wir Schwestern weinten unzählige Tränen, traten in zwiespältige Gespräche mit Gott, und unseren armen Vater trieb ihr Verlust in die Nervenheilanstalt. Ein halbes Jahr verbrachte er dort. Wenn wir zu Besuch kamen, war er anfangs derart verwirrt, dass er seine eigenen Töchter nicht erkannte oder uns mit Mama verwechselte. Nach seiner Entlassung hofften wir alle, trotz des anhaltenden Schmerzes über Mamas Verlust, auf den Beginn eines sich normalisierenden Lebens. Vergebens. Am Tag verschanzte er sich in seinem Zimmer, aß unregelmäßig und er, der sonst ein hohes Ansehen in der Gesellschaft genoss, verlor an Achtung. Des Nachts schlich er sich für gewöhnlich aus dem Haus, um im Dorf seinem Drang, den Kummer in Brandy und Whisky zu betäuben, nachgehen zu können. Die Gesellschaft ist ein übles Pack, wenn Dinge geschehen, die sich mit ihrer sozial strukturierten Vorstellung von moralischer Kultur nicht decken. Allen hätte ich gewaltig ihre Mäuler stopfen wollen, als herauskam, dass Papa, von allen guten Geistern verlassen, sich nach seinen Saufgelagen im Schoße einer Dirne des Dorfes ausweinte und in seiner Verzweiflung Trost bei ihr suchte. Es ging so weit, dass das Geschwätz des niederträchtigen Volkes bis zu unserem Onkel vorrückte. Onkel Maxwell, der Bruder unserer Mutter, sah sich zum Handeln gezwungen, seiner Aussage zufolge insbesondere, um unseres guten Rufes willen. Papa hatte in kürzester Zeit viel Geld verschwendet, die Leute fingen an, die wildesten Geschichten über uns zu erzählen… Deshalb sah er es als seine Aufgabe, uns vor ihm „zu beschützen". Er forderte Vater auf, sich nicht mehr mit uns in Verbindung setzen zu dürfen, wenn ihm etwas an seinen Töchtern liege. Papa hat das sehr verletzt, und seither wurde er bei uns nicht mehr gesehen. Er lebt mit seiner „Trösterin" Maggie außerhalb von Forest High, wo unser Haus steht. Wir besuchen ihn und Maggie ab und an, Viv und Lana fahren meist zu zweit zu ihm. James, unser älterer Bruder, und ich besuchen ihn häufig gemeinsam.

Es ist nicht im Geringsten so, dass wir Kinder uns
unseres Vaters wegen geschämt hätten, im Gegenteil. Ich liebe meinen Vater tief, wir alle lieben ihn, doch unser Wohlergehen liegt ihm zu
sehr am Herzen, als dass er die üblen Nachreden
und abfälligen Blicke, die uns seinetwegen weiter
verfolgen würden, hätte akzeptieren können. Immer stellte er sich schützend vor seine Kinder und
ließ uns jede Unterstützung zukommen, die ihm
möglich war. Als Mama ging, verlor er sich allerdings selbst. Er verglich unsere Mutter stets mit
einer roten Rose in einem Garten, eingebettet in
Polarkälte, umgeben von Eiskristallen und
Schnee, sie war seine Königin. Er erzählte einmal, dass er alles hätte ertragen können, nur nicht
den Verlust seiner starken, wunderschönen Rose,
die sein Heiligstes war. Wir befürchteten, dass er
niemals über ihren Tod hinwegkommen würde.
Doch in Maggies Armen fand er zumindest Ruhe,
eine Ruhe, die er bei uns nicht mehr finden konnte. Niemand würde verstehen, wieso man einen
Irren, der in Ungnade gefallen ist, besuchen sollte, außer man sei selbst vom rechten Weg abge-

kommen. Unsere Großeltern sowohl mütterlicher- als auch väterlicherseits sind früh verstorben, und ich habe kaum noch eine Erinnerung an sie, so schrumpfte unsere Familie auf einen Vater mit drei Kindern. Erweitert zähle ich natürlich Viviennes Mann Arthur und meinen Mann sowie unsere Tante Charlotte, Papas ältere Schwester, dazu.

Wenn wir alle zusammen zu Papa fahren würden, wäre das Aufsehen zu groß. Auch John, mein Ehemann, darf es nicht wissen. Einmal folgte er mir, um mich von einem Treffen mit Papa abzubringen. Unter seiner Aufsicht gewährte er mir letztlich diesen einen Besuch, und ich musste ihm versprechen, mich künftig an Onkel Maxwells Vorschrift zu halten und den Kontakt zu unterlassen. Ich war weniger über Onkel Maxwells abstruse Maßregelung betroffen, von ihm hatte ich nie erwartet, dass er sich zu einen Herzmenschen entwickeln würde. Ich erwartete nichts von meinem Onkel und ließ mich zugleich auch nicht von ihm einschüchtern. Dass John mir den Umgang mit meinem Vater verwehrte, traf mich allerdings tief, und ich verstand nicht, welche Absicht er damit verfolgte, außer mir das Herz zu brechen. Ich verzeihe es ihm bis heute nicht. Ich war mir von Beginn unserer Beziehung durchaus bewusst, dass wir beide wie Feuer und Wasser sind, aber ich liebe ihn und fühle mich bei ihm geborgen. Manches in seiner Art wird mir jedoch immer befremdlich sein.

Lanas Augen strahlten endlich wieder, denn sie freute sich, auf der Hochzeit ihr neues Kleid tragen zu dürfen. Nachdem ihr Vivienne noch dazu versprochen hatte, sie könne morgen so lang wach bleiben und tanzen, wie es ihr beliebt, keimte Hoffnung in ihr auf, und ich betete lange Zeit zu Gott, sie wieder glücklich sehen zu dürfen. Sie war eine begnadete Ballerina, nach dem Tod von Viola allerdings igelte sie sich Monate lang in ihrem Zimmer ein und schwor, nie mehr tanzen zu wollen. Vivienne war tapfer, niemand merkte ihr durch ihre nach außen immerzu fröhliche Art an, dass sie noch gestern Abend, ihren Kopf in meinem Schoß versteckt, bitterlich geweint hatte, da beide Elternteile nicht zu ihrer Hochzeit kommen würden. „Jedes Mal, wenn der Kummer darüber versuchen will, dich in die Knie zu zwingen, siehe Arthur in die Augen, sehe eure gemeinsame Zukunft, die glücklich sein wird, und denke daran, dass Mama und Papa, auch wenn sie nicht da sein können, dich doch immer lieben werden, das weißt du!" Dies sagte ich ihr, da es meine Überzeugung ist. Ich hatte das Privileg, meine Hochzeit mit beiden erleben zu dürfen, das ist mir bewusst, und ich empfinde eine große Dankbarkeit dafür.

Wir alle blickten dem morgigen Tag mit freudiger Erwartung entgegen. Selbst ich, die es doch eher bevorzugte, meinen geistigen Fähigkeiten alleine und in Stille Unterhaltung zu bieten, als in lauter, prunkvoller Gesellschaft mit geschickter Wortgewandtheit zu glänzen, freute mich wahrhaftig.

Vivienne und Arthur haben erstklassige Musiker engagiert, und ich sah mich vor meinem geistigen

Auge die Nacht durchtanzen, so wie ich es früher allzu gerne, ungebunden und unerfahren, beinahe sorgenlos, getan hatte. Ich war bei weitem keine gar so begabte Tänzerin wie Lana, aber meines Erachtens war ich ein immer gern gesehener Gast auf Bällen und Musikveranstaltungen. Die Musik liegt auch mir wie Mama und Lana im Blut. Wir sind eine musikalische Familie. Dank Mama bin ich des Klavierspielens mächtig, und ich habe ein Stück am Piano eigens für Viv und Arthur komponiert, welches ich morgen vorspielen wollte. Wochenlang habe ich nach einer geeigneten Melodie gesucht. Es kostete mich einige Zeit und Nerven, um die mir vorschwebende Melodie zu Papier zu bringen, doch, so wie ich hoffe, ist sie ganz passabel geworden.

Unser Haus ist groß, so groß, dass es für meine Geschwister, Vivs und meinen Mann sowie Onkel Maxwell und seine Frau möglich ist, Seite an Seite zu wohnen. Es ist ein Herrenhaus, welches seit Generationen weitergeführt wird und beinahe als kleines Schloss bezeichnet werden kann.

In Anbetracht gewisser Regelungen und des vorhandenen Platzes lernte ich, damit zu leben, unter dem gleichen Dach wie Onkel Maxwell zu leben, auch wenn sich innerlich immer wieder Groll gegenüber ihm bemerkbar macht, ich meide ihn weitestgehend. Das wichtigste ist mir, meine Schwestern und meinen Bruder nah bei mir zu wissen. Wir geben uns gegenseitig einen Halt, welchen uns niemand sonst geben kann.

Der Tanzsaal war bereits mit Blumen übersät, und die Kerzenleuchter warteten darauf, entzündet zu werden. Lana und ich schlichen uns heimlich nach unten, um die letzten Vorbereitungen beobachten zu können. Jeder Bedienstete gab sich sichtlich Mühe, den Saal mit seinen wunderschön hohen, weißen Gewölbedecken in eine kleine Märchenszene zu verwandeln. Rote und weiße Rosen zierten den Brauttisch, die Tische, an denen die Verwandtschaft sitzen sollte, wurden mit dunkelblauen Rosen verschönert. Freunde und Bekannte durften an einem mit gelben Rosen geschmückten Platz dinieren. Der ganze Raum duftet himmlisch nach Blumen. „Madeline, kommt Cousin Owen morgen auch?", wollte Lana wissen. „Natürlich, meine Maus, Tante Charlotte hatte es in ihrem letzten Brief versichert", erklärte ich ihr. „Und meinst du, Owen freut sich auch schon auf das Fest? Glaubst du, er wird mich zum Tanz auffordern?" „Selbstverständlich, Lana, ich bin mir ganz sicher." Meine Schwester strahlte über ihr hübsches Gesicht. Ihre hellgrünen Augen füllten sich mit Hoffnung und Vorfreude. Es brachte mich fast zum Weinen, da ich ihr Lachen beinahe vergessen hatte. „Maddie, steckst du mir morgen früh die Haare hoch, bitte?" „Natürlich." Sie umarmte mich, woraufhin ich ihr einen Kuss gab. Dass sie seit dem letzten Gartenfest unserer Verwandtschaft für Owen schwärmte, wusste ich, und er, wie ich hoffte, empfand auch für sie ähnlich. Ein Dutzend Mal habe ich mir seine ihr gewidmeten Worte angehört, Lana wiederholte sie wieder und wieder:

„Liebstes kleines Cousinchen, die so zart wie eine Butterblume ist, ich möchte mit dir zu den Sternen

reisen und die Sonne in dein Herz legen.“ Unser Cousin ist sechs Jahre älter als Lana, ich hatte mir nie besonders viele Gedanken über ihn gemacht, doch irgendetwas an seiner Art missfiel mir immer schon. Er wirkte auf mich in seiner Juvenilität mit seinen fünf Haaren auf der Oberlippe wie ein Möchtegern-Casanova. Seine Ausstrahlung empfand ich stets dissonant expressiv, doch wenn Lana ihm ihr Herz schenken wollte, so war ich gewillt, seine innere Schönheit zu erkennen.

Hand in Hand erkundeten wir das weitere Geschehen, den Tumult und die Vorbereitungen im Haus für den morgigen Tag und entdeckten dabei Vivienne und Arthur, die den Hochzeitstanz noch einmal probten. Lana und ich beobachteten sie dabei. Beide waren keine begnadeten Tänzer, dennoch wirkte jeder Schritt stimmig und taktvoll. Vor allem aber konnte man die Liebe, die sie füreinander empfinden, wahrlich sehen. „Bravo, bravo“, jubelten Lana und ich ihnen nach Verklingen der Musik zu. Erst jetzt bemerkte

Vivienne unsere Anwesenheit und fiel uns in ihrer überdrehten und hektisch aufgeregten Art um den Hals, als die Musik verebbte. „Oh Maddie, Lana, habt ihr uns gesehen, was meint ihr? Werden wir uns morgen blamieren müssen? Wir üben schon seit Monaten, und ich habe solche Angst, die Schritte zu vergessen." „Nein! Sicher nicht", sagte ich mit einem strahlenden Lächeln. Ich war voller Freude für die Beiden. „Ja, Viv, ihr macht das wirklich toll", sagte Lana. „Wird schon schief gehen", brachte Arthur mit ein und gab seiner zukünftigen Braut einen überschwänglichen Kuss, der Vivienne zum Lachen brachte. Er hob sie hoch, drehte sich dann mit ihr im Kreis, was

Vivienne immer lauter kichern ließ: „Arthur, lass mich runter, mir wird ja ganz schwindelig, Schatz, wir fallen noch hin." „Ich liebe dich,

Vivienne, ich liebe dich." „Ja, ja, ich dich doch auch, lass mich runter." Er ließ sie herunter, und beide liefen im Haus wie die Kinder hintereinander her. Ihre Zuneigung war von einer spielerisch kindlichen Art, die ich beneidete.

Es war bereits Abend, als John von seinem politischen Treffen zurückkehrte. Beinahe zwei Wochen war er weg gewesen, und ich sehnte mich danach, ihn wieder in meine Arme schließen zu dürfen, um seinen mir so vertrauten Geruch, den Geruch meines Mannes, riechen zu können. Ich hörte sein Pferd wiehern, schaute aus dem Fenster meines Zimmers und erblickte ihn, durchnässt vom Regen, zu unseren Ställen reiten. Schnell eilte ich mit einer Decke zur Eingangshalle hinunter durch den hell beleuchteten Hauskorridor und bat im gleichen Atemzug Betsy, Teewasser für Mr. Heart zu erhitzen.

Als er vor mir stand, umarmte ich ihn überschwänglich, ungeachtet der nassen Gewänder, die schwer an ihm herunterhingen. Ich nahm das Cape von seinem Kopf, selbst sein darunter verstecktes blondes Haar war durchnässt. Sachte löste er sich aus meiner Umarmung. „Madeline, bitte komm mir nicht zu nahe, ich fürchte mir eine Erkältung eingefangen zu haben. Meine Glieder sind schwer, ich habe seit Tagen einen entsetzlichen Husten, bitte lass mich... Alles, was ich

wünsche, ist mein Bett und einen warmen Tee."
„Natürlich", entgegnete ich ihm mit gesenktem
Kopf, enttäuscht und getroffen über seine ableh-
nende Haltung, sodass meine Freude sich

verflüchtigte.

„Betsy hat das Wasser bereits aufgesetzt, erlaubst
du, dass ich dir den Tee nachher selbst bringe?
Ich habe dich sehr vermisst." „In Ordnung", lau-
tete seine Antwort, wenig dankbar.

So hatte ich mir unser Wiedersehen nicht vorgestellt, aber er konnte schließlich nichts dafür, dass
er sich unwohl fühlte. Seinen Tee brachte ich
ihm, und ohne sich zu rühren, erklärte er: „Würdest du mich heute alleine schlafen lassen, du
weißt, ich brauche meine Ruhe, wenn ich krank
bin." Es war lange her, doch konnte ich mich au-
genblicklich an damals erinnern, an eine ähnliche
Situation, in der er einen schweren Husten hatte.
Mich hatte es nie gestört, in Krankheit neben meinem Ehemann zu schlafen, doch so war er eben,
und so wollte ich nicht egoistisch sein und ihm

seinen Wunsch, alleine gelassen zu werden, gewähren.

Ob er morgen zur Hochzeit wieder kräftig genug sein würde? Eine böse Vorahnung überkam mich… das würde an ein Wunder grenzen. Seine Augen waren glänzend und sein ansonsten athletisch gesunder Körper glich der Statur eines in sich zusammen gekrümmten Knechts.

Als ich noch einmal in den Hochzeitssaal hinunterging und feststellte, dass endgültig alles organisiert zu sein schien, kein Dekorateur, Florist oder Musiker zu sehen war, begab ich mich auf die Suche nach meiner Schwester, die sicher noch nicht schlafen konnte. Auch in Anbetracht der späten Stunde war ich überzeugt, sie noch nicht schlafend vorzufinden, sodass ich an ihre Türe klopfte. „Viv, schläfst du schon? Ich bin es." „Maddie, komm rein." „Dachte ich mir doch, dass du noch nicht schläfst. Du solltest aber langsam, du willst doch morgen nicht mit dunklen Augenringen vor den Altar treten." „Nein, nein, aber ich lege meinen Schmuck, mein Kleid,

Schleier und Schuhe schon zurecht, dann geht es morgen früh schneller." „Ist John vorhin nach Hause gekommen, ich meine, ich hätte die Stalltüre gehört?" „Ja, aber er schläft schon. Es geht ihm nicht gut. Er bat mich, ihn alleine zulassen. Nicht einmal seine Stirn konnte ich fühlen, ob er Temperatur hat. Es wird nichts Ernstes sein, hoffe ich, aber Tage und Nächte bei Wind und Wetter haben ihn wahrscheinlich einfach anfällig für eine Erkrankung gemacht." „Oh nein, Maddie, er muss doch morgen dabei sein! Ich bestelle sofort Dr. Fieldings." „Viv, nein, bitte lass es gut sein. Ich sehe nachher nochmal nach ihm, er braucht nur seine Ruhe und Schlaf. Du weißt doch, dass er keine Ärzte mag. Womöglich wäre er mir sehr böse im Nachhinein." „Soweit kommt es noch, ich heirate in ein paar Stunden und du sollst morgen mit mir ausgelassen und freudig diesen Tag teilen und nicht vor Sorge um deinen Mann allen Spaß vergessen. Das kommt überhaupt nicht in Frage!" „Aber es ist schon sehr spät", erklärte ich meiner Schwester in der Hoffnung, dass sie diese Tatsache von der Idee abbringen würde, den Arzt zu konsultieren. Vivienne schlüpfte in ihren Morgenmantel. „Was machst du?" Wollte ich wissen und stellte mich ihr in den Weg. Sie eilte an mir vorbei, öffnete die Tür ihres Schlafzimmers, lief die Treppen hinunter und rief mir hinterher: „Ich lasse Betsy nach Dr. Fieldings schicken, keine Widerrede, und wenn mein Schwager sich deswegen echauffiert, nehme ich das auf meine Kappe, Schwesterherz." Still und stumm stand ich da und konnte mir schon jetzt Johns Reaktion vorstellen… Andererseits war es vielleicht doch keine schlechte Idee, ihn von einem Arzt untersuchen zu lassen, nicht, dass er am Ende noch eine Lungenentzündung hatte. So wären wir auf der sicheren Seite, auch wenn ihm das im ersten Moment herzlich egal sein würde und wir uns alle auf einen Tobsuchtsanfall würden einstellen müssen…

In der Zeit, in der wir auf den Doktor warteten, war ich noch einmal in meinem Ankleidezimmer, um Vivienne die Kette unserer Mutter zu holen, welche sie an ihrem Hochzeitstag getragen hatte. „Mach' die Augen zu, Viv." „Wieso, was hast du vor?" „Gar nichts, mach' sie einfach nur zu und dreh' dich um." Sie tat kichernd, wie geheißen, und ich legte ihr das mit Perlen besetzte Collier um den Hals. „Jetzt darfst du deine Augen wieder aufmachen", sagte ich. Sie blickte hinunter an ihren Hals und rief: „Madeline! Das ist Mamas Kette, sie hat sie damals dir geschenkt!" „Nun schenke ich sie dir." „Du weißt, wie sehr ich diese Perlen liebe." „Natürlich", sagte ich und freute mich über die gelungene Überraschung. „Du bist die tollste Schwester auf der ganzen Welt, Madeline Heart. Ich hab' dich lieb, tausend Dank." Erneut umarmten wir uns. Ihre Freude machte auch mich glücklich. „Ich hab' dich auch sehr lieb, Viv." „Nimm es mir bitte wieder ab, Arthur darf es erst morgen sehen." Eine Stunde verging, als wir unten im Haus Stimmen hörten. Betsy hatte Dr. Fieldings eintreten lassen.

Der Doktor klopfte an Johns Türe und trat in sein Zimmer, als ich die Treppen hochkam. Zuvor hatte ich überlegt, John über den Arztbesuch zu informieren, unterließ es dann aber in der Hoffnung, dass er die Hilfe dankbar annehmen würde. Vivienne bemerkte meine Unruhe und sagte:

„Madeline, sei bitte nicht böse mit mir, aber es muss ihn doch ein Arzt anschauen." „Ich bin nicht böse, du hast ja Recht."

Nach einer Weile fasste ich den Entschluss, hinein zu gehen. Ich wollte wissen, ob ich John irgendetwas Gutes tun konnte. „Wartest du auf mich, bevor du ins Bett gehst, Vivienne? Ich sehe kurz nach ihm." „Ich rühre mich nicht vom Fleck bis ich weiß, was mit John ist."

Klopf, klopf… und ich ging hinein. „Deshalb, Mr. Heart, empfehle ich Ihnen Bettruhe von mindestens einer Woche, kein Ausreiten, keine Anstrengung. Sie müssen viel Flüssigkeit zu sich nehmen und gelegentliche Wadenwickel vornehmen lassen, am Anfang dreimal täglich." „Nun, ich könnte mir Schöneres vorstellen, Dr. Bennett, aber es scheint unabwendbar zu sein. Ich danke Ihnen vielmals, Doktor." „Nichts zu danken, ich schaue morgen wieder nach Ihnen, Mr. Heart, und denken Sie an den erholsamen Schlaf, das ist die beste Medizin." „Das werde ich, Guten Abend, Doktor." „Guten Abend."

Ich stand am Türeingang und hatte dem Gespräch gelauscht, sodass mich John noch nicht bemerkte. Als mich der Arzt beim Verlassen des Zimmers erblickte, deutete er mir, ihm nach draußen zu folgen. Ich schloss sachte die Türe hinter uns. „Was ist mit meinem Mann, Doktor? Es ist doch nichts Ernstes, nicht wahr?" Ich musterte den jungen Arzt mit dem hellbraunen Haar und den blaugrünen Augen, gekleidet mit einem weißen Hemd, braunen Hosen und schwarzen Hosenträgern, die wohl mehr seinen Stil unterstreichen sollten, als dass sie seine maßgeschneidert wirkenden Hosen halten sollten. Die Lederschuhe waren blank poliert. Sicher hatte er nicht mehr als die Mitte des dreißigsten Lebensjahres erreicht. Das war definitiv nicht Dr. Fieldings. „Oh nein, Mrs. Heart, es ist sicher nur ein Infekt. Er hat Temperatur, die gesenkt werden muss, aber binnen einer Woche werden Sie Ihren Mann, wenn er sich an meine Vorgaben hält, wieder unbeschadet in Ihre Arme schließen können. Er braucht einzig Bettruhe und Schlaf, keine Aufregung oder Zugluft."

Ich war glücklich, dass es wirklich nichts Schlimmes war. Vivienne, die das Gespräch mitbekommen hatte, brachte sich mit ein: „Danke, dass Sie so schnell kommen konnten. Sagen Sie, Doktor, ich heirate morgen und meine Schwester hatte sich seit Monaten auf diesen Tag gefreut. Besteht für John also keine Möglichkeit, morgen ohne Schweißperlen auf der Stirn und wackeligen Beinen der Feier beizuwohnen?“ „Miss….“, hob er an, „Miss Mitchell“, erklärte sie ihm, „Miss Vivienne Mitchell, aber ab morgen Mrs. Landings.“ „Nun, Miss Mitchell, wenn Sie nicht möchten, dass er den Infekt verschleppt, und das wäre aufgrund der langfristigen Folgen absolut nicht wünschenswert, sehe ich keine Chance dafür. Abgesehen davon wäre da zusätzlich noch die hohe Ansteckungsgefahr, der er andere aussetzen würde. Es tut mir leid.“ „Gibt es keine Medizin?“, wollte Viv wissen. „Ich kann Ihnen gerne eine Tinktur mit speziellen Kräutern dalassen, welche den Genesungsprozess unterstützt, allerdings nicht in einem so knappen Zeitraum.“ „Das ist mehr als schade, wissen Sie, unsere Mutter ist letztes Jahr gestorben und Maddie hatte sich endlich wieder auf etwas gefreut und jetzt…" „Vivienne", ermahnte ich sie, „bitte lass es, das interessiert doch niemanden, das ist auch unwichtig. Entschuldigen Sie bitte, Doktor Bennett… Dr. Bennett ist richtig, oder?" „Ja… entschuldigen Sie, dass ich mich zuvor nicht vorstellte…" „Sehen Sie… meine Schwester ist ein wenig nervös wegen ihres großen Tags morgen. Das Wichtigste ist doch, dass John nicht ernsthaft krank und bald wieder gesund ist, mehr wünsche ich mir überhaupt nicht."

„Der Verlust Ihrer Mutter tut mir leid", sagte Dr. Bennett zu uns beiden, mir dabei mitfühlend in die Augen sehend. „Vielen Dank für Ihre Anteilnahme", sagte ich. Wieder meldete sich mein völlig überdrehtes Schwesterherz zu Wort: „Dr. Bennett, würden Sie meinem Mann und mir die Ehre erweisen, zu unserer Hochzeit zu kommen? Sie werden ohnehin morgen nach meinem Schwager sehen wollen, so haben Sie einen kürzeren Weg. Ich bitte Sie." Der Arzt war sichtlich überrascht, und ihm stand die Hemmung ins Gesicht geschrieben. Einen kurzen Moment wandte er seinen Blick von uns ab, senkte seinen Kopf zu Boden, als würde er die Farbmuster des blauen Teppichs studieren und antwortete daraufhin meiner Schwester: „Ich danke Ihnen Miss Mitchell, es wäre mir eine Ehre." Ich war tatsächlich irritiert, dass er ohne den Versuch, eine Ausrede zu finden, schlicht und einfach ihre Einladung annahm, damit hatte ich nicht gerechnet. Ich an seiner Stelle hätte sicher eine wichtige Verabredung vorgegeben. Er verbeugte sich und war im Begriff zu gehen. „Ich finde alleine hinaus." Mit vertrauten Augen, die mich an ein ruhiges Nordmeer in der Abenddämmerung erinnerten, sah er mich an. Es lag etwas Offenes, Ehrliches in seinem Blick. „Dr. Bennett", hielt ihn Vivienne erneut an: „Die Trauung ist morgen um 10 Uhr, und nehmen Sie sich für den Rest des Tages nichts vor, außer gute Laune und einen Krankenbesuch bei meinem Schwager", rief ihm Vivienne hinterher. „So soll es sein, Miss Mitchell", entgegnete er ihr mit ruhiger Stimme, ehe er langsam und ohne Hast die Treppenstufen hinunterging.

Ich war irritiert, fragte mich, warum Vivienne ihn einlud, noch dazu kannten wir ihn überhaupt nicht. „Er ist der Nachfolger unseres Hausarztes, der aus Altersgründen letzten Winter seinen Posten übergeben musste, Maddie, das hat er mir vorhin erzählt. Das heißt, dass er jetzt unser Hausarzt ist, da ist doch nichts dabei." „Ich weiß nicht, Viv, das ist… typisch du." Vivienne lachte verschmitzt: „Ich weiß, meine Liebe, aber ich bin so glücklich und möchte es teilen, in die Welt hinausposaunen, es wird mehr als genug Essen geben und ach…" Sie verlor sich in träumerischen Gedanken. „Gut, was mische ich mich überhaupt ein…, es ist schließlich deine Hochzeit." „Er hat doch auch zugesagt, Maddie…, ich denke, er hat sich wirklich gefreut." „Ja, vielleicht", antwortete ich ihr dabei wenig überzeugt.

Leise öffnete ich Johns Zimmertüre, ich wollte sehen, ob er sehr wütend über den Arztbesuch war, aber als ich neben seinem Bett stand, sah ich, dass er bereits schlief. Ich gab ihm vorsichtig einen Kuss auf die Stirn, löschte das Kerzenlicht und schloss die Türe hinter ihm.

Als ich sein Zimmer verlassen hatte, sah ich

Vivienne nicht mehr, sicher war sie zu Bett gegangen, schließlich war es bereits nach Mitternacht. Hoffentlich kann sie ein wenig schlafen, dachte ich, bezweifelte es aber, nachdem sie eben noch so aufgedreht gewesen war wie ein kleines Mädchen, das Prinzessin spielen durfte. Warum hatte sie den Doktor eingeladen, ging es mir wieder durch den Kopf.

Als ich im Bett lag und mein Gebet mit der Bitte um eine schnelle Genesung für John und eine traumhafte Hochzeit für meine Schwester abschloss, fiel ich in einen sanften Schlaf.

Auch ohne John an meiner Seite, so wie ich es leider gewohnt war, schlief ich in der Nacht angenehm ruhig.

Als die Sonne den neuen Tag begrüßte, ging ich in meinem Inneren noch einmal die Noten meines Klavierstückes durch, als meine Gedanken durch ein drängendes Klopfen an der Türe unterbrochen wurden. „Maddie, Maddie, mach' auf, ich bin es, mach' auf!" Ich öffnete und Vivienne kam hineingestürmt, bereits im Hochzeitskleid. „Sag‘ mal, wann bist du denn schon aufgestanden?“, fragte ich sie. „Madeline, bitte, du musst mir helfen! Das Kleid geht nicht zu, der Schleier ist völlig schief auf meinem Kopf und ich bin mir nicht mehr sicher, ob der Farbton der Schuhe zum Kleid passt. Ich schwitze fürchterlich, mir ist so warm, und ich kann Mamas Kette nicht alleine anziehen.“ Ich schloss die Türe hinter ihr. „In Ordnung, Viv, atme tief durch, setz‘ dich, wir bekommen das schon hin.“ „Aber wir müssen uns beeilen, es sind nur noch vier Stunden bis zur Trauung, Maddie.“ „Das ist genug Zeit, Maus. Komm‘, ich schlage vor, du ziehst das Kleid nochmal aus, nicht, dass es Schweißflecken bekommt, solange du dich noch nicht beruhigt hast. Hier, ziehe den Morgenmantel von mir an“, und ich warf ihn ihr auf mein Bett, auf dem sie jetzt saß. „Vielleicht hast du recht.“ „Natürlich habe ich recht, ich mach dir erst einmal die Haare, und wir bekommen das Problem mit dem Schleier in den Griff.“ „Ja, aber was ist mit den Schuhen?“ „Was soll mit ihnen sein?“ „Der Farbton?“ „Du siehst Gespenster, die Farbe passt genau zum Kleid.“ „Na gut, ich glaube dir, du lügst mich doch nicht an…?“ „Vivienne, jetzt beruhige dich!“, sagte ich mit genervter Stimme. „Es tut mir leid, Maddie, ich bin völlig am Ende mit den Nerven.“ „Ich weiß, du würdest mich niemals anlügen.“ „Eben.“ Nachdem ich ihr das blonde Haar zu ihrer Zufriedenheit gemacht und das Collier umgelegt hatte, schien sie ein wenig ruhiger. „Gefällst du dir so, Viv?“ „Ja, schon.“ „Na also. Ich werde jetzt nach John sehen, dann komme ich wieder, sodass wir im Anschluss gemeinsam zu Arthur gehen.“ „In Ordnung.“ Als ich hinausgehen wollte, stand Lana vor der Türe. „Madeline, machst du mir jetzt die Haare?“ „Guten Morgen, meine Süße. Pass auf, ich muss zu John, er liegt krank im Bett, und es geht ihm nicht so gut. Willst du hier mit Vivienne auf mich warten, bis ich wieder da bin? Dann kümmere ich mich um deine Frisur.“ Vivienne wandte sich unserer kleinen Schwester zu. „Lana, was hältst du davon, wenn ich es mache? Madeline muss sich selber auch noch herrichten.“ „Wäre das in Ordnung für dich, Lana?", fragte ich sie. „Ja, dann mach du es Vivienne." „Na gut, ihr zwei, ich bin gleich wieder da."

Als ich eintrat, war John wach. „Guten Morgen, mein Schatz, wie hast du geschlafen, geht es dir besser?" „Guten Morgen. Geschlafen habe ich gut, von dem Husten abgesehen, der mich wieder und wieder weckte. Ich fühle mich immer noch schwach, und das Fieber ist noch nicht weg." „Das dauert, hat der Arzt gesagt, noch ein paar Tage und wir können wieder etwas unternehmen." „Ja." „Bist du sehr böse, dass Vivienne den Arzt hat schicken lassen? Sie hat sich ernsthafte Sorgen gemacht und es gut gemeint." „Nein, schon in Ordnung." Ich war froh über seine Einsicht. „Ich mache dir jetzt neue Wickel, und dann muss ich mich fertig machen. Viv war heute morgen schon bei mir und hatte beinahe einen Nervenzusammenbruch, vor lauter Aufregung. Du hättest sie sehen sollen…". „Das kann ich mir vorstellen, ich kenne deine Schwester." „Es ist so schade, dass wir den Tag heute nicht zusammen verbringen können, Schatz, aber ich bin froh, dass du nicht ernsthaft krank bist. Soll ich bei dir bleiben?“ „Nein, natürlich nicht, ich würde auch lieber mit dir tanzen, als hier an die Decke zu starren.“ Ich gab ihm einen Kuss auf die Stirn und sagte: „Du sollst nicht an die Decke starren, sondern deine Augen schließen und dich gesund schlafen“, dabei lächelte ich ihn an. „Ich gebe mir die größte Mühe “, auch sein Mund umspielte ein schwaches Lächeln. Nachdem ich ihm die neuen Wickel angelegt hatte, versicherte ich ihm, nachher wieder nach ihm zu sehen.

Nach und nach trudelten die Gäste ein, um die dreihundert Einladungen waren versandt worden, darunter viele Gäste, auf deren Gesellschaft Viv gut und gerne verzichtet hätte, doch die Etikette ließ das Selektieren nicht zu.

Die Trauung erfolgte durch den selben Priester, der auch John und mich vor drei Jahren getraut hatte, und fand ebenfalls in unserem Garten statt, welcher mit Rosenbögen und hunderten weißer Stühle in Reih und Glied ausgestattet war. Das Paar wurde dazu bestimmt, sich das Ja-Wort un-

ter einem Baldachin zu geben. Ein kleiner Garten
Eden war dieser Fleck. Meine Schwester war
wunderschön, als sie auf Arthur zuging, gestützt
von unserem Onkel Maxwell, was Vivienne nur
widerwillig zuließ. Lana streute vor jedem Schritt
Viviennes Rosenblätter. Ich musste immer wieder
gegen die Tränen ankämpfen. Ich war derart über
die Zeremonie gerührt und zugleich traurig, dass
unsere Eltern nicht da sein konnten. Im Anschluss
bestand zunächst keine Chance, zu meiner
Schwester und Arthur durchzudringen, ein jeder
wollte der erste Gratulant sein. Nachdem ein halbes Dutzend Gäste dem frisch gebackenen Ehe-
paar ihre Glückwünsche überbracht hatte, gingen
alle vorfreudig ins Haus. Allerlei leckere Kuchen
warteten auf die Gäste sowie die begnadeten Musiker, die bereit zum Einsatz waren. Endlich
konnte auch ich dem Brautpaar gratulieren. Einige Gäste folgten bereits heiter und gesellig den
ersten Takten einer Melodie des Orchesters, dabei
entdeckte ich in der Menge Dr. Bennett, der sein
Versprechen hielt und der Einladung meiner
Schwester gefolgt war. Er trat näher zu uns heran,

ich löste Viviennes Umarmung, damit er meine Schwester begrüßen konnte, währenddessen gesellte sich Isabelle, eine alte Schulfreundin von Viv, zu mir, sodass es mir nicht möglich war, das Gespräch zwischen Dr. Bennett und meiner Schwester zu hören.

„Wie schön, dass sie gekommen sind, lieber Doktor Bennett. Darf ich Ihnen meinen Mann Arthur vorstellen?" Die beiden Herren verbeugten sich voreinander. „Oh Schatz, bitte sage dem Personal, sie sollen mit der Hochzeitstorte noch warten. Wir stoßen erst noch an und eröffnen im Anschluss das Kuchenbuffet, sei so gut." „Natürlich, meine Königin", dabei lächelte Arthur sie verliebt und selig an. Sie drückte ihm einen Kuss auf den Mund. „Wie hat Ihnen die Trauung gefallen, Doktor, ich hoffe, wir haben Sie in Ihrer Vorstellung nicht enttäuscht?" „Um ehrlich zu sein, Mrs. Landings, richtig?" „Ja." „…habe ich mir keine genaue Vorstellung gemacht, ich kann Ihnen nur gratulieren und freue mich mit Ihnen." „Das ist sehr freundlich von Ihnen. Haben Sie heute schon nach unserem Patienten sehen können?" „In der

Tat, das habe ich, und ich sage Ihnen, dass es nur eine Frage der Zeit ist, bis er Ihre Gesellschaft wieder teilen kann." „Wunderbar. Sagen Sie, würden Sie mir eine kleine Freude machen?" „Um was handelt es sich?" „Sehen Sie, meine Schwester soll heute einen Tag erleben, an den sie einmal ebenso glücklich wie ich zurückdenken wird. Würden Sie sich heute ihrer annehmen und sie von den Sorgen um die Erkrankung ihres Mannes ein wenig ablenken und sie zum Tanz auffordern?" „Mrs. Landings, ich bin sicher, dass Ihrer Schwester mehr als genug Aufforderungen zuteilwerden. Bedarf es tatsächlich auch meiner?" „Nun, ich weiß, dass die heute hier anwesenden Gentlemen weder den Anforderungen noch der Tauglichkeit eines Tänzers, so wie es sich meine Schwester wünschen würde, entsprechen." „Bitte entschuldigen Sie die Frage, Mrs. Landings… Warum glauben Sie, dass ich ein angemessener Tanzpartner sein könnte?" „Oh, ich habe Sie eben mit Mrs. Garfield tanzen sehen, und glauben Sie mir, Sie sind der Richtige." „Abgesehen davon, dass ich Ihnen außerordentlich dankbar für dieses,

meiner Ansicht nach wohl sehr übertriebene
Kompliment bin, muss ich doch erst herausfin-
den, ob Mrs. Heart dies überhaupt wünscht."
„Seien Sie unbesorgt, sie wird ja sagen."

Nach meinem Gespräch mit Isabelle, das von An-
ekdoten aus Kindertagen handelte, kam ich zu
den beiden zurück, umarmte nochmals herzlich
meine Schwester, überlegte aber auch, was sie
mit Dr. Bennett so lange besprochen haben konnte. „Guten Tag, Dr. Bennett", sprach ich ihn an,
machte einen Knicks und er küsste meine Hand.
Verlegen zog ich sie wieder zurück. „Schönes
Wetter haben wir heute Doktor, ist es nicht so?",
begann mein nicht gerade einfallsreicher Versuch, eine Konversation einzuleiten. „In der Tat,
das schönste Wetter zum Heiraten, Mrs. Heart."
„Wie gefällt Ihnen die Braut?", von mir selbst
überrascht, ihm so eine Frage zu stellen. Ich
brachte ihn wohl in eine genierliche Situation,
denn seine Wangen röteten sich, als er antwortete: „Oh, feinster Stoff, den die Braut trägt. Erlauben Sie mir zu sagen, Mrs. Landings, Sie sind
eine Augenweide, Ihr Ehemann kann sich glück-

lich schätzen." „Oh, Sie schmeicheln mir, Dr. Bennett, danke schön." „Aber was sagen Sie zu dem Kleid meiner Schwester, Doktor, ich meine, sieht Madeline nicht bezaubernd aus?" In was für ein Gespräch war ich hier geraten… bitte, bitte Viv, zwinge den Mann doch nicht zu Komplimenten, die er überhaupt nicht vor hat zu geben, sprach ich in meinen Gedanken. „Wissen Sie", erklärte Vivienne: „Wir wollten uns von konventionellen Vorstellungen verabschieden, dass die Brautjungfern und Schwestern alle das gleiche Kleid tragen müssen, ich habe darauf bestanden, dass es keinerlei Vorschriften diesbezüglich zu geben hat. Wissen Sie, die einen mögen lieber die Farbe Blau, die anderen Grün oder Gelb so wie unsere Lana, und jede Frau ist ein individueller Farbtyp, ich mag es unkonventioneller und…" „Vivienne, bitte…", unterbrach ich meine Schwester zaghaft. Jetzt wurden auch meine Wangen rot, ich spürte Hitze in mir aufsteigen und wollte am liebsten kommentarlos das Gespräch verlassen, doch das erlaubte die Etikette nicht. „Nun, Mrs. Heart, auch Sie haben einen erstklassigen Kleidungsgeschmack, wie nennt sich die Farbe Ihres Kleides?" „Ehrlich gesagt, Dr. Bennett, kenne ich die exakte Bezeichnung nicht, es ist wohl eine Art Himmelblau." „Sie erinnern mich an Vergissmeinnicht." „Bitte?" „Ich meine die Farbe erinnert mich an Vergissmeinnicht, die Blumen, wissen Sie?" Einige Sekunden, die mir wie etliche Minuten vorkamen, konnte ich darauf nichts erwidern, ich sah ihn nur an, wie in Zeitlupe versank ich im Blick seiner Augen, dann endlich: „Oh, wenn Sie das sagen." Von einem Moment zum anderen fühlten sich meine Hände seltsam schwitzig an und mir wurde leicht schwindelig, sodass ich mich unbehaglich fühlte und das Gespräch auf John lenkte. „Haben Sie heute schon nach meinem Mann gesehen? Bei meinem Besuch heute Morgen schien es ihm nur wenig besser zu gehen." „Ja, aber ich habe bereits Ihrer Schwester berichtet, dass es mit ihm nur noch bergauf gehen kann, Sie werden sehen."

„Das ist schön zu hören", sagte ich. Meine Gedanken gingen mit mir durch: blau, himmelblau, Vergissmeinnicht…. die Augen des Arztes waren blau, blaugrün. „Bitte entschuldigen Sie mich, Dr. Bennett, ich brauche frische Luft." „Ist alles in Ordnung, Maddie?", fragte Vivienne. „Ja, alles gut, ich bin gleich wieder da." „Mrs. Heart", sagte Dr. Bennett, „ist Ihnen nicht wohl?" „Nein, ich spiele nur gleich ein Stück auf dem Klavier und möchte vorher noch meine Gedanken sammeln. Haben Sie vielen Dank."

Ich wusste, dass ich nicht aufgeregt sein musste wegen meines Spiels vor all den Gästen, ich hatte schon früher auf vielen Familienfesten gespielt. Ich war sicher am Piano und wunderte mich jetzt über meine Gefühlsregung. Warum war ich innerlich urplötzlich so nervös und angespannt? Ich hatte mit den Musikern ausgemacht, vor Anschnitt der Torte zu spielen, und dieser Zeitpunkt stand kurz bevor. Immer noch aufgewühlt trat ich vor die Hochzeitsgesellschaft und sprach: „Liebes Brautpaar, Vivienne und Arthur, liebe Gäste, heute ist endlich der Tag gekommen, an dem diese zwei Menschen sich vor Gott die Treue geschworen haben, vereint sind auf ewig. Lange haben wir alle sehnlich darauf gewartet, da es nie einen

Zweifel gab, dass die Zwei füreinander bestimmt
sind. Als kleines Geschenk habe ich für meine bezaubernde Schwester und meinen lieben Schwager ein Stück komponiert, und ich hoffe, es gefällt Euch." Meine Notenblätter lagen sorgfältig
sortiert da, und ich kannte das Stück nach unzähligen Proben auswendig, es konnte also nichts
passieren.

Ich war in der Mitte des Stücks, als ich die Noten
nicht mehr verfolgte und überzeugt war, frei spielen zu können. Ich blickte in die Menge, um

Vivienne sehen zu können, ich wollte in ihrem
Gesicht ablesen, ob es ihr gefiel. Sie stand mit
Arthur weiter hinten als ich vermutete. Sie strahlte, ihren Arthur an der Hand haltend. Ich genoss
die Aufmerksamkeit der Gäste, doch dann sah ich
Dr. Bennett, wie er zu mir herübersah. In diesem
Augenblick geschah es, dass ich aus dem Takt
kam, schneller und schneller spielte ich das Stück
zusammenhanglos zu Ende und wäre am liebsten
im Erdboden versunken. Vielleicht war es niemandem aufgefallen, aber das war Wunschden-

ken. Begeistertes Klatschen erfüllte dennoch am Ende den Saal, ich jedoch war von meiner Darbietung zutiefst enttäuscht. Nach der Verbeugung ergriff ich schlagartig die Flucht. Vivienne hielt mich in der Menge auf. „Wo willst du hin? Das war wunderschön." „Das war wirklich toll, ich habe eine sehr talentierte Schwägerin", fügte Arthur hinzu. „Danke, ich habe mich am Ende aber ziemlich verspielt." „Das hat doch keiner gemerkt", wollte mich Vivienne aufbauen. „Ich schon", sagte ich. „Ich werde einmal nach John sehen." „Aber jetzt gibt es die Torte, da musst du dabei sein", sagte meine Schwester. „Aber ja, ich komme gleich wieder", erklärte ich ihr und zwang mich zu einem kleinen Lächeln. Ehe ich zu John hinauf ging, setzte ich mich abseits des Geschehens auf die Treppe, und ich spürte, wie das Aufsteigen der Tränen meine Augen brennen ließ. Warum weinte ich? Ich konnte es mir nur so erklären, dass ich emotional doch mehr aufgeladen war, als ich ahnte, und mir fehlten meine Eltern. Ich ärgerte mich über mich selbst. Das war mir noch nie passiert. Als ich gerade die Tränen

wegwischte, sah ich Dr. Bennett den Korridor be-
treten und bemerkte, dass sein Blick auf mir ruhte. Er kam mit ruhigen Schritten auf mich zu.
„Mrs. Heart? Entschuldigen Sie bitte, darf ich?"
Er deutete auf die Treppenstufe neben mir. Ein
Gesicht, gleich einer Skulptur aus Marmor geformt, erschaffen wie von Da Vinci selbst. Ge-
sichtszüge so ebenmäßig, durchdringend, prä-
gnant… ich betrachtete ihn sprachlos. Nie habe
ich Augen gleich wie seine gesehen, so klar als
wenn ich bei kalter Nacht auf den Ozean blicke,
der Südwind mich erreicht und die ganze Wahrheit vor mir liegt, ich erschauderte. Sein aufrech-
ter Gang faszinierte mich, wie er sich leicht und
schwingend fortbewegte. Ich ordnete meine Gedanken und sprach: „Haben Sie es auch gemerkt?", fragte ich ihn. „Was gemerkt?" „Ich
habe den kompletten dritten Teil vermasselt."
„Meinen Sie? Nein, mir ist nichts aufgefallen",
sagte er. Ich kann nicht sagen, ob er es wirklich
nicht bemerkt hatte oder nur freundlich sein wollte. „Warum weinen Sie?" Seine Anteilnahme ver-
wirrte mich, überraschte mich in positiver Weise,

wenn es mir auch peinlich war, von einem fremden Mann in solch maskenfreiem Augenblick erkannt worden zu sein. Ich hätte peinlich berührt sein müssen, doch mir war, als könnte ich ihm alles anvertrauen, ohne Angst haben zu müssen, mein Gesicht zu verlieren. Es war eigenartig. „Ach… sehen Sie… ich weine ja überhaupt nicht mehr." „Ja, das müssen Sie auch nicht." „Würden Sie heute gerne mit mir tanzen? Mir wurde gesagt, dass Sie eine leidenschaftliche Tänzerin sind." „Wer hat Ihnen denn das verraten?" „Ihre liebe Schwester", antwortete er und lächelte dabei. „Naja, mein Mann und meine kleine Schwester Lana können viel besser tanzen als ich." Es gelang ihm, mir ein Lächeln zu entlocken, doch eine letzte Träne konnte ich nicht zurückhalten. Freundlich und zuvorkommend reichte er mir sein Taschentuch, welches ich dankbar annahm. „Und wollen Sie mir dann die Ehre erweisen, ehe Sie hier den Rest des Tages sitzen und weinen?"

Ich antwortete nicht gleich. Im Gegenzug stellte ich ihm eine Frage: „Haben Sie Familie?" „Oh ja, Mrs. Heart, meine Frau Celeste und ich haben drei Kinder, Celine, Charles, und Elise ist gerade ein paar Wochen alt. Haben Sie Kinder, Mrs. Heart?" „Nein, noch nicht." Es beruhigte mich in gewisser Weise, dass er eine Familie hatte, weshalb, wusste ich nicht und ich antwortete: „Ich nehme Ihr Angebot, mir beim Tanz Gesellschaft zu leisten, gerne an, lassen Sie mich nur zuvor noch einmal nach meinem Mann sehen." „Aber gewiss, ich werde indessen die Hochzeitstorte vorkosten."

Betsy kam eben aus Johns Zimmer heraus und informierte mich: „Mrs. Heart, wecken Sie ihn nicht auf. Ich habe gerade die Wadenwickel frisch angelegt, und Mr. Heart schlief sogleich wieder ein. Sorgen Sie sich nicht, das Fieber ist schon leichter geworden. Genießen Sie den Tag mit Tanz und Trunk, er wird es Ihnen im Gegenteil nicht übelnehmen." „Nun ja, Betsy, wenn Sie das sagen." „Gewiss, Mrs. Heart." „Ich danke Ihnen", erwiderte ich.

Mein Magen machte sich bemerkbar, ich hatte heute Morgen vor Aufregung nicht gefrühstückt, und der Gedanke an einen Bissen der köstlichen Torte stimmte mich fröhlich. Sie hatten noch gewartet, Vivienne und Arthur, sodass ich eines der ersten Stücke bekam. Ich mochte die Zuckergussrosen noch lieber als die Torte an sich, auch wenn ich bei jedem Biss befürchtete, ein Stück eines Zahns zu verlieren, aber es knackte herrlich und erinnerte mich an die Torten, die Mama stets zu Geburtstagen gebacken hatte. „Möchten Sie meine Rosen noch?“, fragte mich Dr. Bennett, der meine Vorliebe bemerkt haben musste. Ich lächelte. „Sind sie zu dem Entschluss gekommen, wieder fröhlich zu sein, Mrs. Heart?“, erklang die Stimme Dr. Bennetts neben mir, als ich gerade den letzten Bissen hinunterschluckte. „Oh ja, Doktor, natürlich, danke für Ihren Zuspruch. Laut Betsy geht es meinem Mann auch schon besser.“ „Das freut mich! Wollen wir dann den ersten Tanz wagen?“, entgegnete er. „Ja, wieso nicht.“ „Ich warne Sie allerdings vor, Mrs. Heart, ich bin sicher nicht der perfektionierte Tänzer, der Ihr Mann ist.“ „Es geht nicht um den phänomenalsten Tanz des Tages, der sollte ohnehin dem

Brautpaar gelten." „Ich wollte es nur gesagt haben, nicht, dass Sie enttäuscht von mir sind und ich Sie wieder weinend auf der Treppe vorfinde", dabei lächelte er mich an. „Sicherlich nicht", gab ich zur Antwort. Als er gerade meine Hand nehmen wollte, kam Lana auf mich zugerannt: „Maddie, Madeline", rief sie aufgeregt meinen Namen. „Da hinten ist Owen, ob er mich wohl zum Tanz auffordern wird? Meinst du, er hat mich schon bemerkt? Wie sehen meine Haare aus?" Erst jetzt nahm sie Dr. Bennett wahr, woraufhin sie errötete. „Oh", sagte sie und sah ihn schüchtern an. „Das ist Dr. Bennett", erklärte ich ihr. „Vivienne hat ihn gestern Abend eingeladen, er ist Johns Doktor." Er lächelte mich an, dann ging er einen Schritt auf Lana zu: „Guten Tag, junge Dame, du darfst mich gerne Anthony nennen, wie lautet dein Name?" „Ich bin Lana, die jüngere Schwester der Braut und von Maddie. Sagen Sie, sind Sie ein richtiger Doktor?" „Das will ich meinen, Lana." „Und werden Sie heute mit Madeline den Rest des Tages zubringen, auch mit Ihr tanzen?" „Nun ja, Eure Schwester Vivienne bat mich darum, und es wäre mir eine große Freude." Urplötzlich hatte ich das Gefühl, dass meinem Herzen ein kleiner Stich versetzt wurde. Hatte er das Angebot, mich heute den Tag zu begleiten, nur Viv zuliebe ausgesprochen, weil sie wieder einmal ihren Willen durchsetzen wollte, völlig unbedacht? War er ganz einfach nur ein höflicher und aufmerksamer Mensch, der keine Bitte abschlagen konnte? Meinetwegen war er also nicht der freundliche Gentleman. Mir war mulmig zumute, und ich ärgerte mich über meine Naivität, dass ich glaubte, er hätte mir seine Gesellschaft aus freien Stücken angeboten.

„Einmal umdrehen, meine Hübschen", erklang eine Stimme hinter meinem Rücken. Es war der Fotograf. „Der Herr und die beiden Damen, ja auch die kleine Dame, schön zusammenrücken. Miss, Miss…" „Mrs. Heart", erklärte ich ihm. „Ja, ja, Miss Heart, also bitte entspannen Sie doch Ihr Gesicht, sehen Sie einmal um sich, es gibt Grund zur Freude, nicht wahr? Das Wetter ist fantastisch, kein Wölkchen am Himmel zu sehen, die Vöglein zwitschern fröhlich froh. Bitte entspannen Sie Ihr hübsches Gesicht, das Bild soll Ihre Schönheit doch hervorheben, und diese Falte auf der Stirn gefällt mir ganz und gar nicht. Tun Sie mir doch den Gefallen." Der ältere graumelierte Herr mit dem Schnurrbart hüpfte wie ein Gartenzwerg vor unserer Nase hin und her und sorgte dafür, dass man selbst ganz unruhig wurde. „Die kleine Dame in die Mitte bitte, der Herr rechts, Mrs. Heart links von der Prinzessin. So ist es schön, schön, noch ein wenig näher zusammenrücken. Und jetzt lächeln, lächeln die Damen und ja… so habe ich mir das vorgestellt. Sehr schön, sehr schön und so bleiben." Als er endlich den Auslöser drückte und sich bei uns bedankte, dass wir ihm Model gestanden hatten, war er immer noch in aufgeregter Stimmung. Nervös schob er die Brille auf seiner Nase auf und ab. „Das Brautpaar wird Sie in Kenntnis setzen, wann die Fotografie zu erwerben ist. Einen angenehmen Tag noch, die Damen und der Herr." „Danke", entgegneten wir ihm. Alle drei konnten wir uns ein Schmunzeln über den lustigen Herrn nicht verkneifen.

„Ich werde einmal zu meinem Cousin Owen hinüber gehen und sehen, ob er recht beschäftigt ist", erklärte uns Lana. „Tu das, Süße", sagte ich. Einen Moment sah ich ihr hinterher und wünschte mir für sie eine bezaubernde Begegnung mit Owen.

„Wollen wir dann, Mrs. Heart?", fragte er mich und reichte mir seine Hand entgegen. „Wissen Sie, Dr. Bennett, ich möchte Ihnen keine Umstände bereiten, bitte fühlen Sie sich nicht verpflichtet oder gar gezwungen, Ihr Versprechen, welches Sie meiner Schwester gegeben haben, einhalten zu müssen. Das ist wirklich nicht nötig." „Mrs. Heart, ich habe überhaupt nichts versprochen. Ihre Schwester äußerte ausschließlich die Befürwortung. Der Vorschlag schien mir im Nachhinein doch sehr lukrativ, aber verstehen Sie mich bitte nicht falsch. Ich finde, Sie sollten nicht traurig sein, und ich schätze Ihre Gesellschaft." Ich befürchtete, aus der ganzen Tanzgeschichte eine viel zu große Sache zu machen, als sie letztlich zu bedeuten hatte. Was wünschte ich, dass es zu bedeuten hatte? Ich wusste es selbst nicht. Was stellte ich mich so an? Folglich erklärte ich ihm mit seltsam aufgesetzter Heiterkeit: „Na also, wieso nicht, worauf warten wir denn noch, es hat gerade ein Lied mit flottem Tempo begonnen.“ Ich reichte ihm meine rechte Hand, welche er sanft ergriff, um mich in die Mitte des Saales zu führen. Viele andere Gäste tanzten um uns herum, dennoch hatte ich nach einer Weile das Gefühl, dass uns ein jeder anstarrte. „Sie haben maßlos untertrieben, Mrs. Heart.“ „Bitte, wie meinen Sie?“ „Ihr Talent, meine ich. Leicht wie eine Feder sind Sie zu drehen und auf jeden Takt bedacht.“ „Oh… das… danke sehr, Dr. Bennett.“ „Wenn es für Sie annehmbar ist, nennen Sie mich doch bitte Anthony.“ „Wenn Sie meinen“, antwortete ich überrascht. „Ihr Tanzstil kann sich aber auch sehen lassen, Anthony, wirklich nicht schlecht. Wenn wir schon dabei sind, ich heiße Madeline.“ „Freut mich, dass es nicht allzu beschämend ist, mit mir zu tanzen“, sagte er mit leicht gesenktem Kopf und einem geheimnisvollen Lächeln, während er fehlerfrei weiter jedem Schritt im Takt folgte. „Wie heißen Sie noch?“

wollte er wissen. „Das ist Ihnen doch bekannt“, erwiderte ich. „Ja, Mrs. Heart, ich meine nur, haben Sie auch einen zweiten Vornamen?“ „Wieso interessiert Sie das?“ „Ich will nur sehen, ob ich Recht habe, ich denke nämlich, dass Sie einen haben.“ Solch eine ungewöhnliche Frage hatte mir noch niemand gestellt, dennoch erfreute mich sein Interesse, welches mich irritierte. Zögernd sah ich ihn an. „Sie wollen es mir nicht sagen, Madeline?“ „Ich wüsste nicht, wieso. Kaum jemand kennt ihn.“ Wie kam er darauf? „Es tut mir leid, Mrs. Heart, ich stimme sie gereizt und verständnislos. Es war nicht meine Absicht.“ Die Musik unterbrach, ehe ein neues Lied begann. Er sah mich ungewandt an und sagte noch einmal: „Bitte verzeihen Sie mir, es ist vielleicht besser, wenn Sie auf meine Gesellschaft verzichten.“ Als er meine Hände losließ und im Begriff war zu gehen, rief ich ihm hinterher: „Anthony!“, und er hielt meinem Blick stand. Wie sich unsere Augen trafen und im Blick des jeweils anderen verweilten, war mir, als wäre die Zeit für einen kaum merkbaren Bruchteil stillgestanden. Der Augenblick verflog, doch brannte er sich tief in mein Bewusstsein. Just in diesem Moment erkannte mich eine Freundin von Vivienne, Lisa Berliden, die vor Freude vollends außer sich war und mich ansprach: „Oh Madeline, was für ein schönes Kleid, wir haben uns so lange nicht mehr gesehen. War die Trauung nicht bezaubernd? Das muss wohl John sein. Ich sah Euch gerade bei der Allemande – ein fulminanter Auftritt, wirklich entzückend!" Sie lachte erheitert, ihren Kopf in den Nacken werfend. „Ich habe schon so viel von Ihnen gehört, lieber John… und immer noch bin ich untröstlich, dass es mir als gute Bekannte damals nicht möglich war, Ihrer Hochzeit beizuwohnen… Aber was sollte ich machen, mir waren die Hände gebunden, das Pferd war krank und meine Haushälterin ebenso und…. ach, es war ein furchtbarer Tag für mich vor 3 Jahren, es war damals ein schrecklich heißer Tag, und ich hatte noch dazu Kreislaufbeschwerden und…. Ja, hast du etwa zugenommen? Als ich dich das letzte Mal sah, wirktest du schlanker, aber das wird das Alter sein, das kommt mit den Jahren, glaub mir, das ist ganz natürlich, mach dir keine Sorgen.“ Lisa redete ohne Punkt und Komma. Als ihre exaltierte Art für mich unerträglich wurde und sich bei mir Scham Anthony gegenüber einstellte, wandte ich ein: „Meine Liebe, das können wir alles einmal bei einer Tasse Tee besprechen, ja? Heute ist nicht genug Zeit dafür und übrigens, mein Mann John liegt mit Fieber im Bett. Das ist sein Arzt. Darf ich vorstellen: Dr. Bennett, das ist Mrs. Berliden, eine gute Bekannte und Freundin der Braut.“ „Freut mich, Mrs. Berliden“, sagte Anthony und küsste der Quasselstrippe die Hand. „Oh, entschuldigen Sie bitte vielmals, Sie sahen beim Tanz so vertraut aus. Sie würden ein gutes Paar abgeben.“ Lisa lachte und warf dabei erneut den Kopf in den Nacken. Anthony und ich tauschten Blicke aus, beide dachten wir wohl Ähnliches über Lisa und erwiderten ein gekünsteltes Lächeln. „Also, Mrs. Berliden, wir sehen uns gewiss wieder“, sagte er. „Gewiss“, entgegnete sie. „Probiere die Torte, Lisa, sie ist ein Gedicht.“ Das erwähnte ich in der Hoffnung, sie schneller los zu werden. „Oh ja, das werde ich, meine Liebe. Vielleicht begegnen wir uns später bei der Quadrille?" „Wir werden sehen", erwiderte ich. Als sie uns verlassen hatte, sagte ich zu Dr. Bennett: „Susannah." „Bitte?" „Mein zweiter Name ist Susannah. Es tut mir leid, dass ich mich eben so kindisch verhalten habe, Sie haben sich lediglich bemüht, eine Konversation zu führen. Bitte bleiben Sie noch bis zum Abendessen, es wäre schade, wenn Sie es verpassen würden und für mich bedauerlich, auf Ihre Gesellschaft verzichten zu müssen." Nach einem Moment des Überlegens erklärte er: „Wenn Sie mich so nett dazu anhalten, Susannah." Dann schenkte er mir ein offenes und warmherziges Lächeln.

Inmitten des Geschehens erblickte ich meinen Bruder James. Ich umarmte ihn überschwänglich, was den Damen, von denen er jeweils links und rechts umgarnt wurde, offensichtlich missfiel, da sie nicht wissen konnten, dass ich seine Schwester bin. „Erlauben Sie mir, Ihnen meinen Bruder vorzustellen", sagte ich zu Anthony. „Ach, Bruderherz, wie ich sehe, bist du wieder von besonders schönen Damen umgeben, genießt du das

Fest?" Er ignorierte meine Anspielung. Es war nicht ungewöhnlich, dass mein lieber Bruder stets auf der Suche nach einer „neuen Liebe" war. Dies führte schon zu einigen Auseinandersetzung zwischen den Damen, die alle den hochattraktiven, sich nicht dauerhaft binden wollenden James für sich zu beanspruchen versuchten. Er nutzte Frauen nicht aus, war gut zu ihnen, überhäufte sogar einige von ihnen mit überaus kostspieligen Geschenken, doch er war einfach nicht zum Heiraten geschaffen wie er fortwährend betonte, dass er sich auf Dauer alleinstehend wohler fühle, doch manchmal war auch er einsam und sehnte sich nach Gesellschaft. „Maddie, du hast dich mit deinem Kleid heute wieder einmal selbst übertroffen. Wo hast du deinen Mann gelassen, Schwesterherz?" „Er kam gestern Abend von einer längeren Geschäftsreise zurück und hat sich einen Infekt eingefangen, sodass Viv Dr. Bennett kommen ließ, daraufhin hat sie ihn spontan zur Hochzeit eingeladen. Du weißt ja, wie sie ist. Sie dachte, ich komme vor Sorge um John um und würde ihr den Tag mit einem traurigen Gesicht ruinieren.

Das ist Dr. Bennett. Dr. Bennett, das ist mein Bruder James." „Freut mich, Sie kennen zu lernen, Dr. Bennett", sagte James. „Die Freude ist ganz meinerseits", entgegnete Anthony. „Ja, so ist unsere Vivienne, aber vielleicht hat sie gar nicht so unrecht. Zudem schadet es nie, den Freundeskreis zu erweitern." „Das ist wahr", antwortete Anthony meinem Bruder. „Maddie", hielt mich James an, ehe er sich wieder seinem Vergnügen widmete: „Vielleicht ist nachher auch ein Tanz mit deinem Bruder drin, was meinst du?" „Sicher", antwortete ich. „Ein netter Mann, Ihr Bruder", bemerkte Anthony. „Ja, das ist er, der Beste. Wissen Sie, ihn hat das mit meinen Eltern auch ziemlich mitgenommen und das tut es immer noch, aber er ist für seine drei Schwestern immer da gewesen und wird es auch immer sein." Nach Beendigung dieses Satzes fragte ich mich ernsthaft, wieso ich anfing, einem praktisch Fremden etwas von unserer Familiengeschichte zu erzählen. Außerdem kannte er keinen Hintergrund. Um meine Äußerung verstehen zu können, müsste ich ihm die Geschichte um Mamas Tod und Papas

Verbannung erläutern… Es war nur so, dass ich das Empfinden hatte, ihn schon ewig zu kennen, und mir war, als wenn ich ihm bedingungslos vertrauen könnte. Eine leichtfertig naive Annahme ohne Hand und Fuß… Wieso sollte ich? Schnell fügte ich hinzu: „Sehen Sie da drüben, eine Erfrischung wäre doch ausgezeichnet." Ohne etwas zu erwidern, folgte er mir an den Tisch, der die edelsten Weine beliebtester Regionen ausschenkte. Arthur war nämlich ein echter Weinkenner, Viv verstand nicht viel davon, jedoch war es Arthur ein Anliegen, eigens für diesen Tag eine vortreffliche Auswahl anbieten zu können. Beide bestellten wir ein Glas Rotwein, welcher aus Italien kam. Ich fühlte mich anders als sonst, wusste aber nicht, warum. Anthony sprach: „Würden Sie mein Glas einen Moment bei sich behalten? Ich würde doch vor dem Essen gerne noch einmal nach Ihrem Mann sehen." „Natürlich, ich warte hier auf Sie." Wie aufmerksam er war und sich an seine Arztpflichten hielt, dachte ich. Aber, überlegte ich weiter, es ist ja seine Aufgabe, auch wenn er hier Gast ist. Ich ertappte mich und meine Stimmung. Ich genoss es, ihn an meiner Seite zu haben, und musste mir eingestehen, dass mir der Tanz sehr gefiel. Ich hoffte auf eine Wiederholung. Euphorisch trank ich den Wein leer und bedeutete der Dame hinter dem Tisch, mir ein weiteres Glas einzuschenken, seines hielt ich fest in meiner linken Hand. Es musste bereits eine halbe Stunde verstrichen sein, und Anthony war noch nicht zurück. Wo war er? Ging es John schlechter? Das zweite Glas leerte ich wie das erste und machte mich entschlossen auf den Weg, um nachzusehen, ob etwas geschehen war. Als ich die ersten fünf Stufen der Treppe hoch gegangen war, kam mir Anthony entgegen. „Alles in Ordnung mit John und dir? Ich meine, mit Ihnen, Anthony." Er kam die Stufen näher zu mir herunter. „Ja, keine Sorge, ich habe ihm nur neue Wickel angelegt, dreimal täglich, das war es dann für heute. Er ist nicht mehr allzu blass im Gesicht." Ich hielt seinem Blick stand, ich war beruhigt, doch der Wein, welchen ich, warum auch immer, viel zu hastig getrunken hatte, machte sich bemerkbar. Ich übersah beim Hinuntergehen eine Treppenstufe, sodass ich beinahe stürzte. Im letzten Moment hielt mich Anthony fest, und ich spürte seinen Körper einen flüchtigen Moment meinen berühren. Sein Gesicht kam sehr nahe an meines heran, als er mich fragte: „Alles in Ordnung, Madeline, haben sie sich verletzt?" „Nein, nein, es ist nichts, danke…" Wie beschämend dieser unnötige Sturz doch war. Er half mir, mich wieder aufrecht hinzustellen. Ich hatte schreckliche Angst, mir den Fuß gebrochen zu haben, aber erstaunlicherweise spürte ich keinen Schmerz. „Entschuldigen Sie bitte, Dr. Bennett, ich… ich habe eine Stufe übersehen und mir Sorgen gemacht, nachdem Sie länger als ich dachte fort waren, also um meinen Mann." „Es tut mir leid, wenn ich Sie zulange alleine gelassen habe, Madeline." „Nein, das haben Sie natürlich nicht, es ist nur, ich…" Schnell überlegte ich, was ich sagen konnte, um eine weitere Peinlichkeit vermeiden zu können. „Ich habe Ihr Glas aus den Augen gelassen, als ich nach meinem Mann sehen wollte, ich bitte Sie um Verzeihung", dabei musste ich selbst lachen. Er reichte mir seine Hand und bemerkte: „Dann sollten wir zurückgehen und ein neues bestellen.“ „Ja“, antwortete ich lächelnd und blamabel. Was erzählte ich nur für einen Unsinn? Am Getränketisch herrschte eine lautstarke und ausgelassene Stimmung, und es dauerte einige Minuten, bis wir zwei neue Gläser bekamen. Ich bemerkte nach kurzer Zeit, dass Onkel Maxwell in der Nähe war, sein mürrischer Blick traf mich, seine Stirn lag in Falten. In diesem Moment bemerkte ich, dass Dr. Bennett noch immer meine Hand hielt. Schnell lies ich diese los. Mein Onkel kam zu mir herüber und sagte: „Madeline, meine Hübsche, sag‘, wo hast du deinen John gelassen?“ Dabei lachte er und begrüßte mich mit einem Kuss, links und rechts auf die Wange. Er beobachtete meine Reaktion auf seine Frage bis ins kleinste Detail. Es war unschwer zu erkennen, dass er mich durch und durch musterte. „Oh, Onkel, der Ärmste liegt krank im Bett und sieh, darf ich dir Dr. Bennett vorstellen?“ „Freut mich sehr Doktor.“ „Das ist mein Onkel, Maxwell Morrin.“ „Die Freude ist ganz meinerseits. Mr. Morrin.“ „Nun, wie geht es denn dem Patienten, Doktor?“, wollte mein Onkel wissen. „Seien Sie unbesorgt, in ein paar Tagen ist es überstanden, er muss sich nur an die Bettruhe halten." „Ja, Onkel", brachte ich mich mit ein. „Vivienne hatte gestern Abend nicht lange überlegt und ihn mehr oder weniger dazu überredet, sich untersuchen zu lassen. Wir hatten die Hoffnung, ihn heute dabei haben zu können, doch laut Dr. Bennett würde das eine erhebliche Gefahr für seinen Genesungsprozess darstellen." „Nun ja", sagte Maxwell, „der Junge ist zäh, er wird schon wieder. Und welch sonstiges Anliegen haben Sie heute Abend noch, Dr. Bennett?" „Ich wurde von Ihrer Nichte gebeten, Mrs. Heart durch den Tag zu begleiten und beim Tanz Gesellschaft zu leisten." „Ja, das ist richtig", sagte ich schnell. „Sie hat sich das so in ihren hübschen Kopf gesetzt. Noch dazu bin ich gerade auf der Treppe gestolpert und dabei umgeknickt. Ich wollte nach John sehen und deswegen musste mich Dr. Bennett stützen." Mit dieser Äußerung hoffte ich darauf, mögliche Missverständnisse zu beseitigen. „Oh nein!", sagte Maxwell und verzog eine aufgesetzt bestürzte Miene. „Es geht aber

schon wieder", erwiderte ich schnell. „Schön,
dann wünsche ich noch einen angenehmen
Abend, Madeline." Dr. Bennett nickte er einmal
zu und ging dann wieder zu seinem Tisch. Um es
meinem Onkel recht zu machen, musste Vivienne
um des lieben Friedens willen die sogenannten
gehässigen Lästerschwestern Dorothea Higgins
und Elisabeth Marks einladen. Sie sind keine verwandten Schwestern, wenngleich beide sich mit
ihrem gelblichen Haar, von Statur und Charakter
sehr ähnlich sind. Sie sind langjährige Bekannte
von Maxwell und zählen zu seinem engeren
Kreis. Es wäre zu einer Revolution gekommen,
hätten Viv und Arthur sie nicht eingeladen. Ich
wage zu bezweifeln, dass mit Ausnahme unseres
Onkels irgendjemand ihre Gesellschaft wert-
schätzte, im Gegenteil. Die beiden bissigen, niederträchtigen Weibsbilder, wie ich sie nannte,
starrten miteinander tuschelnd und mit bösartigen
Blicken zu mir herüber. Eine ist beleibter als die
andere, ich erkannte noch nie etwas Schönes in
oder an ihnen, sie aber halten viel von sich selbst,
und kein Tratsch war ihnen jemals zu langweilig

oder zu schade. Man kann nur versuchen, sie zu meiden. Ich hatte das Gefühl, bei etwas Verbotenem erwischt worden zu sein, obwohl es jeglicher Tatsache widersprach und ich nichts Unrechtes tat. Dennoch fühlte ich mich ein wenig unwohl und hatte Angst, dass aufgrund dieser kleinen Geste meiner Hand, die völlig unbedacht geschah, die Leute etwas Falsches denken könnten. Ich glaubte plötzlich, von jeder Menschenseele im Tanzsaal beobachtet zu werden, dann aber erblickte ich ein vertrautes Gesicht, welches ich in der Menge erkannte. Es war meine Tante, die mich im gleichen Moment sah. „Entschuldigen Sie mich bitte für einen Moment, Dr. Bennett?" „Natürlich." Normalerweise hätte es sich geschickt, ihm meine Tante vorzustellen, doch ich suchte nach einem Moment der Klarheit und hatte deswegen den Wunsch, sie alleine willkommen zu heißen. Wir liefen einander in die Arme. „Charlotte", rief ich, „Charlotte, du bist da, ich hab dich so vermisst." Obwohl kaum drei Monate seit unserem letzten Zusammentreffen vergangen waren, kam es mir wie eine Ewigkeit vor. Ich liebe meine Tante sehr, die mir stets mit Rat und Tat zur Seite steht. „Maddie, meine liebe Madeline, lass' dich umarmen. Es tut mir schrecklich leid, dass ich es nicht rechtzeitig zur Trauung geschafft habe. Ich hatte das Geschenk vergessen und musste noch einmal auf halbem Wege kehrt machen. Ich habe es gerade deiner Schwester schon erklärt." „Ach, sie hat es sicher verstanden, oder?" „Ja natürlich, unser Sonnenschein." „Na siehst du." „Und du? Kannst du mir auch verzeihen, meine Hübsche?" „Tante Charlotte, Hauptsache, du bist jetzt da, du glaubst gar nicht, wie ich mich gerade gefreut habe, dich in all dem Trubel zu entdecken." „Wo ist John?", wollte sie wissen. „Oh, er ist gestern Abend von seiner Geschäftsreise nach Hause gekommen und liegt mit Fieber im Bett." „Nein! Der Ärmste…, ausgerechnet heute." „Ja, ich weiß." „Aber du wirst deswegen kein Trübsal blasen, ist es nicht so?" „Nein, ich meine, ich wollte den Tag so gerne mit ihm zusammen zelebrieren, aber ich bin froh, dass es nichts Ernstes ist. Schau', da hinten", und ich deutete geradeaus. „Siehst du den Mann mit dem weißen Hemd und den blauen Knöpfen? Das ist Dr. Bennett, sein Arzt. Vivienne hielt es für notwendig, dass er heute meine gesellschaftliche Begleitperson spielt." „Unsere kleine freche Viv, das sieht ihr ähnlich. Fühlst du dich unwohl in seiner Gegenwart, oder warum stellst du uns einander nicht vor? Er sieht doch ganz nett aus, zumindest aus der Entfernung." „Nein, nein, er ist, ich meine Dr. Bennett ist ein geselliger Mann, die Feier scheint ihm zu gefallen." „Na, dann ist es ja gut." „Ja, ja schon…" Ich ging näher zu meiner Tante und sprach ein wenig leiser zu ihr. „Wir haben vorher auch schon getanzt und weißt du, da hinten sitzen Mrs. Higgins und Mrs. Marks, du kannst dir ihre Gedankengänge vorstellen?" „Und das macht dir Sorgen, mein Kind? Leeres Geplapper zweier alter Jungfern, deren eigenes Leben so langweilig und sinnlos ist, dass sie sich daran erfreuen, Märchen zu erzählen. Das kann nicht dein Ernst sein. Lass dir gesagt sein: Dies ist der große Tag deiner Schwester, und sie wünscht sich, dass du heute einen wundervollen Abend erlebst mit Lachen und Freude. Lass dir das doch nicht von

den böswilligen Klatschbasen nehmen." „Du hast
Recht." Tante Charlotte gab mir neuen Mut, die
Angelegenheit wieder nüchtern und bodenständig
zu betrachten. „Komm, ich möchte ihn dir vorstellen." „Den Doktor?" „Ja." Ich nahm sie an die
Hand, und als ich in der Menschenmenge ausmachen wollte, wo er sich gerade befindet, sah ich,
dass er uns bereits zuvor entdeckt haben muss,
denn er kam uns entgegen. „Mrs. Heart, welch
reizende Gesellschaft wollten Sie mir vorenthal-
ten? Entschuldigen Sie", stellte er sich meiner
Tante vor. „Guten Tag, Dr. Anthony Bennett",
und küsste ihre rechte Hand. „Sehr erfreut, ich
bin die Tante von Mrs. Heart und natürlich von
Mrs. Landings und Lana. Mein Name ist Charlotte Ferris." „Einen wirklich hübschen Hut tragen
Sie, Mrs. Ferris." „Danke Dr. Bennett, aber bitte… Sie machen mich ja ganz verlegen." „Entschuldigen Sie, das war nicht meine Absicht."
„Nun, amüsieren Sie sich?", wollte meine Tante
von ihm wissen. „Ja, eine schöne Feier, nur langsam macht sich der Hunger bemerkbar." „Oh ja,
dem kann ich nur zustimmen", sagte sie. „Die

lange Anreise hat auch an meinen Kräften ge-
zehrt, und mein Magen sehnt sich nach etwas
Bissfestem." In diesem Moment hörte ich das
Klirren eines Glases, welches vom Brauttisch zu
hören war. Vivienne stand mit erhobenem Glas
auf: „Liebe Gäste, in wenigen Minuten wird das
Abendessen serviert, bitte lasst es Euch schmecken, esst, so viel ihr könnt. Schön, dass Ihr alle
da seid." „Komm, Tante Charlotte, wir sitzen am
Brauttisch." „Ich werde mich auch nach einem
Platz umsehen, Mrs. Heart", brachte sich Dr.
Bennett mit ein. „Sie sitzen natürlich bei uns."
„Aber ich bin nicht einmal ein entfernter Ver-
wandter… Ich denke nicht, dass es richtig wäre."
„Vivienne besteht darauf, Sie wissen doch, dass
der Platz neben mir heute Abend ohnehin leer
bliebe." „Nun… ich…, also wenn Sie meinen…",
antwortete er mit leiser und zögernder Stimme.
Die Vorstellung, ihn beim Essen neben mir zu
wissen, versetzte mich in heitere Stimmung. Ich
schenkte dem Gedanken, was man über uns denken könnte, keine Aufmerksamkeit mehr.

Kaum hatten wir unsere Plätze eingenommen, wurde das Essen serviert. Der Geruch von fein würzig mariniertem Rehfleisch erreichte meine Nase. Köstlich. Dazu allerlei verschiedenste Beilagen. Ein zufriedenklingendes Raunen ging durch den ganzen Raum. Der Wein schmeckte in Kombination mit dem Fleisch einfach vorzüglich. Um Kopfschmerzen vorzubeugen, trank ich ausreichend Wasser dazu. „Schmeckt es Ihnen, Anthony?", wollte ich wissen. „Oh ja, die reinste Gaumenfreude, Mrs. Heart." Er lächelte mich an, und ich spürte eine ausgeglichene Zufriedenheit in mir. Mir fiel auf, dass wir uns in Gesellschaft der anderen mit unseren Nachnamen ansprachen und uns allein unter vier Augen beim Vornamen nannten, was ich als angemessener empfand. Ich fühlte mich wohlbehaglich und genoss es, meinen Platz an seiner Seite beanspruchen zu dürfen. Meine Gedanken erhoben sich. Sollte ich nicht vor Sorge um John beinahe umkommen, sollte ich nicht jede Stunde an seinem Bett sitzen, um ihn ein frisch getränktes Tuch auf seine Stirn zu legen und ihm wehklagen, wie elend ich ohne seine Gesellschaft bin? Hastig schob ich den Gedanken von mir fort und bemerkte eine Seite an mir, die ich zuvor nicht kannte. Ich wollte mich nicht, wie ich es immer tat, um eines anderen Wohl kümmern, nein... Ich fühlte mich mehr als zufrieden und amüsiert in dieser Gesellschaft, ja…, glücklich. Nennt man dieses Handeln Egoismus oder ist es eine gerechtfertigte Tatsache, sich zu erlauben, die eigene Person an oberste Reihe zu stellen?

„Ich hoffe, das Essen war zu Eurer Zufriedenheit, meine Lieben. Jetzt wünschen wir Euch noch viel Freude beim Tanzen. Tanzt, bis Eure Füße schmerzen, die Musik wird erst aufhören zu spielen, wenn der letzte Gast vollends erschöpft ist und seine Schuhe aufgearbeitet sind." Somit eröffnete meine Schwester den zweiten Tanzakt mit Arthur. Noch ehe ein weiteres Paar auf dem Parkett zu sehen war, hielt mir Anthony seine Hand entgegen und fragte: „Darf ich bitten?" Dabei lächelte er mich erwartungsvoll an. Ich konnte ein scheues Grinsen nicht verbergen und ergriff seine Hand. Als wir die Mitte des Saales erreichten, gesellten sich andere Tanzpaare um uns herum. Es wurde eine fröhliche Melodie gespielt, ein bekanntes Festlied. Dr. Bennetts Charme und Witz waren kaum zu übertreffen, ich war vergnügt wie nie. Es war lange Zeit her…, ich konnte mich nicht erinnern, wann ich das letzte Mal ausgelassen gelacht hatte. Nach unzähligen schnellen Drehbewegungen schlugen die Musiker langsamere Noten an. Eine Ballade folgte, sodass wir näher aneinanderrückten. Im Takt schaukelten wir von links nach rechts. „Warum haben Sie vorhin geweint?", fragte er mich überraschend. „War es wirklich die Unzufriedenheit über Ihr Klavierspiel, die sie betrübt hat?" Er blickte mir tief und weich in die Augen. Seine sanften, langen Finger, seine filigranen Hände hielten meine umschlossen. Mein Körper reagierte auf seine Berührung mit Gänsehaut. Ich hatte noch niemals zuvor solch schöne Hände gesehen. Auch konnte ich meinen Blick nicht von seinen Augen, seinem Gesicht abwenden. Erst jetzt bemerkte ich die kaum sichtbaren Sommersprossen, die vereinzelt seine Nase und Wangen bedeckten. Ich war in

Gedanken versunken… und nachdem meine Antwort auf sich warten ließ, sagte er schließlich: „Es
tut mir leid, Madeline, ich wollte ihnen nicht zu
nahe treten." „Ich… nein es ist schon gut… Ich
bin nur… Es ist ein emotionsreicher Tag
heute…" „Ich verstehe", sagte er. Ich wusste
nicht, was ich ihm sagen sollte. Ich genoss es
sehr, mit ihm zusammen zu sein. Ich muss gestehen, dass ich John heute kaum einen Gedanken
geschenkt hatte. Ein Tanz folgte dem anderen.
„Anthony…", sagte ich zu ihm „Ja..." „Ich möchte mich wiederholt für die peinliche Situation von
vorhin entschuldigen und mich bei Ihnen bedanken, dass Sie mich aufgefangen haben." „Nicht
der Rede wert, und im Übrigen empfand ich die
Situation nicht als genierlich." „Dann ist es ja
gut", erwiderte ich. „Ich denke, ich sehe nochmal
nach Ihrem Mann…" Die Musik verebbte für den
Moment.

Angestrengt suchte ich in der Zwischenzeit bei all
dem Trubel Lana, ich hatte sie eine ganze Weile
nicht gesehen, zuletzt beim Tanz mit Owen, nach
dem Abendessen. Verkrampft und konzentriert

kämpfte ich mich durch die Hochzeitsgesellschaft und wurde zunehmend nervöser. Himmel Herr Gott, wo kommen all die Leute her. „Entschuldigen Sie, haben Sie vielleicht ein zwölfjähriges Mädchen mit einem gelben Kleid gesehen, sie hat dunkelblondes, langes Haar, Lana, meine Schwester?" Gleich, welchen der Gäste ich ansprach, jeder sah mich entgeistert lächelnd und nichtssagend an. Endlich erblickte ich Owen in seinem grünen Samtanzug, steif und verklemmt, wie er in seiner Art war, stand er da, doch das Mädchen in dem rosafarbenen Kleid, das seine Hand hielt war nicht Lana. Mit sicheren Schritten ging ich auf Owen zu, berührte wenig freundlich mit festem Druck seine Schulter und sagte: „Kannst du mir sagen, wo Lana ist? Ich habe Euch vorhin doch zusammen gesehen." „Tut mir leid, das kann ich dir nicht sagen." „Aber sie war doch bei dir, wo kann sie denn sein?" „Hör' mal, Cousinchen, ich bin nicht ihr Aufpasser, woher soll ich das wissen? Würdest du mich jetzt bitte mit Christine weiter tanzen lassen?" „Ach so, ist das…, aber natürlich, danke für deine Hilfe."

Mein Sarkasmus war unmissverständlich. Ich ärgerte mich fürchterlich über seine Selbstgefälligkeit. „Was hast du überhaupt, Madeline, wieso regst du dich so auf, sie wird schon irgendwo sein." „Natürlich Owen, vergnüg dich noch recht schön…" Ich war rasend vor Wut… Wie erlaubte er sich überhaupt, mit mir zu sprechen?... Weiter schielten meine Augen emsig suchend in jede Ecke der Räume. Vorwürfe bemächtigten sich meiner, dass ich mich den ganzen Abend nicht danach gefragt hatte, wo sie ist und wie es ihr geht. Es musste etwas vorgefallen sein, sicher Christine… dieser Schuft… wer weiß, wie lange sie schon traurig und alleine geflüchtet war und wohin. Ich sah in der Menge Arthur auf mich zukommen. Er winkte mir zu, rief meinen Namen: „Maddie, Maddie…" Daran und an seinem Gesichtsausdruck unschwer zu erkennen, wusste ich, dass ihm irgendetwas einen gewissen Ernst verlieh. Ich lief ihm sorgenvoll entgegen. „Arthur…" Als ich ihm gegenüberstand, nahm er meine Hand. „Was ist?" „Lana… Vivienne hat sie gefunden und …" „Wie? Gefunden? Wo?" „Hinterm Haus, im Garten, schnell…" Mir wurde noch unwohler, mir schauderte. Eilig ebneten wir uns den Weg durch die Menschenmenge. Die Musik war so laut, dass ich befürchtete, ihn nicht richtig verstanden zu haben. „Was meinst du mit hinterm Haus gefunden?" Ehe er mir antworten konnte, hatten wir den Garten erreicht. Vivienne hielt Lana traurig weinend in ihren Armen. Lana und ihre Kleidung waren klatschnass. „Viv, was ist passiert?" Ich kniete mich zu meinen beiden Schwestern in das Gras. „Lana! Wieso bist du durch und durch nass?" Vivienne hielt sie fest in ihren Armen und streichelte die zitternde Lana, die erschöpft, kraftlos und geistesabwesend wirkte, sie antwortete auf keine unserer Fragen. Viviennes Schminke war durch ihre Tränen verwischt. „Sie spricht nicht, Maddie, der Gärtner hat sie herausgezogen, es muss etwas passiert sein…"

„Herausgezogen?" Mir dämmerte es: der Fluss, der nahe unseres Gartens entlangfließt…

„Komm… Ich bringe sie nach oben, sie braucht trockene Kleidung, geh' du zurück zur Feier, sicher werden die Leute bald Fragen stellen, wenn

das Brautpaar noch länger verschwunden ist."
„Oh Maddie, was hat sie nur getan, ich bleibe bei
euch." „Nein, Viv, ich kümmere mich um sie. Arthur, geh' mit ihr wieder hinein, ihr wisst, wie die
Gesellschaft ist..." „Ich lasse Euch jetzt nicht alleine", sagte Vivienne. „Bitte, glaub' mir, ich
schaffe das schon, wenn ich deine Hilfe brauche,
gebe ich dir Bescheid." „Sie hat recht, Viv",
brachte Arthur ein. „Na los, ihr geht vorne hinein
und ich mit ihr hinten." „Ich hab' sie", und hielt
meine Schwester wie ein kleines Kind in meinen
Armen. Wider Willen beugte sich Vivienne den
Anweisungen und war bemüht, ein heiteres Gesicht aufzusetzen, um keinen Raum für Spekulati-
onen zu geben. „Aber mein Kleid ist durchnässt.
Was soll ich den Gästen sagen?" „Der Garten-
sprinkler ist angegangen, als du vorbeigelaufen
bist", erklärte ich. Arthur drückte ihre Hand ganz
fest, küsste sie.

Lana war kalkweiß, ihr Zittern hatte sich beruhigt, sie atmete gleichmäßig und hielt ihre Augen
geschlossen.

Ich selbst zitterte am ganzen Körper, versuchte so schnell wie möglich, die Treppen, die ich sonst so leicht hinauflaufe, zu erklimmen, um in mein Zimmer zu gelangen. Zwei Stockwerke standen noch bevor, als er herunterkam. „Madeline, was ist mit Ihrer Schwester?", fragte Anthony besorgt. „Ich muss sie hinaufbringen." „Kommen Sie, ich nehme sie." Ich war schrecklich dankbar, dass der Zufall mir zur Hilfe eilte. Mit einer Mühelosigkeit hielt er sie fest und sicher in seinen Armen. Ich lief schneller, um ihm oben die Türe zu öffnen. Behutsam legte er Lana auf mein Bett und untersuchte sogleich ihre Herzfunktion, fühlte ihre Stirn und lauschte ihren Atemabständen. „Soweit scheint alles in Ordnung zu sein. Ich warte draußen, während Sie ihr trockene Kleidung anziehen." „Danke." Sie sprach immer noch nicht, wirkte apathisch und sah mich mit leerem Blick an. Sie ließ sich von mir umziehen und schlief daraufhin sofort ein. Nach etwa einer Viertelstunde klopfte er leise an, ich öffnete ihm. Entkräftet ließ ich mich, nachdem ich die Türe hinter ihm geschlossen hatte, zu Boden sinken, setzte mich, angelehnt an die Tür. Beide saßen wir jetzt schweigend nebeneinander hinter der verschlossenen Türe, unsere Blicke auf die schlafende Lana gerichtet. Flüsternd wandte er sich mir zu: „Was ist passiert…?" „Ich weiß es nicht… Es hat sicher etwas mit unserem Cousin zu tun. Lana ist schon lange in ihn verliebt. Ich sah ihn mit einem anderen Mädchen und…" Ich fing zu weinen an. „Entschuldigen Sie bitte." „Nein, schon gut", flüsterte er. „Glauben Sie, sie wollte sich etwas antun?" Ich nickte. „Sie ist äußerst sensibel, und sie hat für ihr Alter schon einige schmerzliche Erfahrungen verkraften müssen. Der Verlust unserer Mutter, der Verstoß unseres Vaters… Sie hat sich so auf Owen und den heutigen Tag gefreut. Ich glaube, ihr wurde die letzte Hoffnung genommen, die ihr in ihrer Trauer Halt gegeben hat. Ich war nicht für sie da, ich hätte es wissen müssen, wie labil sie ist, aber ich habe nicht geglaubt, dass es jemals soweit kommen würde. Ich war nicht für sie da. Wie kann sie so etwas machen, sie ist doch erst zwölf!" „Geben Sie sich nicht die Schuld, das konnte niemand ahnen! Wissen Sie", sprach er weiter, „die Psyche eines Menschen ist schwer zu ergründen, selbst wenn wir der Person sehr nahe stehen… Sie hat ihr ganzes Leben noch vor sich…" Er bemühte sich, aufbauende Worte zu finden. „Ich dachte, ich hätte sie verloren, als ich sie in den Armen von Vivienne liegen sah." Erneut fing ich zu schluchzen an und stützte meinen Kopf in die Hände. Sanft spürte ich seine Hand meinen Arm streicheln. „Ich verstehe Sie, Madeline, nur zu gut. Als mein Bruder starb, starb auch ein Teil von mir. Ich wandelte in einem dunklen Tal, Jahre lang." Erschrocken und über seine Offenheit erstaunt, empfand ich meine Niedergeschlagenheit als unangemessen. „Was ist passiert?", richtete ich meine Frage an ihn, die mir im nächsten Moment als rücksichtslos und ungebührlich neugierig vorkam. Ich lenkte mit gesenktem Kopf nachsehend ein: „Entschuldigung, Sie müssen es mir nicht erzählen, es ist zu persönlich." Nach einem kurzen Moment der Stille erklärte er: „Es war ein Unfall…, er war zu jung zum Sterben, er war meine bessere Hälfte, mein kleiner

Bruder…" „Das tut mir furchtbar leid." „Ich war bei ihm, als er starb, aber zu spät…, Genickbruch. Wir waren mit den Pferden auf dem Weg nach Hause, als sein Pferd vor einem Hund scheute und er stürzte. Er ist der Grund, warum ich Arzt geworden bin." Ich wusste nicht, was ich sagen sollte. Eine Zeit lang saßen wir schweigend nebeneinander. Ich war froh, dass er bei mir blieb und ich die ruhigen Atemzüge von Lana deutlich hören konnte. Die Nachtdämmerung war bereits hereingebrochen, als es sachte an der Türe klopfte, es war Vivienne, der ich öffnete. „Maddie, wie geht es ihr?" „Sie schläft." „Hat sie irgendetwas gesagt?" „Nein." „Ich werde bei ihr bleiben, ich habe allen gesagt, ich hätte fürchterliche Kopfschmerzen, Arthur verabschiedet sich gerade und kommt auch gleich. Er will James Bescheid geben, sobald er ihn alleine sprechen kann. Geh' du wieder hinunter, die Musiker werden noch eine Weile spielen." „Bist du dir sicher, Viv? Es ist deine Hochzeit." „Ich will jetzt bei ihr sein." „Dr. Bennett, haben Sie nach ihr gesehen?", fragte sie, als sie ihn unerwartet bemerkte. „Er kam gerade

von John, als ich Lana die Treppe hochtrug“, erklärte ich ihr. „Alles in Ordnung, Mrs. Landings,
seien sie unbesorgt.“ „Danke, Dr. Bennett.“
„Nun, dann werde ich wieder hinuntergehen, und
wenn unsere neugierige Verwandtschaft wissen
will, weshalb ich so lange weg gewesen bin, war
ich bei John.“

Als ich beobachtete, dass die Hochzeitsgesellschaft immer kleiner wurde, kam die Gewissheit,
dass dieser Abend sich bald dem Ende zuneigen
würde, mit einem Ausgang, den ich ganz und gar
anders erwartet hatte. Ich sah James nicht, entwe-
der Arthur hatte ihn bereits informiert, sodass er
jetzt bei ihr war, oder aber er war bei seiner neuen
Bekanntschaft. Auch Tante Charlotte sah ich
nicht mehr. Vielleicht war es besser so, ich hätte
ihr in meinem erregten Zustand womöglich nur
erzählt, wie unmöglich das Verhalten ihres Soh-
nes war und er ein arroganter…. Nein, es war
besser, dass die beiden schon heimgefahren waren, schließlich war Charlotte nicht schuld an
Owens Verhalten.

Ich war gegenwärtig emotional instabil, der
Schock über Lanas vermutlichen Versuch, ihr Leben zu beenden, saß tief. „Ich würde gerne noch
etwas Luft schnappen und nach draußen auf die
Veranda gehen. Würden Sie mich begleiten, Anthony?“ „Gerne, ich komme gleich nach Madeline.“ Also ging ich voraus. Eine Bank war frei,
und ich setzte mich auf selbige, meinen Blick auf
den mit Sternen übersäten Himmel gerichtet. Ich
ließ den Abend gedanklich mit gemischten Gefühlen Revue passieren und dachte an meine Mutter. Vor ein paar Stunden war ich ausgelassen
glücklich, jetzt überdeckten Sorgen um meine
kleine Schwester die erlebte Hochstimmung.
Mein Gewissen quälte mich schrecklich, hatte ich
sie doch aus den Augen gelassen, während ich,
anstatt mich um sie zu kümmern, meinen eigenen
Freuden nachging.

Er kam zurück, in der Hand zwei Rotweingläser.
Dies wird der letzte Seelentröster an diesem
Abend sein, dachte ich und stieß einen tiefen
Seufzer aus. Er setzte sich schweigend neben
mich, reichte mir ein Glas. Auch er betrachtete

den sternenübersäten Himmel. Ohne einen Wortaustausch saßen wir beieinander. Ich sog den Augenblick mit allen Sinnen in mich auf. In der Ferne hörte ich einen Uhu rufen, die Grillen zirpten munter um uns herum, der Wind streichelte meine Haut. Vereinzelt zogen schwache Wolken durch das Sternenpanorama, wie ein Schleier vor dem dunkelblauen Samtvorhang. Die durch das Wasser getränkte Wiese roch vitalisierend. Die Natur wirkte beruhigend und geordnet auf mich, alles war an seinem zugedachten Platz. Links und rechts der Rosenbüsche sammelte sich eine Schar Glühwürmchen. Es war ein wunderschönes Schauspiel, sie zu betrachten. Nach einer Weile erklärte ich ihm: „Wissen Sie, ich stehe immer noch neben mir, es war eine so wundervolle Trauung, Ihre Gesellschaft war mir sehr wertvoll heute, nur… was ist, wenn sie es wieder versucht?“ Ich hatte keine wirkliche Antwort von ihm erwartet, aber mein Seelenbedürfnis war es, mit ihm zu sprechen. Erneut empfand ich, diesem Menschen alles anvertrauen zu können, mehr noch, als wäre er jemand, der mein Innerstes wahrnehmen, ver-

stehen und meine Melancholie durch seine Anteilnahme lindern könnte. Er sah mich von der
Seite an, ich spürte seinen Blick auf meinem Gesicht ruhen, während ich weiter den Himmel der
Nacht betrachtete. Der Moment, hier bei ihm, mit
ihm, war vollkommen. Ein leises Seufzen durchdrang seine Lungen, er nippte am Wein, um-
schloss das Glas mit seinen beiden Händen, ehe
er mir streichelnd sanft eine Strähne aus dem Gesicht zurückstrich. Ich wandte mich ihm zu, erblickte seine Augen, die mich voller Mitgefühl
und Aufrichtigkeit ansahen. Ich genoss es, seine
Hand näher an meine Wange zu schmiegen, sodass sie mich für einen Moment in einer Art und
Weise berührte, wie es vielleicht als unangemessen hätte gelten können. Doch so war mein Empfinden in keiner Weise. Es war das Gefühl einer
unschuldigen Intimität, die mein Herz schneller
schlagen ließ. Mein Körper reagierte erneut mit
Gänsehaut. Wie magisch zu ihm hingezogen fühlte ich mich. In seiner Anwesenheit war mir, als
wenn meine Seele erwacht und zu mir sagt:
„Hab' keine Angst, hier kann dir nichts passie-

ren." Was für eine Ehefrau bin ich nur, dass ich solche Gefühle, einfach so, für einen Fremden empfand? Ich wandte mich von ihm ab. Ein wenig Wein war noch im Glas, ich bemühte mich, langsam zu trinken, in der Hoffnung, so den Moment des Abschieds hinaus zu zögern. Sicher war es bereits Mitternacht. „Was halten Sie davon, wenn wir noch einen letzten Tanz zum Besten geben, sind Sie dabei, Susannah?" „Sehr gerne, aber geben Sie mir bitte noch einen Moment." Ich blickte weiter in den Sternenhimmel, ich war schrecklich nostalgisch gestimmt, aber dem Funkeln am Himmel konnte man sich kaum entziehen. „Was ist dort oben?", fragte er, als er sah, was meine Aufmerksamkeit aufrechterhielt. „Sehen Sie das denn nicht? Ein Meer voller Sterne… Glauben Sie an Gott, Anthony?" „Natürlich, ohne meinen Glauben wäre ich schon oft vom rechten Weg abgekommen." „Wirklich?" „Aber natürlich." „Ich kann mir nur schwer vorstellen, dass ein Mensch wie Sie Probleme damit haben könnte, auf dem richtigen Weg zu bleiben, Sie scheinen mir so makellos." „Oh, das macht mich fast ein wenig verlegen." Er strich sich durchs Haar und sprach weiter: „Glauben Sie mir, jeder Mensch hat seine Schattenseiten." Ein erneutes Schweigen bestimmte den Moment, dann stellte er mir die selbige Frage: „Glauben Sie denn an Ihn?" „Ja, das tue ich, obwohl ich gestehen muss, keine regelmäßige Kirchengängerin zu sein. Sehen Sie, einige Passagen der Bibel sind mir nicht verständlich und es kommt vor, dass es mir schwerfällt, mit Ihm zu sprechen…, aber ja, ich glaube an Gott." „Das ist schön", antwortete er. Nachdem heute den ganzen Tag eine drückende Wärme herrschte, war dieser Moment hier draußen bei heruntergekühlter Temperatur sehr angenehm. Er stand auf, stellte unsere Gläser zur Seite, reichte mir zum letzten Mal die Hand. „Darf ich um diesen letzten Tanz bitten?" „Sehr gerne." Außer uns waren letztlich noch zwei andere Tanzpaare da. Die Musiker spielten ein romantisches Lied. Während er meine Hände in seinen hielt, hatte ich fast das Gefühl, er würde sie streicheln. Mir stiegen Tränen in die Augen, welche ich glücklicherweise zurückhalten konnte. Ich glaube, er bemerkte es dennoch und gab mir einen zarten Kuss auf meine Hand. Ich wünschte, er hätte es nicht getan, zu schön war es, seine zarten Lippen auf meiner Haut zu spüren. Ich sagte zu ihm: „Glauben Sie, dass es Dinge gibt, die man nicht beeinflussen kann? Ich meine, genauso wenig wie das Wetter?" „Ich denke schon." Das war alles, was er sagte, und kurz darauf beendeten wir unseren Tanz. „Es war mir eine Ehre, diesen Tag mit Ihnen teilen zu dürfen, Madeline Susannah." „Die Freude war ganz meinerseits, Dr. Anthony Bennett." „War es also nur halb so schlimm, wie Sie zunächst befürchteten, mit mir?" „Ja, es war tatsächlich nur halb so schlimm", antwortete ich lachend. „Nun schlafen Sie gut und träumen etwas Schönes, seien Sie bitte nicht mehr allzu traurig wegen Ihrer Schwester, Sie sind zu wertvoll, um sich in Traurigkeit einzuhüllen, glauben Sie mir. Ich werde morgen wieder vorbeikommen und nach Ihrem Mann und Lana sehen. Danke für den eindrucksvollen Abend." „Ich danke Ihnen, Anthony. Kommen Sie sicher nach Hause. Gute Nacht."

Ich wollte nicht, dass dieser Abend enden würde, ich wollte nicht, dass er ging. An Schlaf war nicht zu denken, alleine aufgrund meiner Sorge um Lana. Als er weg war, eilte ich zu meinen Schwestern. Vivienne saß schlafend in ihrem Brautkleid, den Kopf auf Lanas Bett, neben ihr, Arthur schlief ebenfalls im Stuhl auf der anderen Seite. Ein gleichmäßiges Schnaufen erfüllte den Raum. Auch John schlief tief, als ich leise in das Schlafzimmer trat. Für den Moment war ich zufrieden, meine Liebsten in Sicherheit zu wissen.

Nachdem ich meine schmerzenden Füße aus meinen durchtanzten Schuhen befreit und mein Kleid sorgsam zum Auslüften aufgehängt hatte, legte ich mich schlafen. Meine Gedanken kreisten unabsichtlich um ihn. Er hinterließ einen faszinierenden Eindruck und das nicht nur, weil er mir äußerlich gefiel, sondern vor allem, weil sein Charme und Esprit kaum zu übertreffen waren. Seine direkte Art, die gleichzeitig einfühlsam und beruhigend auf mich wirkte, sein Charakter beeindruckten mich. Er war überaus kontrolliert, man fühlte sich sicher in seiner Gegenwart. Es war irgendetwas an ihm, das ich nicht vergessen konnte. Ein unbeschreibliches Vertrauen, welches ich diesem fremden Mann gegenüber nach nur wenigen Minuten empfand. Ich spielte den Tag geistig noch einmal durch und immer wieder der Gedanke an Lana… Die Sonne würde schon sehr bald aufgehen, und ich zwang mich zum Schlafen. Ich spürte zwiespältige Gefühle aufkommen. Die Erschütterung um Lana ließ mich nicht los, andererseits war ich innerlich in einem Zustand, der sich wie Aufregung anfühlte, beinahe wie Euphorie. Er war ein echter Gentleman… Ich fühlte mich schlecht, in Anbetracht der Umstände lächelnd an ihn zu denken, um einen seligen Schlaf finden zu können. Rasch war ich bemüht, meinen Verstand zu ordnen, doch kein Gedanke bewirkte es, sich über ihn zu erheben…

Am nächsten Morgen weckte mich die hereinstrahlende Sonne sanft.

Ich spürte Nachwirkungen... Nachwirkungen seiner Berührungen… Nachwirkungen des Weines… Hatte ich gestern zu viel getrunken? Etwas Unrechtes getan? Wie geht es John und Lana? Ist er sicher heimgekommen? Gedankenfetzen durchkreuzten mein Gehirn, alles war verschwommen, ich hatte zu wenig geschlafen… es musste weit nach zwei Uhr morgens gewesen sein, als mein Bett mich empfing… Ich fühlte mich heute Morgen anders als sonst. Lana… Ich erinnerte mich genau, wie er meine Hand beim Tanz hielt, wie sein Gesichtsausdruck bei unserem letzten Blickwechsel war, was ich empfand… was ich immer noch fühlte… er war mir so vertraut… ich erinnerte mich an den Moment auf der Treppe, wie er mir von seiner Familie erzählte und… wie er sich um Lana sorgte…

Ich war taumelnd auf dem Weg zum Badezimmer. Schnell rief ich Betsy nach einem kalten Eimer Wasser, in der Hoffnung, wieder zu klaren Gedanken zu kommen.

Ich trocknete mich ab, putzte meine Zähne und rannte dann eilig zu John, atmete noch einmal tief durch, ehe ich die Türe öffnete, und versetzte mein Gesicht in einen lächelnden Zustand.

Er saß aufrecht im Bett, Betsy musste die Vorhänge zurückgezogen haben, und die Sonne strahlte auf ihn. Er hatte wieder mehr Farbe im Gesicht und wirkte ausgeruhter als gestern. „Guten Morgen, Schatz", entgegnete ich ihm. „Hast du gut geschlafen? Wie geht es dir?" „Guten Morgen, Maddie, ich fühle mich etwas besser, danke. Wie war die Hochzeit? Dass du schon so bald wach bist, wundert mich." Er lächelte mich an, nahm meine Hand. „Ich…, ach, es wurde spät genug, ich habe getanzt, aber wenn du dabei gewesen wärst, hätte ich es sicher länger ausgehalten." Dies erklärte ich ihm, obwohl es nicht der Wahrheit entsprach. Ich überlegte, ob ich Lanas Vorfall erwähnen sollte, entschied mich aber dagegen. Einerseits wollte ich ihn nicht unnötig aufregen, andererseits wusste ich, dass er manchmal sehr verquere Ansichten haben konnte, wie damals bei Papa. Er würde womöglich darauf bestehen, sie in einer Anstalt unterzubringen… so erzählte ich weiter: „Es war amüsant, Viv kam auf die lustige Idee, Dr. Bennett einzuladen, und er leistete uns Gesellschaft. Jeder hat sich nach dir erkundigt, und ich soll dir von allen eine schnelle Genesung wünschen." „Danke, ich bin schon wieder fast der Alte… Wie gefiel Arthur und Vivienne dein Klavierspiel?" „Oh, ich war in Gedanken und zum Schluss hin unkonzentriert, dass ich es verpatzt habe… angeblich sei es niemandem aufgefallen, aber ich bin doch unglücklich darüber." „Vielleicht hättest du besser mehr geübt!? Manchmal überschätzt du dich selber." „Ja, das mag sein… Wie auch immer, die Hauptsache ist doch, dass es dir schon besser geht und du bald wieder bei Kräften bist." „Ja…" „Schlaf noch etwas, John, ich ziehe die Vorhänge wieder zurück und sehe in zwei Stunden wieder nach dir." Somit verließ ich sein Zimmer, schloss die Türe hinter mir und überlegte, weshalb es sein konnte, obwohl ich ihn liebte, dass meine Gedanken Anthony galten… Ich verstand es nicht… Ich musste nach Lana sehen.

Aufgeregt lief mir meine Schwester entgegen und riss mich aus meinen Gedanken. „Maddie, du bist schon wach? Wie geht es John?“ „Er schläft, es geht ihm deutlich besser… Was ist mit Lana?“ „Sie hat die Nacht durchgeschlafen, gesprochen hat sie noch immer kein Wort. Du siehst so blass aus, Maddie, alles in Ordnung mit dir? Ich kenne dich doch, irgendwas sitzt dir quer.“ „Was glaubst du denn? Ich mache mir Sorgen um Lana, was, wenn sie es nochmal versucht?“ „Wir dürfen sie einfach nicht mehr aus den Augen lassen. Hast du es John schon erzählt?“ „Oh nein, ich halte es für besser, ihn nicht darüber in Kenntnis zu set-zen, du weißt doch, wie er manchmal sein kann, er will sie womöglich in eine Anstalt schicken, Onkel Maxwell würde es erfahren… nein, sag bitte Arthur auch, dass er Stillschweigen bewah-ren soll.“ „Wie du meinst, Maddie, aber wenn ihr Zustand noch länger anhält, was sagen wir Onkel Maxwell und John?“ „Dass ihr Gemütszustand aus heiterem Himmel kam, eine seltene Niederge-schlagenheit aus unerfindlichem Grund... Auf keinen Fall werden wir die Wahrheit sagen. Ich werde Anthony, ich meine Dr. Bennett um Rat bitten.“

„Ich hoffe, dich hat meine Idee, Dr. Bennett als deinen Gesellschafter zu beschäftigen, nicht zu sehr überrumpelt? Ich fand es eine nette Alternative…“ „Eine Alternative…? Ja, das war es, nur…“ „Was willst du sagen, Maddie?“ „Ich will gar nichts sagen, nein, er war doch wirklich eine angenehme Gesellschaft, mehr nicht…“ „Das ist doch gut, ich meine, dann bist du mir nicht böse deswegen?“ „Ach, keineswegs, es war ein geselliger Abend, von den Umständen einmal abgesehen, und ich denke, dass Dr. Bennett die Feier auch als unterhaltsam empfand. Oder? Hat er schon eine Rückmeldung gegeben? Ich meine, war er heute schon da, um nach John zu sehen?“ „Nein, aber schau mal auf die Uhr, es ist noch früh am Morgen, er wird sicher noch kommen.“ „Ja. sicher…“

In meinem Zimmer waren meine Gedanken unverändert… Ich entschied mich trotz des aufgekommenen Starkregens einen Spaziergang im Garten zu machen, in der Hoffnung, unsere Gärtner anzutreffen, um mit ihnen über belanglose Dinge wie das Andauern des Wachstums der neu gesäten Pflanzensamen sprechen zu können, ich benötigte dringend ein anderes Bild als das meiner selbstmordgefährdeten Schwester oder das von Dr. Anthony Bennett in meinem Kopf…

Leider musste ich auf Nachfrage bei Betsy feststellen, dass Vivienne der Mehrzahl des Personals bis morgen freigegeben hatte und das bezahlt… Oh ja… Viv war glücklich, und weil sie es war, wollte sie jeden daran Teil haben lassen…, wie lieb sie doch ist…

Mehr und mehr sorgte ich mich um meinen Verstand, da selbst der Versuch, zu sticken oder ein Buch zu beginnen, meine Gedanken nicht zum Schweigen brachte. Es war Sonntag, und Tulja, unser Kutscher, wurde Gott sei Dank nicht von Viv freigestellt. Ich sah ihn aus der Ferne vor dem Stall die Pferde tränken und seine Hose vom Staub säubern. Vater! Kam mir der Gedanke…, ja er soll mich zu ihm bringen, er wird sich sicher über meinen Bericht von gestern freuen, ich werde ihm und Maggie erzählen, wie glücklich Viv und Arthur waren und sind… „Tulja“, rief ich.

„Ja, Mrs. Heart?" „Spannen Sie die Pferde an, es geht nach Welton." „Sicher, Mrs. Heart." Zufrieden mit meiner Entscheidung freute ich mich auf das Wiedersehen mit meinem Vater, er würde mich auf andere Gedanken bringen... Heute würde keiner Fragen stellen, da beinahe jeder freigestellt war und die Verwandtschaft noch schlief… Ich fühlte mich einfallsreich und von Ideen beflügelt, ich könnte morgen einen Ausflug zum Meer machen, wieder mit dem Malen beginnen, Papa und Maggie etwas kochen, mich überkamen die tollsten Ideen, und ein Lächeln flog über mein Gesicht. Morgen würde ich sicher schon mit John im Garten spazieren gehen... Ich war euphorischer Stimmung, wenngleich es meine Traurigkeit nur für den Moment überspielte, doch das wurde mir erst später bewusst…

Die Räder der Kutsche hatten es schwer, durch den Schlamm zu fahren, es regnete seit den frühen Morgenstunden stetig, wenngleich der Tag mit herrlichem Sonnenschein begann. Jetzt glich der Himmel einem schwarzen Loch und mich fröstelte, doch trotz des schaurigen Wetters fühlte ich mich getrieben von Enthusiasmus, die Gedanken an Lana verdrängte ich. Es würde wieder gut werden, redete ich mir ein… Selbstvorwürfe bringen mich nicht weiter… Die Ankunft bei meinem Vater erfolgte nach einer Dreiviertelstunde. „Danke, Tulja, du kannst mich in einer Stunde wieder abholen!" „Sicher, Mrs. Heart." Ich klopfte an Papas Türe, entschlossen, ihm nichts von dem dramatischen Vorfall seiner jüngsten Tochter zu berichten. „Papa, ich bin es, Madeline." Er war überrascht, als er die Türe öffnete. Herzlich schloss er mich in seine Arme. „Maddie, mein Kind, das ist ja eine Überraschung, komm rein und setz dich." Seine hellblauen Augen blickten mich freudig an. Sein längeres helles Haar war dünner geworden, vereinzelt blitzten graue Strähnen hervor, doch trotz des Kummers in der vergangenen Zeit hatte er sein jugendliches Aussehen nicht verloren. Seine Herzlichkeit wärmte mein Herz. Maggie erhitzte Wasser für den Tee und stellte eine Schüssel mit Gebäck auf den Tisch. Mit einem Kuss links und rechts auf die Wange begrüßten wir einander. Ich bemühte mich, meinen Anflug von Euphorie aufrecht zu erhalten. „Gut siehst du aus, Madeline, du strahlst von Innen, meine Liebe." „Oh, danke, ich bin noch immer freudigen Gemüts, die Hochzeit war wundervoll." „Das glaube ich…, zu schade, dass wir nicht dabei sein konnten." „Natürlich, ihr wurdet schwer vermisst, aber… Viv und Arthur kommen Euch alsbald besuchen." „Ja…", sagte Vater: „Das weiß ich doch, ich habe fest an unsere Kleine gedacht und wünschte, ich hätte sie gestern zum Altar führen können…, ich bin doch kein guter Vater, meine Maddie…" „Was sagst du denn da, Papa… nein, es sind diese verdammten Umstände… ich musste Vivienne es sogar ausreden, dich zu ihrer Hochzeit zu holen, du weißt doch, dass es um ihr Ansehen in der niederträchtigen Gesellschaft geht… es fiel ihr bei Gott nicht leicht… das musst du mir glauben… sie hat dich sehr vermisst." „Es war klug von dir, es ihr auszureden… ich möchte nicht, dass ihr unter meinem schlechten Einfluss zu leiden habt. Das ist das Letzte, was ich will…" „Papa… es werden sicher auch wieder andere Zeiten kommen…"

„Natürlich, mein Kind… Sag, wie geht es John?“
„Oh, er konnte auch nicht an der Hochzeit teilnehmen, er kam krank von einer Reise zurück,
wir mussten sogar einen Arzt konsultieren.“ „Oh
je, oh je… was fehlt ihm denn, dem guten John?“
„Es ist nichts allzu Ernstes, aber er hat uns einen
Schrecken eingejagt. Und du kennst doch Vivienne, sie lud prompt den Arzt zur Hochzeit ein…“
„Dr. Fieldings?“ „Oh nein, er ist seit einem Jahr
im Ruhestand, er hat einen jungen Nachfolger,
der sein Handwerk nicht weniger gut versteht.
Wir alle waren sehr dankbar, dass er uns so
schnell zu Hilfe kam… Sein Name ist Dr. Bennett.“ „Dr. Fieldings…, dass er schon so alt ist,
war mir gar nicht bewusst… tja ja … so vergeht
die Zeit, mein Kind… Und John ist auf dem Weg
der Genesung?“ „Aber natürlich. Dr. Bennett
konnte John tatsächlich ehrenhaft vertreten. Bis
zum letzten Tanz hielt er die Stellung und
schenkte mir seine Zeit.“ „Das klingt nach einem
Gentleman, meine Liebe.“ „Ich behaupte, dass er
das wirklich ist. Er erzählte mir von seiner Familie, und wir verstanden uns auf Anhieb… sehr

gut." „Wie schön, Maddie, du hast also einen neuen Freund gewonnen, so wie ich das verstehe." „Oh... ja…, vielleicht werde ich ihn und seine Familie bald zu einem Essen einladen, als Danksagung." „Das wirst du, das ist schön zu hören." Papas Worte beflügelten mich und dagegen wäre tatsächlich nichts einzuwenden. Es war das Mindeste, was ich tun konnte, um mich bei ihm zu revanchieren, dass er für mich seine Zeit geopfert hatte. John sollte ihn auch kennen lernen.

Nachdem wir unseren Tee ausgetrunken und ich Papa und Maggie auf den neuesten Stand der Dinge gebracht hatte, verabschiedete ich mich mit dem Versprechen auf ein baldiges Wiedersehen. Ich drückte Papa nochmal ganz feste an mich und bemerkte dabei, dass meine emotionale Instabilität noch nicht überwunden war, denn ich kämpfte mit den Tränen. Es war für mich immer noch schwer zu akzeptieren, dass er von der Gesellschaft als „ein in Ungnade Gefallener" geächtet wurde. Wenn ich länger darüber nachdachte, trieb es mich fast in die Verzweiflung, Machtlosigkeit ist ein schweres Schicksal…

Tulja wartete wie verabredet auf mich. Dem Regen gesellte sich ein heftiger Sturm hinzu, der seinen Höhepunkt glücklicherweise erst erreichte, als wir bereits sicher zu Hause angekommen waren.

Als ich meinen Mantel und Hut ablegte, lief Vivienne auf mich zu. „Maddie, wo warst du bei diesem Wetter?" „Ich war bei Papa, Bericht erstatten. Er war traurig, wie du dir vorstellen kannst, gestern nicht dabei gewesen zu sein, aber ich habe ihm gesagt, dass du und Arthur ihn bald besuchen werdet. Ich soll dir einen Kuss von ihm geben." „Hast du ihm von Lana erzählt?" „Nein, natürlich nicht, du weißt, wie es ihn aufregen würde." „Ja, du hast Recht. Lanas Zustand ist unverändert, Dr. Bennett war da." „Wirklich, er war schon da? Und was hat er gesagt?" „Er vermutet ein schweres Nervenleiden, das unbehandelt irreversibel bleiben kann." „Was soll das heißen?" „Er ist auf diesem Gebiet kein Experte, hat uns aber geraten, nicht länger als weitere fünf Tage auf eine Besserung zu warten und ansonsten eine Kur einzuleiten." Tränen schossen in meine Augen, ich fühlte mich furchtbar schwach und suchte in der Umarmung meiner Schwester Halt. Viv sprach zu mir: „Hör zu, wir warten noch ein paar Tage, und wenn sich nichts ändert, nehmen wir sie mit auf unsere Hochzeitsreise." „Wie meinst du das?" „Ich habe mit James geredet, er hält es auch für die beste Lösung. Wir machen nicht wirklich unsere Hochzeitsreise, sondern fahren mit ihr zur Kur, dann wird niemand fragen, wieso wir länger weg sein werden." „Aber eure Flitterwochen?" „Das ist doch vollkommen gleich, Arthur sagt auch, die Familie ist wichtiger, wir bekommen das schon wieder hin, glaub' mir, Maddie." Viviennes Umarmung und ihre zuversichtlichen Worte halfen mir, mich zu beruhigen. „Ich muss jetzt nach ihr und John sehen… Ach, Viv!" „Ja?" „Hat Dr. Bennett noch irgendetwas gesagt? Ich meine, über den gestrigen Abend?" „Nein, wieso?" „Schon gut", entgegnete ich ihr mit gesenktem Blick, traurig darüber, ihn verpasst zu haben.

John saß aufrecht in seinem Bett, als ich seine Türe öffnete, und ich war bemüht, mir meine

Verstimmtheit nicht anmerken zu lassen. „Na, mein Schatz, hast du noch etwas schlafen kön-nen? Geht es dir besser?" „Ich fühle mich schon kräftiger, mein Appetit kommt langsam zurück, ich möchte wieder reiten, spazieren gehen." „Das freut mich, John, aber ich halte es für besser, wenn du dich wenigstens noch einen oder besser zwei weitere Tage schonst. Sieh nur aus dem Fenster, das Wetter ist heute ohnehin stürmisch, grau und es regnet seit Stunden. Wenn es morgen schöner ist, könnten wir einen kleinen Spazier-gang machen." „Das würde ich gerne", sagte er und lächelte mich dabei an, „aber Hunger habe ich trotzdem." „Ich gebe Betsy Bescheid."

Lana war wach, als ich in ihr Zimmer kam, sie er-kannte mich wohl, doch sie sprach immer noch kein einziges Wort, mit niemandem. Ihre Augen wirkten leer und verloren, es kam mir vor, als sei sie mit ihren Gedanken ganz wo anders. Ich war in schrecklicher Sorge. Wie kann ich ihr nur hel-fen? Ich dachte nicht, dass sie eine Abweisung von Owen so schwer mitnehmen würde, da ich der Meinung war, meine kleine Schwester besser zu kennen, doch hatte ich mich gewaltig getäuscht. Am nächsten Tag war Vivienne immer noch der Ansicht, dass wir weitere ein bis zwei Tage geduldig mit ihr sein sollten, in der Hoffnung, dass sie sich dann erholt habe. Ich sah am Tag mehrmals nach ihr, nachts blieben Vivienne und ich abwechselnd in ihrem Zimmer. Für nichts war sie zu motivieren, sie schlief die meiste Zeit, ansonsten starrte sie die Decke an, in einer Weise, die mich zutiefst ängstigte. Ich las ihr einige Kapitel aus ihrem Lieblingsbuch vor, doch selbst an Stellen, die sie sonst in Begeisterung versetzten, blieb jegliche Bemerkung aus. Stetig blickte mich ein von Glück und Hoffnung verlassenes Gesicht an, ihr Ausdruck war starr, fortbleibend derselbe, als würde sie in einer anderen Welt leben. Wir hatten immer noch niemanden über den Vorfall unterrichtet und sprachen von einer plötzlich aufgetretenen Erschöpfung, die wir uns nicht erklären konnten, das sollte auch so bleiben. Ich überlegte, Tante Charlotte über Lanas Zustand zu informieren. Normalerweise war sie der Mensch, mit dem ich über alles sprechen konnte, ich entschied mich dennoch dagegen, denn diesmal war es anders. Lana wäre damit nicht geholfen, und womöglich würde es Owen herausfinden und sie noch mehr beschämen. So verbrachte ich diese Tage in hoffnungsvoller Erwartung auf eine Besserung ihrer seelischen Verfassung und auf ein Wiedersehen mit Anthony.

Am folgenden Nachmittag kam Vivienne aufgeregt zu mir: „Sieh mal, Madeline, sieh mal! Der Fotograf hat die Fotoabzüge gebracht. Was sagst du, sehe ich nicht fülliger auf dem Bild aus, als ich in Wirklichkeit bin?“ Es war bezaubernd, meine Schwester zurückversetzt an ihren Hochzeitstag zu sehen, ohne die sorgenvollen Gedanken um Lana. „Nein, nein, das denke ich nicht, Viv.“ „Aber sieh mal, Arthurs Nase sieht ganz anders aus!“ „Also, ich weiß nicht, was du siehst! Ich finde, seine Nase sieht aus wie immer.“ Sie lachte: „Ja…, ja vielleicht hast du Recht. Hier, Maddie“, sagte sie und hielt eine andere Fotografie in den Händen. „Das bist du mit Dr. Bennett und Lana.“ „Ich hatte beinahe vergessen, dass wir es haben machen lassen.“ Ich musste schmunzeln.

„Gefällt es dir, Maddie? Dann behalte es." „Ja…
danke Viv, sehr gerne." „Ich werde die anderen
Bilder mit Arthur sichten, wenn etwas ist, ich bin
nebenan." „Was sollte sein?" „Ich meine, falls
Lana aufsteht oder… Du wirkst traurig, Maddie…" „Nein, es ist alles gut, mach dir keine
Sorgen." „Das kannst du anderen erzählen,
Schwesterherz… Wie gesagt, wenn du mich
brauchst, ich bin im Wohnsalon." „Danke, Viv."
Ich betrachtete noch einmal die Fotografie, welche mir so unwirklich erschien, und war glücklich
darüber, dass es sie gibt.

John war in den folgenden drei Tagen vollkommen auskuriert. Lanas Befinden war unverändert,
sodass Vivienne und Arthur ihre scheinbare
Hochzeitsreise mit ihr antraten. Zum Glück war
Onkel Maxwell selbst verreist, und auch sonst bekundete niemand viel Interesse daran, ob es der
kleinen Lana besser ging oder warum sie die Eheleute begleitete. „Pass' gut auf die Beiden auf",
flüsterte ich Arthur beim Abschied ins Ohr. „Ich
beschütze sie mit meinem Leben, Maddie."

Mir blieb zu Hause nichts anderes übrig, als mit aller Kraft meinen sorgenvollen Gemütszustand John gegenüber zu überspielen, und ich dachte erneut an meine Idee der Einladung Anthonys. Ich schrieb ihm.

Gelehrter Dr. Bennett,

um mich als dankbar erweisen zu können, für die Zeit, die Sie meinen Schwestern und mir geschenkt haben, für Ihre Hilfestellung und Diskretion, will ich Sie und Ihre Familie als unsere Gäste am kommenden Samstag willkommen heißen. Möchten Sie mir mitteilen, ob es Ihnen an diesem Tag um zwanzig Uhr möglich ist, uns mit Ihrer Gesellschaft zu erfreuen?

Ich verbleibe hoffnungsvoll auf ein baldiges

Wiedersehen,

Madeline Heart.

Ich war tatsächlich beinahe ängstlich. Ängstlich darüber, ob er meiner Einladung folgen würde und darüber, welche Gedanken ihm beim Lesen meiner Zeilen durch den Sinn gehen würden. Was mochte seine Frau denken…? Was sollte sie schon denken? Er wird ihr sicher von Viviennes Hochzeit erzählt haben, als eine für das Patientenvertrauen notwendige Sache, für die es sich lohnt, seine Freizeit zu opfern, um einen Grundstein für eine langfristige Vertrauensbasis einer angesehenen Großfamilie legen zu können. Vermutlich dachte er genauso darüber und nicht anders. Weshalb sollte er auch anders darüber denken, mehr war es schließlich nicht.

Zwei Tage vergingen und keine Antwort von ihm, dabei hatte ich den Kurier über die Dringlichkeit dieser Nachricht informiert. Ich ertappte mich beim Kauen meiner Fingernägel und musste mich ständig selbst ermahnen, es zu unterlassen. Ablenkungsversuche, die meine Wartezeit auf eine Antwort verkürzen sollten, schlugen fehl. Ich fand keine ruhige Minute, mich still hinzusetzen. Herr Gott! Welch lächerlicher Zustand…, es war mir nicht zu erklären.

Am dritten Tag endlich wurde mir ein Brief übersandt, Betsy reichte ihn mir. Ich las den Absender „Dr. Anthony Bennett, Lexenstreet 29"… Hastig rannte ich hinauf in mein Zimmer, setzte mich auf das Bett und atmete ein paar Mal tief ein und aus, ehe ich den Mut aufbrachte, den Brief zu öffnen. Ich durfte eine Absage keineswegs als persönliche Ablehnung empfinden, schwor ich mir. Mit zitternden Händen öffnete ich den Brief schnell, aber sachte, ich fürchtete, eine wichtige Tatsache unkenntlich zu machen, die es mitzuteilen galt, das wäre undenkbar... Ich las folgende Zeilen:

Liebe Madeline,

wir hatten uns bereits einvernehmlich auf die Ansprache unserer Vornamen geeinigt, deshalb war ich überrascht, einen Brief von solch förmlicher Anrede von Ihnen zu erhalten… Sie wissen, nennen Sie mich bitte Anthony. Gleichwohl freue ich mich überaus über Ihre Einladung. Gerne möchten meine Frau und ich Ihrer Einladung am kommenden Samstag folgen. Ich verbleibe dankend und vorfreudig auf unser Wiedersehen,

herzlichst,

Anthony B.

Ich verspürte eine enorme Erleichterung, ein aufgeregtes Herzklopfen sowie aufsteigende Hoffnung. Ich lief in meinem Zimmer mit dem Brief in der Hand auf und ab. Der Gedanke, ihn in drei Tagen wieder sehen zu dürfen, legte sich wie Balsam auf meine Seele, worauf mein Verstand mit Unverständnis reagierte.

John fühlte sich stets wohl in Gesellschaft und hoffte, mit Dr. Bennett auf einen Menschen zu treffen, der ihm intellektuell ebenbürtig, kongenial war, um abseits von oberflächlichen Konversationen über tieferreichende Themen diskutieren zu können wie beispielsweise Politik, was sein Fachgebiet war. Er ergriff gerne Chancen, seinen

Bekanntenkreis zu erweitern, gerade und vor allem mit einflussreichen Personen. Er dachte immer daran, dass einmal der Tag kommen könnte, an dem sich diese oder jene Bekanntschaft bezahlt machen würde. Deshalb empfand er meine Idee, eine Einladung auszusprechen, als hervorragenden Einfall, um sich selbst ein aussagekräftiges Bild von Dr. Bennett machen zu können.

Er war anders, als er mit ihr eintrat, vielleicht war ich es auch. „Guten Abend, Anthony", begrüßte ich ihn. „Schön, dass Sie gekommen sind." „Ich danke Ihnen für die Einladung, Maddie, darf ich Ihnen meine Frau Celeste vorstellen?" „Guten Abend, Celeste, ich freue mich, Sie kennen zu lernen, ich bin Madeline." „Ich freue mich auch, danke für die Einladung." Ihr französischer Akzent war unüberhörbar, dieser verlieh ihr zugegeben einen besonderen Charme. John brachte sich mit ein: „Wo haben Sie Ihre Kinder heute Abend untergebracht? Wir waren nicht sicher, ob Sie alle zusammen unserer Einladung folgen würden." „Sie sind bei unserer Nachbarin gut aufgehoben", antwortete Celeste. Als ich ihre samtbraunen Augen erblickte, fühlte ich mich klein und nichtig, tölpelhaft und ungebührlich… Sie wusste sich auszudrücken, hatte eine dezente Art an sich, zurückhaltend zu sein, und den rechten Sinn für Taktgefühl. Ihre Haut war rein wie Porzellan. Sie war höflich, unverschämt hübsch, zierlich und dennoch weiblich, hochgewachsen. Ihr dezentes weißes Musselin-Kleid zeichnete ihren wohlgeformten Busen ab, schmeichelte der zarten Statur. Ein silbrig glänzendes Haarband zierte ihr braunes offenes Haar, welches wie geborstenes Leder glänzte, nur weicher. Es zerriss mir beinahe das Herz, als ich sie in ihrer filigranen und liebevollen Art erblickte, sodass ich weinen wollte. Für meine aufkommende Eifersucht verachtete ich mich, zumal ich nicht berechtigt war, sie zu empfinden. Ich liebe John…, dennoch suchte ich verzweifelt Anthonys Blick, nach welchem ich mich verstörend sehnte, derart angestrengt, ihn zu finden. Wie unverschämt diese Gedanken doch waren, meine Gefühle. Angstbesetzt, dass Celeste bemerken würde, dass ihr Mann mein Herz berührt hatte, bemühte ich mich, meinem souveränen Eindruck als Gastgeberin nicht zu schaden. Ich fühlte mich schrecklich unwohl, und meine Idee diese Einladung betreffend empfand ich als meinen dümmlichsten Fehler. Wieder sah ich zu Boden, sah nach links, nach rechts, kratzte mich am Hals, obwohl es nicht juckte und spürte, wie meine Hände zu schwitzen begannen, wie mein Körper von einem Schauer durchflossen wurde, sodass sich jedes Haar meines Körpers erhob. Ich war erregt, alleine seines Anblicks wegen, seiner Art und Weise, seine Stimme zu heben. Jede Gestik von ihm war anziehend und beruhigend zugleich. Ich war voll und ganz auf ihn konzentriert, alles andere rückte in weite Ferne. Wie alles heil und ganz zu sein schien im Angesicht seines Daseins und zugleich nichts einen Sinn ergab. Seinen Blick suchte ich vergebens. Es war, als hätte es nie einen Moment der Verbundenheit zwischen uns gegeben, denn sie war sein Mittelpunkt. Neben ihr war ich niemand. Ich spürte meinen Magen krampfen und mein Herz rasen, mir war schwindelig. Meine unangebrachten Gedanken ließen sich nicht verscheuchen. Ein Gefühl von erdrückendem, schweren Kummer bemächtigte sich meiner, und von der Euphorie, die mich angehalten hatte, zu diesem Abend einzuladen, war nichts mehr übrig. Lächerlich, dass ich geglaubt hatte, eine Berührung unserer Herzen gespürt zu haben. Was glaubte ich nur… was wollte ich bezwecken… Beide waren wir doch gesegnete Eheleute... Und ich schämte mich furchtbar… John richtete das Wort an unsere Gäste: „Na, dann erzählen Sie mal, ehrenwerter Doktor Bennett, wo haben Sie dieses hinreißende Geschöpf kennen gelernt?" Mehr als über Johns Fragestellung, die mich eigentlich hätte erzürnen sollen aufgrund seiner Bekundung, sie anziehend zu finden, traf mein Herz die Antwort die von *ihm* folgte: „Es war während eines Krankenbesuchs, ich war nicht beruflich, sondern privat im Süden Frankreichs, dort traf ich auf einen verzweifelten Mann, der mich um Hilfe bat, da seine Frau dem Tod geweiht war. Auch ich konnte den Eheleuten in ihrer Not nicht helfen, einzig einen Strauß Blumen wollte ich nach dem Ableben der Frau auf ihr Grab legen. Nun, die Dame, die mir die Blumen verkaufte, war Celeste." „Es war also Liebe auf den ersten Blick, Dr. Bennett?", wollte John weiter wissen. „So war es." Als er dies antwortete, strahlte er sie liebevollen Herzens an und ergriff ihre Hand. Als sie ihren Kopf drehte, klimperten die dunklen Wimpern, die so üppig und reich an ihrer Zahl ihr Aug umkleideten, dass sie im Kerzenlicht hervortraten und Schatten warfen. Ich befand mich in einer für mich nicht zumutbaren Situation. Meine Gefühlsregung aufgrund dieser Beobachtung war anmaßend… Ich hatte kein Recht dazu, aber mir war elend, dass ich meine ganze Kraft zusammen nehmen musste, um nicht zu weinen. Ich quälte mich schlichtweg durch die Konversation. Mit Mühe verzehrte ich den letzten Bissen des Hauptgangs und sammelte letzten Mut, um einen glaubwürdigen Abgang dieser schrecklichen Szenerie zu gewährleisten. Ich spürte, wie meine Augen heiß wurden und das Salz bis zu meinen Augenlidern drang. Ohne Vorwarnung stand ich auf und sprach: „Ich kann mich nicht ausreichend entschuldigen, es ist, dass ich seit zwei Tagen mit fürchterlichen Kopfschmerzen zu kämpfen habe. Ich muss mich ausruhen, ehe es schlimmer wird, es tut mir wirklich schrecklich leid, doch genießt den Nachtisch." Ich gab John einen Gute-Nacht-Kuss auf den Mund, und er flüsterte mir leise zu: „Muss das denn sein, Madeline, du hast sie schließlich eingeladen, reiß dich doch bitte einmal zusammen." „Es tut mir leid, Schatz…" „Gute Besserung", sagte Celeste, „und nochmals vielen Dank für das köstliche Diner." „Gern geschehen." „Soll ich Sie mir einmal ansehen, Madeline?", fragte Anthony. „Oh nein, nein, das ist wirklich nicht nötig, danke." Somit verließ ich das Speisezimmer, noch auf den Treppen liefen mir die Tränen hinunter, als ich plötzlich hörte: „Madeline." Es war seine Stimme. Ich blieb stehen, drehte mich zunächst nicht um, da ich nicht wollte, dass er mein verweintes Gesicht sehen konnte. „Madeline, bitte warten Sie." Schnell wischte ich die Tränen fort, drehte mich um, bemüht zu lächeln. „Ich komme schon zurecht, Anthony, ich brauche Ihren ärztlichen Rat nicht, wie ich bereits sagte… danke." Er trat einige Schritte näher, sodass er beinahe schon die Treppenstufen erreichte. „Was ist mit Ihnen?" „Nichts, ich sagte Ihnen doch… diese Kopfschmerzen sind äußerst schmerzhaft, vielleicht habe ich mich bei John angesteckt… und sie wissen, die Sorge um Lana..., das wird schon wieder. Bitte gehen Sie wieder zurück zu Ihrer Frau, ich möchte Ihnen keine Unannehmlichkeiten bereiten." „Haben Sie denn Nachricht von Vivienne erhalten, wie es Lana geht?" „Nein, sie sind ja noch nicht lange unterwegs." „Ich verstehe… Hören Sie, Madeline", sagte er, „ich… ich hoffe, dass Lana bald wieder gesund ist, halten Sie mich auf dem Laufenden?" „Das will ich, Anthony." „Dann schlafen Sie gut, Madeline, und nochmal danke für die Einladung, es hat mich gefreut, Sie wiederzusehen." Da war er wieder, der Moment der Vollkommenheit, der Blick in seinen Augen, diese Verbundenheit, die uns niemand nehmen konnte, die schlichtweg unerklärlich existierte und zu meinem Lebensmittelpunkt wurde, da er derjenige ist, der meine Seele berührt wie kein anderer.

Mit einem Mal stieg Hoffnung in mir auf, doch welche Aussicht auf Hoffnung sollte das sein? Als ich im Schlafzimmer angelangt war, da öffnete ich das Fenster, sog begierig die klare Abendluft in meine Lungen auf, ließ einen tiefen Seufzer ertönen, und erst als ein zarter Windstoß durch das geöffnete Fenster drang, spürte ich die Kälte der feuchten Träne, die sich ihren Weg nach Außen ebnete und unbeachtet im Augenwinkel ruhte, als sie hinunterlief, dann erst bemerkte ich, dass ich erneut weinte.

„Wie ein Sternenflackern wohnt die Hoffnung mir inne und erniedrigt mich,

knechtet mich,

Marionetten gleich.“

Zwei Wochen waren vergangen, seitdem ich ihn das letzte Mal gesehen hatte. Heute erhielt ich einen Brief von Vivienne, indem sie schrieb, dass trotz des angenehmen Klimas, Ruhe und Musiktherapie Lanas Zustand unverändert geblieben

sei. John erzählte ich, dass alle wohlauf seien,
doch Anthony schrieb ich tags darauf die Wahrheit.

Liebster Anthony,

*nun ist es eine Weile her, dass ich Teil Ihrer Ge-
sellschaft sein durfte. Ich hoffe doch, Sie und Ihre
Familie sind wohlauf!?*

*Ich habe heute Nachricht von Vivienne erhalten,
und was soll ich Ihnen sagen… Lanas Gemütszustand ist unverändert und ich untröstlich. Die
Angst, ich könnte sie verlieren und dass ich mich
niemandem anvertrauen kann, macht mich gar so
sorgenvoll. Niemand sagt mir, dass alles wieder
gut werden wird, verstehen Sie? Bitte denken Sie
nicht schlecht über John, er ist ein wunderbarer
Mensch, doch von anderem Naturell als ich oder
Sie es sind, deshalb alleine lasse ich meinen Ehemann im Unklaren über die tatsächliche Situation. Er wäre im Stande, Lana als geisteskrank zu
deklarieren, sie vielleicht sogar in einer geschlos-*

senen Einrichtung unterzubringen, und das möch-
te ich unter gar keinen Umständen...

Ich werde Lana, Viv und Arthur in ein paar Ta-
gen besuchen und hoffe dabei auf Gottes Hilfe,
dass er mich anleitet, das Richtige zu tun, um
meine kleine Schwester wieder sprechend, la-
chend und tanzend, sorglos mit nach Hause neh-
men zu dürfen.

Ich verbleibe mit den herzlichsten Grüßen, im
Vertrauen auf ein baldiges Wiedersehen,

alles Liebe

Ihre Madeline Susannah.

Als ich mit John zusammen beim Abendessen
saß, waren meine Gedanken fortwährend bei
Lana und Anthony. Ich überlegte, wie ich John
am besten und relativ beiläufig erklären sollte,
dass ich den Plan gefasst hatte zu verreisen. Ich
sagte zu ihm: „Ach, ich wollte dir noch Bescheid
geben, dass Vivienne geschrieben hat, allen gehe
es gut, nur Viv und Arthur hätten kaum Zeit zu

zweit." „Das habe ich mir schon gedacht, es war doch auch ein recht eigenartiger Einfall, die Kleine mit in die Flitterwochen zu nehmen…" „Du hast ja Recht… deswegen möchte ich den Dreien nachreisen, sodass ich mich um Lana kümmern kann und die Beiden Zeit alleine verbringen können." Ich hatte es Viv bereits mitgeteilt. „Meinst du wirklich? Sollen sie Lana doch nach Hause schicken und wir könnten mit ihr Ausflüge machen, ausreiten oder was immer sie gern tun würde. Ich bin die nächsten Wochen zu Hause, und es wäre traurig, ohne dich sein zu müssen." „Ich weiß John, ich versuche sie, wenn ich erst einmal dort bin, davon zu überzeugen, mit mir nach Hause zu kommen."

„Ich könnte dich begleiten." Ich hatte mit seinem Vorschlag nicht gerechnet, was sollte ich ihm sagen? Ich stammelte: „Oh, das würdest du wirklich wollen, ich meine, das ist sehr lieb von dir…" „Aber?", wandte er ein. „Ich… ich wollte es dir nicht sagen, da du es ohnehin als lächerlich auffassen würdest, nur… Lana hat seit der Hochzeit einen mädchenhaften Liebeskummer, sie hat sich

in unseren Cousin Owen verguckt und sich große
Hoffnungen gemacht. Owen hat ihr an der Hochzeit zu verstehen gegeben, dass ihre Hoffnungen
nicht die seinen sind, deshalb haben Viv und Arthur sie auch mitgenommen, um sie auf andere
Gedanken zu bringen. Ich glaube, wenn ich mit
ihr nochmal von Frau zu Frau spreche, haben wir
bessere Chancen, das Thema abzuschließen, als
wenn du mitkämst, Schatz, ich meine, du kannst
mir in der Angelegenheit nicht helfen, verstehst
du?" „Oh je, oh je, Maddie… Ist es gar so
schlimm um sie bestellt?" „Nein… was heißt
schlimm bestellt", log ich, „sie ist gekränkt, das
wird mit Geduld und Zuspruch bald vorüber
sein." „Gut, dann ist es wohl besser, wenn du
dich um diese Sache kümmerst." Ich war froh,
dass er den Gedanken, mich zu begleiten, revi-
dierte. Wir beendeten das Abendessen, er küsste
mich stürmisch, bevor wir gemeinsam unser
Schlafgemach aufsuchten, um unserer Ehe kör-
perlichen Ausdruck zu verleihen. Ich liebte ihn,
doch als John bereits in einen angenehm friedvol-
len Schlaf gefallen war, da weinte ich, ich weinte

wie ein kleines Kind… Welch Schicksal trieb sein Spiel mit mir? Mein Innerstes war zerrüttet, mir war elend wie noch nie. Stunden saß ich in dieser Nacht im Garten, beobachtete den Sternenhimmel mit hoffnungsvollen Gedanken daran, bald wieder glücklich sein zu können.

Seine Antwort kam, Betsy überreichte mir einen Brief:

Liebe Madeline,

Ihnen gilt meine größte Besorgnis.

Da ich doch einen Einblick in Ihr feinfühliges Wesen bekommen durfte, kann ich mir vorstellen, wie düster diese Tage des Bangens um Ihre Schwester für Sie sein müssen.

Ich bin ratlos darüber, welche Möglichkeiten wir übersehen, um Lana aus dieser Verzweiflung zurück zu holen. Ratlos bin ich darüber in der Funktion als Arzt. Was einzig und alleine als Mensch und treuer Freund in meiner Macht steht tun zu können, ist, Sie zu unterstützen. Lassen Sie uns gemeinsam sehen, welches Mittel zur Genesung wir übersehen haben. Der Schmerz eines Freundes ist auch der meine, deswegen, liebe Madeline, geben Sie mir Bescheid, für wann Sie Ihre Abreise planen, und ich werde sie begleiten.

Ihr Freund

Anthony

Ich traute meinen Augen nicht, sodass ich diesen Brief wieder und wieder las. Es musste ihm tatsächlich viel an unserer Freundschaft liegen. Diese staunenswerten, zärtlichen, liebevollen Worte ließen Anthony in meinen Augen nur noch erhabener erscheinen. Ich spürte erneut das Aufkeimen von Hoffnung.

Mein lieber Freund,

Ihre Anteilnahme macht mich gar so freudenreich, wie ich nicht zu hoffen glaubte, sodass ich nicht daran denken möchte zu verzagen.

Mir liegt es jedoch fern, Sie von Ihren Tätigkeiten abzuhalten im Hinblick auf Ihre Pflichten als Arzt in unserer Gemeinde oder Sie gar Ihrer Familie zu entziehen. Allerdings wäre es heuchlerisch zu behaupten, ich wäre Ihrer Unterstützung nicht außerordentlich dankbar.

Ich breche in zwei Tagen auf und erwarte Sie Ihrer Orts am Mittag, wenn es Ihnen bis dahin immer noch als die für Sie richtige Entscheidung erscheint.

Ihre Freundin Madeline

Ich hegte einige Zweifel daran, ob er mich wirklich begleiten würde. Darüber hinaus stellte ich mir die Frage, ob ich ihm nicht hätte davon abraten sollen, diese Frage stellte mein Gewissen an mich, nicht mein Herz. Die Freude über den Gedanken, mit ihm einige Tage an meiner Seite verbringen zu dürfen, verwarf jedoch jedweden Zweifel.

Es war Mittag, als ich sein Haus erreichte, und wirklich, er wartete bereits auf mich. Als er die Kutsche kommen sah, machte er noch einmal kehrt, um seiner schönen Frau einen Abschiedskuss zu geben. Während ich die Szene betrachtete, verspürte ich wieder einen stechenden Magenkrampf. Ich erkannte die Liebe, welche die Beiden verband. Auf dem Arm hielt sie ihr jüngstes Kind. Ich war selig über dieses Glück, doch schmerzte es in meinem Inneren. Niemandem darf es gestattet sein, solch ein Glück in Gefahr zu bringen. Ich verachtete meine liebevoll herzlichen Gedanken, die ich für ihn hegte. Ich konnte nicht zulassen, dass er mich begleitete, um Celestes und Johns Willen. Den Tränen war ich nahe, doch fand ich rasch in meine Stärke zurück. Als ich aus der Kutsche ausstieg, war ich bemüht, ihm nicht in die Augen zu sehen, und erklärte nach einer zaghaften Umarmung: „Anthony, ich kann Ihnen gar nicht sagen, wie dankbar ich Ihnen bin, dass Sie so in Sorge um Lana sind, dass Sie mich bei meiner Reise unterstützen möchten, aber das kann ich nicht annehmen, es tut mir leid… Leben Sie wohl...“ „Aber Madeline, was haben Sie? Ich habe Ihnen doch gesagt, dass ich Ihr Freund bin und Sie auf mich zählen können. Ich verstehe das nicht.“ „Ja, mein Freund, das sind Sie, und als Ihre Freundin bitte ich Sie, mich alleine gehen zu lassen, Sie werden hier gebraucht, Anthony. Ich bestehe darauf.“ „Ich verstehe Sie nicht, aber natürlich möchte ich mich keineswegs Ihnen aufdrängen. Erlauben Sie mir dennoch, auf eine Nachricht von Ihnen zu warten, in der Sie mir den Gesundheitszustand Ihrer Schwester vergegenwärtigen?“ „Sicher, das werde ich.“ Er küsste meine Hand zum Abschied, ehe ich in die Kutsche stieg. Hastig wand ich mein Gesicht von ihm ab, da meine Gefühle mich zu überwältigen drohten. Ich war untröstlich, doch mein Gewissen rein. Die Erkenntnis darüber, dass ich wirklich ganz und gar mein Herz an ihn verloren hatte, leitete den Beginn meines Zerwürfnisses zwischen meinem Herzen und meinem Glauben ein…

Der Ort, der Lana zur Genesung dienen sollte, war ein großes Anwesen mit fünfzehn Zimmern, einem riesigen Garten, Pferden und Ausflugsmöglichkeiten in der üppigen naturidyllischen Umgebung. Zwei Stunden von Forest High entfernt. Es gehört einem Freund Arthurs, Mr. Chappeley, der den Eheleuten das Domizil als Unterkunft für die traute Zweisamkeit nach der Hochzeit für drei Wochen unentgeltlich zur Verfügung stellte.

Die Anfahrt verlief ruhig und ohne Vorkommnisse, außer, dass ich weiterhin mit den Tränen kämpfte und mir die Hitze zu schaffen machte, denn die Mittagssonne war ohne Erbarmen. Bei meiner Ankunft begrüßte mich Vivienne überschwänglich und dankbar. „Wie geht es Lana?“, wollte ich wissen. „Unverändert, wir sind ratlos, gestern haben wir einen weiteren Arzt kommen lassen, aber auch der weiß nicht weiter.“ „Was sollen wir denn jetzt tun?" „James kam gestern auch, ich schrieb ihm. Er ist gerade bei ihr." „Ich werde nach ihr sehen." Als ich in ihr Zimmer kam, umarmte ich meinen Bruder, dann setzte ich mich zu ihrem Bett. Ich war erschrocken, wie blass und mager sie doch war. „Hey, meine Maus, ich bin es, Maddie. Hör' mal, ich finde, du warst lange genug im Bett, schau' nur, wie schön es draußen ist, wollen wir nicht spazieren gehen? Du bekommst auch meinen Sonnenschirm, der dir so gut gefällt!" Langsam drehte sie sich zu mir herum und fiel sanft in meine Arme. Mein Herz war tief berührt, als sie sich schutzsuchend an mir festhielt und ich sie für einen Moment aus ihrer Apathie holen konnte. Eine Träne kullerte meine Wange hinunter. James nickte mir freudestrahlend zu. Lana stand langsam auf und suchte im Zimmer nach ihren Kleidern, die Viv sorgfältig im Schrank aufgeräumt hatte. Ich konnte es kaum glauben, sie wollte wirklich nach draußen gehen. Als sie sich angezogen hatte, reichte sie mir die Bürste als Aufforderung, ihr die Haare zu kämmen, sie sprach immer noch nicht, aber es war ein Anfang…

Als ich mit ihr im Garten stand, trauten Vivienne und Arthur ihren Augen nicht. Lana hakte sich bei mir ein, und gemeinsam gingen wir ein Stück. Wir besuchten die Pferde des Domizils, und ich meinte, sogar ein kleines Lächeln auf Lanas Mund erkannt zu haben. Am Abend setzte sie sich gemeinsam mit uns an den Tisch. Als sie die Müdigkeit überkam, gab sie jedem von uns eine herzliche Umarmung und einen Kuss, dann brachte ich sie in ihr Bett, strich noch eine Weile ihr schönes Haar, löschte das Licht und schickte unserem lieben Herrgott ein Dankesgebet. Der Glaube an eine baldige Genesung stimmte mich zuversichtlich.

Als ich mich niederlegte, um Schlaf zu finden, sah ich sein Gesicht vor mir. Ich sah den Moment des Abschieds noch einmal Revue passieren, darauf folgten die Erinnerungen an den Tag der Hochzeit. Ich wälzte mich von links nach rechts und fiel endlich in einen Schlaf, obgleich er unruhig war und ebenso von ihm handelte. Erschrocken wachte ich um Mitternacht auf, mein Herz war traurig und von dunklen Gefühlen überwältigt, die allzu maßlos unverhältnismäßig in mir wohnten. Warum vermisste ich ihn statt meines Mannes? Nachdem ich eine Ewigkeit mit Weinen zugebracht hatte, weil mir das Herz so schwer war, wie von Messerstichen unaufhörlich durchdrungen, da war ich nahe daran, meinen Verstand zu verlieren, weil er mir etwas ganz anderes erzählte als das, was mein Herz zu mir sprach. Ich setzte mich an das Schreibpult und fing an zu schreiben, einen Brief an ihn… der mein Lebtag nicht auf die Absicht abzielen sollte, seinen Adressaten, geschweige denn jemand anderen, zu erreichen. Das Schreiben imaginärer Briefe an ihn sollte mir künftig helfen, meine Gefühle zu verarbeiten.

„Ich weiß nicht, was ich tun oder sagen kann. Der Gedanke an dich ist Fluch und Segen zugleich. Es ist nicht übertrieben, dich mit einem Opiat zu vergleichen. Ich fühle die Leichtigkeit des Lebens in deiner Gegenwart, ich fühle mich

so viel mehr als die Person, die ich immer sein
wollte, ich erlebe die Auferstehung eines unter-
drückten Teils, der in mir, in meiner Seele exis-
tiert, obgleich ich dich doch kaum kenne.“

Mein heimliches Herz,

ein Traum, den man nicht sagt, welchen man
nicht erwähnt, ein Gedanke, den man nicht zu
Ende denken darf, weil es dem Glauben wider-
spricht, erschüttert im Ursprung meines Herzens,
meines Seins. Ich habe nie geglaubt, dass etwas
Derartiges möglich sein, dass ein Gefühl wie dieses mich beherrschen kann.

Du bist das Idealbild eines Mannes. Intelligent,
anmutig, selbstbewusst, ohne überheblich zu sein,
autoritär, ohne streng zu sein. Ich liebe den
Klang meines Namens aus deinem Mund, und
wenn ich wieder und wieder daran denke, empfinde ich eine EUPHORIE und den WUNSCH, dass
du ihn noch einmal sprichst.

Ich war mit gesenktem Kopf am Schreibpult auf-
gewacht, die Sonne weckte mich. Mein erster Gedanke galt Lana. Ich zog mich an, um sie zum
Frühstück zu holen.

Ich kam in ihr Zimmer, und zu meinem Erschrecken lag sie nicht in ihrem Bett. Vielleicht machte
sie einen morgendlichen Spaziergang? Ich eilte in
den Garten, ging zweimal um das Haus herum,
durch das gesamte Haus hindurch, doch ich fand
sie nicht. Ich sah Vivienne gerade das Fenster öffnen und rief ihr zu: „Vivienne, ist sie bei euch?“
„Lana? Nein, wieso?“ „Sie ist nicht in ihrem Zimmer, vielleicht wartet sie schon im Esszimmer auf

uns?“ „Nein, da habe ich schon nachgesehen.“ „Oh Gott, Viv, im Garten ist sie auch nicht.“ „Warte, ich komme.“ Noch im Morgenmantel gekleidet kam sie mir entgegengeeilt. „Arthur sucht oben nach ihr. Und du hast schon überall im Garten gesucht?“ „Ja. Gibt es hier noch irgendeine Hütte oder Wiese oder…“ „Einen Fluss“, platzte es aus Vivienne heraus, die meinen Gedanken zu Ende dachte. Mit zitternden Knien rannte ich meiner Schwester hinterher. Was, wenn sie es wieder versucht hat – war mein erster Gedanke und der zweite: Was, wenn sie es diesmal getan hat? Wir rannten gemeinsam zum nahegelegenen Fluss, welchen wir völlig außer Atem und angsterfüllt erreichten. „Hier ist sie nicht, Viv…, Vivienne.“ Ich sah sie nicht mehr, sie eilte mir viel zu schnell voraus. Panik überkam mich. Das Plätschern, das Rauschen des Wassers wirkte bedrohlich auf mich. Es war nebelig, der Geruch des Morgentaus war frisch und intensiv. Ein großer Nebelreif lag über dem Fluss, es war kalt. „Viv!“, rief ich wieder. Ich sah sie durch den dicken Nebel nicht. „Vivienne!“ Ich hörte einen Schrei, der meinen ganzen Körper erstarren ließ. Ein Stich erreichte mein Herz. Ich rannte in die Richtung, aus der ihr Schrei kam. Sie stand im Wasser, versuchte sie herauszuziehen. Der Fluss war nicht sehr tief. „Madeline!", rief sie, „Madeline!", immer wieder schmerzerfüllt meinen Namen, ihr Kreischen war grausam. Mein Atmen wurde schneller, mein Körper erstarrte vor Angst. Dann sah ich, wie sie mit aller Kraft versuchte, unsere Schwester ans Ufer zu bringen, und ich stand reglos da, meine Füße waren wie festgewurzelt. Ich betrachtete das Bild, welches sich vor meinen Augen zeigte, und konnte nicht weiter gehen. Mein Verstand wollte mich verlassen… dies war nicht die Realität. In tranceartigem Zustand gelang es mir, mich auf die beiden zu zubewegen. Als ich sie erreichte, beugte ich mich über ihren durchnässten, reglosen Körper, wollte ihrem Atem lauschen. Ihr kleiner Brustkorb hob sich nicht, senkte sich nicht. Kein herausrinnendes Wasser erleichterte ihre Lungen. Ihre zarten Lippen waren blau gefärbt, genau wie ihre Finger. Wie aus weiter Ferne hörte ich Vivienne immer wieder schreien. Ihr schmerzverzerrt verweintes Gesicht ließ mich innerlich sterben. „Tu doch was Maddie, Maddie! Oh Gott!" Ich hörte sie und ich hörte sie nicht… kniete erstarrt neben ihr. Dann packten wir sie mit all unserer zur Verfügung stehenden Kraft unter ihren kleinen leblosen Armen, um sie ans Ufer zu bringen. Ich ertastete keine Lebenszeichen. Erst jetzt sah ich, dass ihre zierlichen Füße mit zwei schweren Steinen beschwert waren, die sie mit einer Schnur so fest an sich gebunden hatte, dass ihre Fußfesseln eingeschnürt und rot-blau verfärbt waren. Ich versuchte, die Schnüre mit meinen Händen auseinander zu reißen, doch es war unmöglich, sie davon zu befreien, stattdessen schlitzte ich mir bei dem Versuch, den Knoten zu lösen, die Hände auf, dass sie bluteten. Als ich erkannte, dass für Lana jede Hilfe zu spät kam, fühlte ich meine Seele entweichen, alles in mir war schwarz, ein dunkler Strudel erfasste mich, lähmte mich, machte mich unfähig zu denken. Ich hatte versagt…, die Anzeichen nicht ernst genommen, war unfähig gewesen, meine kleine Schwester zu beschützen. Meine Augen fixierten ihren reglosen Körper, dann, in ruhigem Ton, erklärte ich Vivienne: „Bleib bei ihr, ich hole Arthur." Ich bekam kaum Luft, mein anfänglich langsames Gehen wurde zu einem Rennen und mein Atem immer schneller. Als ich den Garten erreichte, übergab ich mich, mein Brustkorb, meine Finger krampften und ich war unfähig, weiter zu laufen. Mit letzten Kräften schrie ich wieder und wieder: „Arthur, Arthur... Arthur!", bis meine letzte Energie erlosch und sein Name zu einem unverständlichen Wort schmerzenden Ausrufs wurde. Ich verschluckte mich an meiner Spucke. Übelriechende Magensäure erreichte meine Mundhöhle. Der tiefe Schmerz zwang mich zu Boden und die Tränenflut endete nicht. Endlich kam er, ich sah ihn nicht, hörte nur, wie er weit entfernt meinen Namen rief, er kam, versuchte mich aufzurichten: „Maddie…, um Gottes Willen, was ist passiert?" „Lana, Viv, du musst zum Fluss." „Was ist passiert?" „Geh, geh, schnell." Ohne ein weiteres Mal nachzufragen, lief er. Ich kauerte im Gras, hielt mich daran fest, versuchte, mich auf den Geruch des frischen Grüns zu konzentrieren, sog ihn in mich auf. Die Erde war nass, sie roch rein und unberührt. Meine Sinne verließen mich. Ich glaubte, selbst zu sterben, drehte mich auf den Rücken, sodass ich auf den Himmel sehen konnte… erblickte die Vögel formatiert im Blau vorüberfliegen und erinnerte mich an die Worte, die Jesus sprach: „Mein Gott, mein Gott, warum hast du mich verlassen?", ehe mir die Dunkelheit zu einer gnädigen Ohnmacht verhalf.

Ich weiß nicht, wer mich ins Haus gebracht hatte. Mir war schrecklich heiß, und zugleich fröstelte ich bitterlich zitternd. Im Bett liegend erinnerte ich mich an einen dämonischen Traum. Es war schrecklich, einfach schrecklich… Ich war verwirrt, durcheinander, hörte stetig irgendwelche Stimmen vor der Türe, aber verstand sie nicht, die Worte nicht oder wer sie sprach. Ich war im Fieberwahn.

„Ich habe Ihnen doch schon gesagt, dass unser Vater damit nicht im Geringsten etwas zu tun hat, er am allerwenigsten, er liebt seine Kinder. Lana war ein sensibles Kind und sehr verliebt und… sie hat den Tod unserer Mutter nicht überwunden, verstehen Sie…, das ist es.“ „Mmh… verstehe, verstehe, also können Sie bezeugen, dass es sich hierbei um kein Gewaltverbrechen handelt und wir diesbezüglich die Ermittlungen einstellen können?“ „Ja, wie oft denn noch…“ „Ich denke, Sie haben alle Informationen, bitte lassen Sie meine Frau und Familie jetzt in Ruhe trauern.“ „Natürlich, Mr. Landings, natürlich… Haben Sie bitte Verständnis dafür, dass wir alle Möglichkeiten ausschließen müssen. So eine Geschichte ist uns noch nie zu Ohren gekommen, das wirft einige Fragen auf, Mrs. Landings. Guten Abend.“ „Guten Abend.“

„Oh Arthur, wenn sie mit Maddie sprechen wollen oder Vater, das verkraften die beiden nicht.“ „Keine Sorge, Schatz, ich werde nochmal mit dem Polizisten sprechen.“

„Was können Sie denn zu Ihrem Schwiegervater sagen, Mr. Heart? Glauben Sie, er hat etwas mit dem Tod Ihrer Schwägerin zu tun?“ „Henry?

Also hören Sie, er ist ein Idiot, schwachsinnig, wenn Sie mich fragen, und er trinkt, aber damit hat er sicher nichts zu tun. Die ganze Mitchell-Familie ist zart besaitet, wenn Sie wissen, was ich meine, die schwächliche Veranlagung liegt der Familie in den Genen, das war das kleine Mädchen selbst, sie hat sich umgebracht." „Mmh... mmh… gut… danke, Mr. Heart." „Hören Sie, es ist unnötig, meine Frau zu befragen, sie muss sich jetzt von dem Schock erholen, lassen Sie sie bitte in Ruhe." „Das werden wir, vorerst, Mr. Heart."

Langsam begriff ich wieder, wo ich mich befand, und ein quälender Schmerz erreichte mein Herz, als mein Bewusstsein mich zwang, mich daran zu erinnern, dass es kein Traum war. „Laaanaaa!", schrie ich aus Leibeskräften und sprang aus dem Bett heraus. „Wo ist sie?", schrie ich. Vivienne kam zu mir geeilt, ihre Augen waren rot vom Weinen, verquollen, benetzt von Tränen. „Maddie, geh' wieder ins Bett, du musst dich ausruhen." „Nein, wo ist sie?" „Maddie, John ist gekommen, hörst du, er ist da." „Ich hatte einen Traum, Vivienne, sag' mir, dass mein Verstand mich nur verlassen will. Es ist doch nicht passiert, nicht wahr, Viv, das ist es nicht, es geht ihr gut, hab ich recht?" Das Gesicht meiner Schwester fiel fahl und bleich in sich zusammen und ein Schwall von Tränen brach aus ihr heraus. „Nein, Maddie, nein", sagte sie mit gequälter Stimme, dass ich sie kaum verstand. „Sie ist jetzt bei Mama." Vivienne umarmte mich und ich glaubte, sie würde ersticken, da sie viel zu schnell atmete. Ihre Tränen schmeckten salzig. Ich ließ sie mich festhalten, ich spürte, dass mein Herz sein Licht verlor, keine Träne kam, allein das Gefühl innerlichen Ausgeweidetseins spürte ich, alles, was mein Inneres ausmachte, entwich meinem Herzen, meiner Seele. Sie nahm alles mit, alles, was mir als Mensch den Willen gab, stark zu bleiben. Wie sollte ich mir das jemals verzeihen? Ein Zyklus dunkler Zeit begann, der mich gefangen hielt und nicht mehr gehen ließ, nie mehr.

„Seit drei Tagen hast du das Bett nicht verlassen, Maddie. Bitte… Ich brauche dich, genau wie

James und Papa." Ich hörte Vivienne, ich sah sie und wollte es nicht. „Madeline…, John und Onkel Maxwell haben die Beerdigung organisiert, sie muss ihre Ruhestätte finden. Wir müssen nach Hause fahren, dass sie zu Mama kommt. Ich habe Dr. Bennett geschrieben, Maddie. Sprich doch bitte mit mir." „Ich will nichts hören! Verstehst du das denn nicht! Geh', geh'! …Und *ihn* empfange ich nicht." Ich hielt mir die Ohren zu, bis sie endlich gegangen war. Meine Kraft schwand, meine Stimme senkte sich. Es schmerzte, auf diese Weise mit Vivienne zu sprechen, aber ich konnte nicht anders. Erschöpft legte ich mich nieder, drehte mich zur rechten Bettseite, von wo aus ich das Fenster sehen konnte, und stellte mir vor, wie Mama und Lana im Garten spielen, nur konnte ich nicht hinüber gehen, da sie sonst verschwinden würden. Ich wusste, dass mein Verstand mich verlassen wollte, doch fand ich keine andere Möglichkeit als meine Vorstellungskraft, um weiter atmen zu können. Selbst John, den Arthur sogleich nach ihrem Ableben zu uns holte, erlaubte ich nicht, mich zu trösten.

Obwohl meine Augen durch die Tränen verschwommen waren, erkannte ich, dass John es war, der eintrat. Ich grämte mich vor Zorn, ich wollte ihn nicht sehen, da ich wusste, er würde mich nicht verstehen, obgleich ich mich so sehr danach sehnte, mir seiner Liebe sicher sein zu dürfen. Er kam verzweifelt an mein Bett, nahm sanft meine Hand in seine, streifte sachte den Ring an meinem Finger, den er mir einst in Liebe ansteckte. Die Tränen standen in seinen Augen, doch auf welches Wort der Hoffnung konnte ich hoffen? Hoffnung? Erinnerte ich mich. Ich kannte dieses Wort und glaubte, dass es dessen Bedeutung in verzweifelnden Situationen immer geben würde… doch dem war nicht so. Ich hatte nicht einmal den Willen, zu einer Stärke zurückzufinden, mir fehlte jeder Sinn. Ich dachte daran, wie schön es war… als ich Kind war… meine Eltern erfüllten mir jeden möglichen Wunsch, ich hatte keinen Kummer, keine Sorgen, meine treuesten Freunde waren meine Geschwister, meine Eltern, wir… wir waren Eins und der Himmel war hier… hier bei uns. Ich war ein von Schmerz erfülltes

Wesen, dessen größte Herausforderung darin bestand, sich in der Dunkelheit des Lichts zu erinnern. Es war mir nicht möglich, in diesem Augenblick an Gottes Güte zu glauben, daran, dass er mich an der Hand hält, dass ich nicht falle… denn gefallen war ich… Ich hörte die Gesangsstimmen von Mutter und Lana das Lied des Herren Lobpreisung in meinem Kopf, und ihr Gesang beruhigte mich.

„Madeline, bist du wach?" Ich sagte nichts und er trat näher. „Es ist furchtbar, was mit Lana passiert ist, keine Frage, aber bitte, reiß dich zusammen, das Leben muss weitergehen. Denk' doch nur, was die Leute jetzt ohnehin reden werden… Sieh' dich doch an…Du bist nur noch ein Häufchen Elend…" Seine Worte schmerzten tief, so tief, dass ich ihn hätte erschlagen können, denn wie ich es befürchtete, verstand er wie so oft nichts, was mich betraf, was Gefühle, insbesondere meine anbelangte. Anstatt mir den Halt zu geben, der mir jetzt so wertvoll und wichtig gewesen wäre,

zeige er mir doch nur wieder Fakten auf und
drängte mich zu einem Verhalten, welches den
geringsten Gesprächsbedarf bot, zum Tragen einer widerwärtigen Maske, unter der jeglicher
Gram, all der Zorn, all die Trauer und Enttäuschung unerkannt versteckt ruhen sollten. Damit
wir weiter leben könnten, als wenn es nicht geschehen wäre, dass mir das Herz erdolcht wurde.
Ich war zu müde, ihm zu antworten, ich fand keine Worte, die es hätten ausdrücken können, ihm
zu sagen, was ich empfinde, auf die Weise, wie er
es verstanden hätte, oder ich hätte mich vergessen… „Lass' mich bitte schlafen, John, ich will
nicht reden, ich kann nicht reden…" „Natürlich,
ruh' dich aus, Maddie, und du wirst sehen, morgen ist ein neuer Tag. Wir haben Dr. Bennett rufen lassen, er wird morgen nach dir sehen." Damit verließ er das Zimmer, und zornige Tränen
vermischten sich mit hilfloser Verzweiflung, meine Fäuste ballten sich unter der Bettdecke. Johns
Verhalten machte mich rasend wütend! Dazu
kam, dass es unmöglich war, Anthony zu empfan-

gen, ich wollte ihn nicht sehen, er durfte mich in diesem Zustand nicht sehen!

„Dr. Bennett, Sie wissen nicht, wie dankbar wir Ihnen für Ihr Kommen sind, wir wissen nicht mehr weiter." „Es tut mir so unendlich leid, Mrs. Landings, es ist ein Verlust, dessen Schmerz kaum tragbar für Sie sein kann. Sie haben mein tiefstes Mitgefühl, und bitte, danken Sie mir nicht. Wenn es mir möglich ist, Ihre Familie in Ihrer Trauer auf irgendeine Weise unterstützen zu können, bin ich ein gesegneter Mensch. Hat sich Madelines Zustand gebessert?" „Nein, sie isst nicht, redet kaum und wenn, verfällt sie in Tobsuchtsanfälle. Sie liegt ausschließlich im Bett, mit geöffneten Augen. Ich glaube nicht, dass sie seit Lanas Tod geschlafen hat. Bitte, Dr. Bennett, ich habe große Angst, sie auch noch zu verlieren. Mit ihrem Mann und unserem Bruder hat sie kaum ein Wort gewechselt. Sie sind unsere einzige Hoffnung." „Ich bete zu Gott, dass ich ihr helfen kann".

Wie ich im Bett lag, formten meine Gedanken ein Gedicht für Lana, die ich vor meinem geistigen Auge lachend, lebendig vor mir sah:

„Mein Stern, er bricht,

mein Stern, er fällt,

jede Nacht ward von dir erhellt,

jeder Traum mir so gefällt,

doch wenn er fällt und wenn er bricht,

verlassen meine Kräfte mich.

Und wie eine Sternschnuppe, die verglüht,

hat dich der Tod berührt.

Ich hörte, dass jemand das Zimmer betrat, sodass ich mich schlafend stellte.

Ich erkannte, dass *er* es war, anhand seiner Art zu gehen, an seinem Geruch. Ein kalter Schauer durchlief meinen Körper. Ich wollte nicht, dass er mich so sieht, ich hatte keine Kraft, ihm ins Gesicht zu sehen. Mein Herz ist gebrochen, ich habe

ihm nichts zu sagen. Er hätte nicht kommen dürfen. Erneut kullerten Tränen an meinem Gesicht
hinunter, welche das Kopfkissen durchweichten.
Ich versuchte, krampfhaft stark zu bleiben, die
Trauer zu unterdrücken, hoffte, er würde glauben,
mich schlafend vorzufinden, damit er wieder gehen würde… Doch als er sanft mein Haar berührte, durchdrang mich der Schmerz, der meine Keh-
le zusammendrückte. Ich rang nach Luft und versuchte fieberhaft, der Verzweiflung Herr zu werden, doch es war nicht möglich, nicht im Geringsten. Als er Zeuge meines erbärmlichen Zustands
wurde, ergriff er meine Hand, flüsterte stetig meinen Namen vor sich hin, und ich kam nicht umhin, mich in seine Arme zu werfen. „Maddie, Madeline“, flüsterte er leise. Unter bemitleidenswer-
ten Schluchzen erklärte ich ihm: „Oh Anthony,
Anthony, ich bin schuld, ich bin schuld, ich kann
ohne sie doch nicht leben, das kann ich nicht.
Was habe ich getan, ich kann so nicht weiterle-
ben, der Schmerz zerreißt mir das Herz…“ Ich
weinte… und er hielt mich schützend fest. „Ich
vermisse ihr Lachen so sehr, Anthony, ihre Stim-

me, sie ist meine kleine Schwester…“ Er gab kein Wort von sich, erst als ich vor Erschöpfung scheinbar ruhiger wurde, begann er zaghaft zu sprechen, während er weiter mein Haar streichelte: „Weißt du, Madeline, du sagst, du vermisst ihr Lachen. Sie war, ist und wird immer ein Teil deiner selbst sein, sie hat dich geprägt und hat dazu beigetragen, dass du der Mensch geworden bist, der gerade vor mir sitzt. Du bist ein Mensch, der zu tiefer Liebe und Dankbarkeit fähig ist. Ich sehe es in deinen Augen, ich fühle es. Für wie viele Menschen du doch ein Segen bist…, bedenke das bitte. Verzage nicht! Du hast mir Einblick in deine Warmherzigkeit gegeben, vor allem über deine Stärke, die du durch den Zusammenhalt deiner Familie veranschaulichst. Du wirst die Verzweiflung eines Tages in Freude umwandeln können, denn ich weiß, du hast die Kraft dazu.“

„Bitte erspare mir deine Predigten, lass‘ mich in Ruhe, ich flehe dich an, bitte geh‘, geh‘ einfach, das bringt doch alles nichts!“ Ich fühlte mich zunehmend unwohler in seiner Gegenwart, er sah mich, wie er mich niemals sehen sollte, und verstehen konnte er mein Schicksal erst recht nicht, auch wenn ich wusste, dass auch er seinen geliebten Bruder verloren hatte, doch das war etwas anderes, er trug daran keine Schuld. Erneut nahm er meine Hand, ich ließ ihn widerwillig gewähren. Ich liebte seine Hände so sehr, die so makellos waren, so wunderschön... „Bitte, Madeline, lass' es mich erklären, ich weiß, dein Schmerz ist noch zu groß, um es zu verstehen, aber Gott schenkte dir Zeit mit den Menschen, die dich geliebt haben, die du geliebt hast, und durch dieses Band der Liebe, welches unzerstörbar ist, besitzt du die Kraft, es zu überwinden. Haben sie dich nicht zu einem besonders wertvollen Menschen mitgeformt? Du wirst eines Tages die Dankbarkeit dieser kostbaren Zeit verstehen und daraus schöpfen können, glaube mir. Du darfst trauern und du musst trauern, aber verstehe bitte, Madeline, dass wir alle nur Besucher auf Erden sind und es bei Gott liegt zu entscheiden, wann wir zu ihm nach Hause zurückkehren. Deine Familie braucht dich, Maddie…" „Niemand braucht mich, Anthony, sie! Sie hätte mich gebraucht, und ich habe sie alleine gelassen!" „Das ist nicht wahr!" „Du verstehst das nicht!" „Ich habe auch meinen Bruder verloren, Maddie! Ich kenne deinen Schmerz, aber weißt du…", er atmete schwer. „Ich habe mich mit Menschen unterhalten, die kannten die Liebe nicht, verstanden den Sinn darin nicht, aber du, du bist so reich beschenkt, dein Herz ist es, was dich ausmacht. Sie wird immer bei dir sein, wenn der Schmerz nachlässt, wirst du lächelnd auf deine Erinnerungen zurückblicken können, wenn dir Unrecht geschieht, wirst du der deinen gedenken und das mit Dankbarkeit in deinem Herzen… wirst du zu einer Stärke finden, die du nie für möglich gehalten hast." Eine Träne tropfte aus seinem Auge herab, die meine Hand traf. Ich konnte seinen Worten kaum folgen, doch ich spürte, wie sich sanft ein Schleier auf mein Herz gleich wie ein Balsam legte, der mich einen hoffnungsvollen Atemzug nehmen ließ. Ich war zutiefst berührt über seine Anteilnahme, wenngleich ich nicht fähig war, seinen Worten Glauben zu schenken. Ich umarmte ihn, ohne nachzudenken. Er hielt mich in seinen Armen, schützend an sei-

nen Körper gedrückt. Ein Schwall unterdrückter
Traurigkeit ergoss sich in Tränen an seiner Schulter, und er ließ mich weinen. Er streichelte mein
Haar, ich hörte den Takt seines Herzens schlagen.
Ich roch seinen unverkennbaren Geruch, der mich
beruhigte. Ich war erfüllt von Liebe und Verzweiflung, von Falschheit und Illusion, aber auch
von Dankbarkeit. Wie konnten diese Gefühle, die
doch so weit auseinander liegen, gleichwohl so
nah beieinander sein? Er spendete mir einen
Trost, einen Glauben auf Hoffnung wie kein anderer im Stande ist, mir dies zu geben. Ich lag in
seinen Armen wohl eine Ewigkeit, hier bei ihm
war der einzige Ort, an dem mein Herz und meine
Seele Frieden finden konnten… Erst im Gedankennachgang fiel mir auf, dass wir die Hemmschwelle des Siezens durchbrochen hatten. Da er
mich in meiner Verletzlichkeit besser kennt als irgendjemand anderes und mich in seinen Armen
weinen ließ, wäre es verstörend bei einer unnahbaren Anrede zu bleiben. Mein Herz flüsterte leise dem seinen zu: „Ja, ich liebe dich, auch wenn

es der größten Sünde gleichkommt, aber ich tue
es…"

„Dr. Bennett, sagen Sie, hat sie mit Ihnen gesprochen?" „Ja, das hat sie…" „Und wie lautet Ihre
Diagnose? Können Sie ihr helfen?" „Sie braucht
Zeit…, sie gibt sich die Schuld am Tod ihrer
Schwester… Wir alle müssen Geduld haben…
Ich habe ihr etwas zur Beruhigung gegeben, sodass sie durchschlafen kann. Morgen möchte ich
den Versuch zu einem Spaziergang wagen, Mrs.
Landings." „Ich bin Ihnen sehr zu Dank verpflichtet… bitte, essen Sie mit uns zu Abend und
bleiben unser Gast. Ein Zimmer ist bereits für Sie
hergerichtet, Dr. Bennett. Mein Mann hat mit Mr.
Chappeley gesprochen, und wir dürfen noch so
lange bleiben, bis es Maddie besser geht." „Das
möchte ich gerne, haben Sie vielen Dank." „Nein,
wir danken Ihnen." „Lana muss bald beerdigt
werden, wir können nicht mehr lange warten, Dr.
Bennett." „Ich weiß, ich tue mein Bestes, um sie
für den Abschied vorzubereiten." „Es war ohne-

hin schwer, eine rechtmäßige Beerdigung gewährt zu bekommen, da sie aus freien Stücken gegangen ist… Sie wissen, die Kirche…, doch glücklicherweise hat sich der Priester, der eng mit unserer Mutter befreundet war, erbarmt." „Ich verstehe."

Ich fühlte, dass sich in meinem Inneren etwas geändert hatte. Ich besaß, wenngleich es auch nur ein Anflug war, eine Haltung der Akzeptanz und war mir darüber im Klaren, dass ich zurückkehren musste in die Realität. Ich weiß lange schon, dass das Leben neben Überraschungen meist doch auch die bitteren Erfahrungen bereithält und sich daran erquickt, uns Aufgaben zu stellen, Herausforderungen, die darin bestehen, an diesen nicht zugrunde zu gehen. Selbst, wenn es uns alle Kraft abverlangt, diese Aufgaben unser Sein in Frage stellen und die Prüfung darauf abzielt, uns nicht vom Glauben an das Gute abzuwenden. Ich kann es immer noch nicht, doch versuchen muss ich es. Warum war er der einzige Mensch, den ich an mich heranließ? Nichts ergab einen Sinn. Ich hing mit meiner ganzen Seele an seiner. Wäre es mir nur möglich, einen Beweis einfordern zu können, dass er mit seiner Unterstützung nicht nur freundschaftlich um mich bemüht war, mich in meinen dunkelsten Stunden zum Kämpfen aufforderte, wäre ich gewillt gewesen, weiter zu leben. Jedweder Schuld zum Trotze war ich ohne ihn verloren. Verdrängung hatte mich nicht weitergebracht, das Verdrängte holt uns ein, ich erfuhr es am eigenen Leib. Es ist wie es ist, und hatte Gott ihn mir nicht gesandt? Ich stand zaghaft mit wackeligen Beinen auf, betrachtete mein Spiegelbild, welches mir eingefallen, blass und verhärmt entgegenblickte. Ich sah mich gealtert, meine Jugend war dahin. Die Härte des Lebens hatte mich gepackt, nicht nur innerlich, auch äußerlich, und ein anderes Bild aufrecht erhalten zu wollen, glich einer Utopie. Dennoch begab ich mich ins Badezimmer, um dem Versuch nachzugehen, das Beste aus den gegebenen Umständen herauszuholen, mit der Bemühung, mich frischer und femininer zu fühlen.

Ich muss aufpassen auf dem Pfad, der allzu eng und wenig bebaut ist. Wenn ich überlege und sehe, dass meine Zeilen der Memoiren dir gelten. Alles ist mürbe, traurig und düster über mein Dasein, weil ich dir mein Herz nicht offen darlegen darf. Ich fürchte mich nicht davor, nur weiß ich doch, dass du nicht in der Verfassung bist, es anzunehmen.

Soll ich oberflächlich bleiben wie ein nichtssagender Aphorismus oder vertraue ich auf die Engel, die mir die Sprache in den Mund legen?

Wenn ich in der durchdrungenen verinnerlichten Erkenntnis lebte, um sehen zu können, dass wir mehr als das Heute sind, das mir so grausam begegnet. Die Abhandlung der Stufen eines Leidens, das ich Wachsen nenne in Bezug auf unsere Untaten. Was ist Liebe? Liebe ist für mich die Bedeutung und Handlung, weit über unsere Grenzen hinaus zu gehen im Interesse eines anderen und dafür einzustehen, dafür Taten und Worte zu finden, eine Kunst. Eine Kunst für denjenigen, der dem Endziel nicht mehr fern ist. Lieben bedeutet, bereit zu sein, stets ein Opfer zu bringen.

Und ich wünschte mir die Verweigerung dieser Belebung… Ich würde verzichten wollen auf die Seelensprünge und Erweckungen des Seins, um in der Konsequenz dafür im Nichtwissen leicht und unbeschwert meinem Dasein frönen zu können. Wenn alles Sein einem Schauspiel gleicht, ist dies der Seele Untergang.

Als ich das Esszimmer betrat, waren meine Lieben anwesend. Vivienne, John, Arthur, James und… Anthony. Sie alle erhoben sich, als ich mit gezwungenem Lächeln den Raum betrat. Der Geruch von frisch aufgebrühtem Kaffee erreichte meine Nase und erinnerte mich an das letzte Mal, als ich ihn roch… als ich noch glücklich war…als sie noch lebte. Ich verwehrte mir den Genuss und zwang mich, ein trockenes Stück des Brotes hinunter zu schlucken. Ich hatte das Gefühl, mich von den winzigen Brotstückchen, die ich widerwillig zu mir nahm, übergeben zu müssen. Mehr als ein halbes Stück des Brotes war ich nicht in der Lage zu verzehren. Ich unterdrückte den Wür-

gereiz sowie den Gedanken, mich am liebsten
schreiend in die Kälte des Flusswassers zu stürzen. Die Tageszeitung lag auf dem Tisch, eine
Schlagzeile auf dem Titelblatt:

**„Tragischer Tod – Suizid in angesehener Fami-
lie"**

*Am Mittwoch, den 30. Juni, ereignete sich eine
Tragödie, die das jüngste Kind der Familie Mitchell betrifft. Das Kind Lana Mitchell soll sich
aus bisher ungeklärten Gründen mit zwölf Jahren
das Leben genommen haben, in dem sie sich mit
schweren Steinen versehen in einen Fluss unweit
des Anwesens „Riddleside" in Yorkest stürzte.
Für das Mädchen kam jede Hilfe zu spät, nachdem Wiederbelebungsmaßnahmen der beiden
Schwestern, die sie reglos vorfanden, fehlschlu-
gen. Ein Gewaltverbrechen wird ausgeschlossen,
doch einige Stimmen sind der Meinung, dass der
Vater Henry Mitchell, welcher vor wenigen Jahren in Verruf geraten ist, in den Vorfall verwi-
ckelt sein könnte.*

„Habt ihr das gelesen? Vivienne, hast du das gelesen? Waren sie hier? Die Polizei? Haben sie
Euch auch befragt?“ „Oh Maddie, ich… du solltest das nicht mitbekommen…“, sagte Vivienne.
„Sag, waren sie bei uns? Bei Vater?“ „Arthur,
Anthony und ich haben sie aufgeklärt, dass Lanas
Tod ihr freier Wille war.“ „Was soll dann dieser
niederträchtige Artikel in der Zeitung? Wer hat
dazu Nahrung gegeben? War es Onkel Maxwell?
Haben sie ihn auch befragt?“ „Ich, ich vermute,
dass sie ihn auch ausgefragt haben, aber dass diese Inkriminierungen von ihm herrühren, will ich
nicht glauben“, erklärte Vivienne. James nahm
mich in seine Arme. „Oh Gott, in was hat uns
Lana da nur mit hineingezogen? Wieso hat sie
das nur getan?“ Ich weinte, John sah mich betroffen an. Als ich mich beruhigte, folgte ich Anthonys Vorschlag, der sich so rührend sorgte, mich
bei einem Spaziergang zu stützen. Langsam erhob
ich mich, um meinen Mantel für den Spaziergang
zu holen, in den er mir half, hinein zu schlupfen.
John sah mich lächelnd an, doch ich kannte den

Unterschied eines aufgesetzten und eines ehrlich gemeinten Lächelns.

Anthony sagte: „Hast du letzte Nacht schlafen können, Madeline?" „Ja, das Schlafmittel hat mir geholfen." „Das freut mich zu hören. Schlaf ist momentan sehr wichtig für dich, für deine Regeneration…, deine Nerven müssen sich wieder stabilisieren." „Ich weiß." „Ab heute machst du jeden Tag einen Spaziergang, hörst du, die frische Luft tut dir gut." Ich nickte zustimmend, blickte aus dem Fenster, um die vorbeiziehenden Wolken am Himmel zu betrachten, die sich immer schneller bewegten, die dunkler wurden. Ich dachte über seine vorherige Frage nach: „Hast du letzte Nacht schlafen können…" Dass ich durch Wirkung der Arznei weinend an ihn dachte und wünschte, auf ewig in seinen Armen liegen zu dürfen, erwähnte ich ihm gegenüber nicht.

Es war nicht kalt draußen, schließlich hatten wir Juli, aber windig war es, und am Himmel zeichnete es sich ab, dass bald Regen folgen würde. Der Wind nahm an Stärke zu, ich roch den nahenden Regen, hörte das Plätschern des Flusses, und ich fühlte wieder bewusst die Leere, die Hoffnungslosigkeit, wie mein Herz erkaltete. Auch die Tatsache, dass die Zeit mit ihm, hier und jetzt nur geliehen ist und er eine Frau, ich einen Mann hatte, daran erinnerte ich mich. Auch der Gedanke an den morgigen Tag war nicht zu ignorieren. Die Aussicht auf ein erfülltes, mit meiner Seele, meinem Herzen im Einklang stehendes Leben, gab es nicht, nicht mehr.

Ich blieb stehen und als ich nicht weiterging, wandte er sich mir zu: „Was ist, Maddie?" „Ich wollte dich fragen, ob du morgen… ob du mich morgen bei der Beerdigung begleitest, also uns, meine Familie, denn ich fürchte, es ohne dich nicht zu überleben."

„Komm her, Madeline, komm." Er nahm mich in seine Arme… und ich war ein Lämmchen, das einzig bei seinem Hirten Schutz fand, das seine Mutter verloren hat, seine Weggefährtin und jegliche Hoffnung auf Verbundenheit in der grausam, furchteinflößenden Welt und noch mehr...

„Wenn sie erst einmal beerdigt ist, wird es zur Realität, dass es passiert ist, es gibt dann kein Zurück, es bedeutet, dass ich beginnen muss zu akzeptieren, dass ich sie nie wiedersehen werde. Ich weiß nicht, wie ich das ertragen kann, Anthony. Wie soll ich es Vater sagen…?" Vater… dachte ich… Sie hatten es ihm gesagt… ohne mein Dabeisein… In meinem eigenen Überlebenskampf hatte ich den Gedanken an ihn und das Schicksal, dass ihn ebenso traf wie uns alle, nicht bewusst gedacht, ich wollte es nicht und konnte es auch nicht. Wie sollte er diesen Verlust ertragen? „Haben Sie es Papa schon gesagt, Anthony?" „John ist vor zwei Tagen zu ihm gefahren, mit deiner Schwester und deinem Bruder." „Ohne mich? Wie konnten sie mir das antun? Sie haben mich hintergangen, ich kann niemandem mehr trauen, er hätte mich doch gebraucht, er muss doch wissen, dass ich für ihn da bin. Wie soll er diesen Verlust überwinden? Der Tod von Mama hat ihn doch schon gebrochen, das schafft er nicht! Das schafft er nicht, Anthony!" Zuvor tapfer die Tränen zurückhaltend, schwand nun jede Beherrschung und ich war verzweifelter denn je. Ich sank zu Boden, als die mit Wasser gefüllten Wolken aufbrachen und sich über uns ergossen. Ich stürzte mich kniend in das Gras, welches von Sekunde zu Sekunde mehr und mehr Wasser in sich aufsog, berührte es, grub meine Hände in die feuchte Erde, sah in den Himmel und meinte weit entfernt ein helles Licht, einen Blitz zu sehen. Er beugte sich zu mir herunter, nahm mein Gesicht in seine Hände und sagte etwas zu mir, was ich nicht verstand, nur meinen Namen, da der Donner seine Stimme übertönte. Ich war nicht sicher, ob er weinte oder der Regen sein Gesicht mit Wasser befeuchtete. Mir wurde schwarz vor Augen, und ehe ich das Bewusstsein verlor, sagte ich zu ihm: „Bring' mich zu ihm, Anthony, bring' mich zu meinem Vater."

Ich weiß, dass es ihm schwergefallen sein muss, mich in meinem Ohnmachtszustand tatsächlich zu Papa zu bringen, umso dankbarer bin ich, dass er es tat. Nicht einmal James oder Vivienne hätte ich das zugetraut, es ist, als würde er mich und die Bedürfnisse meiner Seele besser kennen als irgendjemand anderes. Papas Träne auf meiner Hand weckte mich, Verzweiflung wohnte mir inne, und ich fiel ihm um den Hals mit einem Schluchzen, dass ich nicht unterdrücken konnte. Anthony nahm einen Schluck seiner Tasse Tee und Maggie schaute stumm, tief betroffen zu Boden, als ich erwachte. In Papas Augen lag tiefe Trauer und Besorgnis, doch er war bemüht, mir gut zuzureden, während eine weitere Träne aus seinem rechten Auge tropfte. „Madeline, mein Schatz, wie schön, dass du wach bist… ich weiß es, mein liebes Kind, doch gib dir nicht die Schuld an ihrem Freitod, du bist wohl diejenige, die am Wenigsten dafür kann… mach' dich nicht dafür verantwortlich, mein Stern, ich bitte dich, es zerreißt mir das Herz…" „Oh Papa… ich bin ohne Hoffnung und der Schmerz mag nicht fortgehen, ich werde es nicht überwinden, ich werde es nicht überwinden…" Und ich weinte und weinte in seinen Armen, während ich ein Déjà-vu erlebte, wie ich weinte, als Mama starb… doch sie konnte nichts dafür, dafür konnte niemand etwas, doch wer trägt Schuld an Lanas Tod? Mein

Herz überschlug sich. Vater hatte sich aus unserer Umarmung gelöst, da er selbst drohte zu zerbrechen, und ich sah ihn kauernd in Maggies Armen liegen, Anthony hielt mich, sodass der Raum in Trauer gehüllt war, sich in ihm zwei Menschen befanden, die des Lebens müde waren, deren Herzen gebrochen waren, in dem es zwei weitere Menschen gab, die jede Fürsorge aufbrachten, die ihnen möglich war, ihr Gegenüber mit Anteilnahme und Verständnis zu stützen.

Es ist nicht eure Schuld. Ich liebe euch von Herzen – für immer. Ich gehe zu Mama. Wir werden uns wiedersehen.

In Liebe, Lana.

Das waren die Worte auf einem kleinen zusammengefalteten Zettelchen, welches wir unter ihrem Kopfkissen fanden. Sollten Sie uns Trost spenden? Das konnte nicht ehrlich ihre Hoffnung gewesen sein… Was nur mag ihr letzter Gedanke gewesen sein, als sie sich entschloss, uns zu verlassen?

Es war ein regnerisch kühler Sonntagnachmittag, an dem wir sie beerdigten, der Wind pfiff unheimlich, dass meine Ohren schmerzten, es regnete in Strömen, kein Sonnenstrahl war zu sehen, kein Vogel, der zwitscherte, nichts Schönes war zu erwarten, nie wieder. Ich war in Gedanken versunken, verzweifelt suchte mein Gehirn nach etwas Tröstendem, nach etwas, das die Fähigkeit besäße, mich zu überzeugen, dass es für mich einen Sinn des Weiterlebens geben könnte, doch alles, woran ich denken konnte, war ihr Lächeln, das einst so unbeschwert war, und dann das Bild, das mich nie wieder loslassen wird, wie sie kalt, blau und erstarrt, tot, mit schweren Steinen an den Füßen in Viviennes Armen liegt… In meinem Kopf hörte ich erneut ihre Stimme, die von Mama, wie sie das lobpreisende Lied des Herrn sangen...

Papa und Vivienne fiel es am schwersten, sie gehen zu lassen. Als Papa, Arthur, John und Anthony den Sarg trugen und ich ihnen half, streichelte ich ihn, wie wenn ich *sie* ein letztes Mal selbst streicheln würde. Ich brach zusammen, sodass die Männer einen Moment stehen blieben, alle hatten Tränen in den Augen. Es war das Entsetzlichste, was einem Menschen widerfahren kann. Vivienne half mir, mich wiederaufzurichten, als sie mich, selbst entkräftet, mit letztem Kampfesgeist vom Boden hochzog. John stützte mich, als ich zum Grab fortschritt, um ihr die letzte Rose mitzugeben, ehe das Grab verschlossen werden würde. Ich wusste nicht, was ich zu dem leblosen Körper, der jetzt auf ewig in dieser Holzkiste verweilen würde, sagen sollte. Ich wollte schreien, doch ich blieb ruhig, ganz ruhig. Es war der schwerste Weg, den ich je gehen musste. Das Schlimmste war, dass ich Papa und Vivienne den Schmerz nicht nehmen konnte und dass mein Glaube, an ihrem Tod Schuld zu tragen, sich tief in meinem Herzen verankert hatte. Wie wünschte ich mir, alles Leid, alle Trauer, allen Schmerz von ihren Herzen auf mich nehmen zu können, dass es ihnen gut gehen würde. Ich hätte alles darum gegeben… Anthony unterstützte mich und meine Familie wie versprochen, dafür war ich ihm sehr dankbar, er war wie Achilles in Troja – meine Rettung.

Eine Hand berührte meine Schulter, und gedankenversunken auf das Grab blickend erschrak ich fürchterlich. Als ich mich umdrehte, erkannte ich, dass es Charlotte war, die mir mitleidig mit einem Strauß Blumen entgegenblickte. Bis zu diesem Moment war ich in mir ruhend, in einer akzeptierenden Haltung, wenn auch von Schmerz zerfressen, doch ihre Anwesenheit brachte mich um jede Beherrschung. „Madeline, ich…“, begann sie. „Wie kannst du es wagen, hier aufzutauchen, verschwinde…“ Meine Beine zitterten gleich wie meine Stimme, und ich fürchtete, erneut zusammenzubrechen. Sie verstand die Ernsthaftigkeit meiner Worte nicht, denn sie rang weiter nach Worten. „Madeline, ich…“ John bemühte sich besänftigender Worte, die mich beruhigen sollten. „Madeline, bitte, denke an deine Nerven…“ „Meine Nerven, meine Nerven… ja, haha…" Ich riss mich von meinem Mann los und rief nach meinem Bruder. „James!" Allen uns Trauernden nahm sie die Chance, uns in Frieden von Lana zu verabschieden. Vivienne suchte Schutz in Arthurs Armen, Papa schimpfte ihr aufgebracht mit erhobenem Finger unter Tränen entgegen: „Scher' dich zum Teufel, lass' uns in Ruhe." Ich entfernte mich immer weiter von ihr, tat einen Schritt zurück und noch einen, als wenn von ihr eine Gefahr ausgehen würde. „Madeline, bitte…", sagte John. „Nein!", und ich konterte weiter: „Wie kannst du es wagen! Wegen deinem Sohn hat sie sich das Leben genommen, ihr habt sie ermordet, ihr Mörder! Mörder!" „Madeline…" „Das werde ich dir nie verzeihen, du bist nicht länger Teil unserer Familie, verschwinde, verschwinde!" Ich vergaß mich selbst, packte sie unsanft am Arm und versicherte ihr: „Du bist die Verkörperung Luzifers, du und alles Leben, was du in die Welt gesetzt hast, ich werde Rache nehmen, sei versichert, ich werde Rache nehmen!" James und Anthony eilten, um mich von ihr zu befreien. Sie hätten es nicht tun sollen, vielleicht wäre es mir besser gegangen, wenn ich sie körperlich verletzt hätte. Ich brach schluchzend, von meinen Kräften verlassen, in James Armen zusammen. „Du gehst jetzt besser, Charlotte", erklärte er ihr und endlich schien sie zu verstehen. Ich hätte ihren Anblick nicht länger ertragen können. Als ich geschützt in meines Bruders Armen lag und hochblickte, sah ich Anthony an Lanas Grab stehen. Er sprach etwas vor sich hin, was ich nicht hören konnte, ich stand zu weit von ihm entfernt.

Am nächsten Morgen packten wir unsere Sachen und verließen diesen Ort des Schreckens, doch ich erwartete nicht, in unserem zu Hause weniger schmerzhaft an sie zu denken. Im Gegenteil, zu Hause erinnerte mich doch erst recht alles an sie, doch dieser Ort musste schnell verlassen werden. Wie man es drehte, wie man es wendete, kein Stern der Hoffnung wollte sich mir offenbaren.

Die folgenden Nächte war nicht an Schlaf zu denken, ich sehnte mich so sehr nach ihm…, vermisste meine kleine Schwester. Ihr Zimmer stand leer, unberührt, wie sie es verlassen hatte. Ich roch an ihren Kleidern, die sie jetzt nicht mehr brauchte, glaubte aber, sie jeden Moment ins Zimmer huschen zu sehen. Mit jedem Augenschließen sah ich ihren leblosen Körper vor mir liegen, Lana mit einer Fratze vor mir, mit dämonischem Aussehen, die mir erklärte, ich hätte besser aufpassen müssen, ich sei schuld, und es suchte mich heim, mein schlechtes Gewissen… Jede Nacht starb sie erneut, und die Bilder waren so real, wie es kaum vorstellbar ist, die Verzweiflung und Not so schrecklich, dass ich Angst hatte, die Augen zu schließen, obwohl ich kaum noch vor Erschöpfung wach bleiben konnte. Stimmen bemächtigten sich nachts und manchmal tagsüber meiner Sinne. Ich konnte keine Karaffe mehr ohne Zittern halten, wurde unsagbar schreckhaft, ertrug keine Gesellschaft mehr. Ich war eingeschlossen in meiner erstarrten Welt, in der ich einen Kampf gegen mich selbst führte, bei dem mich niemand unterstützen konnte… niemand…

„Und ich träumte, du reichtest mir deine Hand, die so schön wie keine andere ist, da ich ihre Sanftheit kenne.

Und ich wurde gewahr, meinen sehnlichsten Wunsch erfüllt zu wissen, doch als ich sie ergriff, erfassten meine Füße einen fürchterlichen Schmerz, sie waren wie jene Christi durchbohrt, dazu die Sohlen abgehackt. Ich konnte sie aufklappen, und in ihrem Inneren erblickte ich Maden sich paarend. Ein fauliger Geruch entfaltete sich, ein entsetzlicher Schmerz durchdrang mich und es war mein Zeichen, dass es falsch wäre zu gehen, deiner Hand zu folgen, dass mein größtes Glück die größte Sünde bedeutet.“

Aber Anthony war der einzige Gedanke, der mir Leben einhauchte, doch musste ich ihn wieder und wieder verwerfen, da ich wusste, nicht in Gottes Sinne zu handeln. Ich konnte nicht auch noch Gott gegen mich aufbringen, ist er doch die einzige Verbindung, die mir zu Lana und Ma bleibt und der Einzige, auf den ich irgendeine Art von Hoffnung setzen kann… Aber, oh wie sehr sehnte ich mich nach erholsamem Schlaf, um wieder Kraft für das gesellschaftliche Leben zu haben… ich brauchte das Schlafmittel, das ich eine kurze Zeit von Anthony bekam, andernfalls sah ich mich nicht in der Lage, jemals wieder ein normales Leben führen zu können. Ich ging nicht mehr aus dem Haus, verbrachte den Tag mit Gedanken an schönere Zeiten, stellte mir vor, wie wir als Familie, alle vereint, in meinem Zimmer sitzen und das nächste Gartenfest planen, wie sich ihrer beider Lachen vermischt und ihre Stimmen fröhlich das Lied vom Wanderer erklingen lassen. Manchmal glaubte ich, sie seien wirklich da, ich sah sie...

Ich empfing James und John kaum noch, wenn überhaupt Vivienne. Wollte ich doch so gerne stark sein und mein erst so junges Leben noch genießen, auf Wunder hoffen. Ich wollte ihm in guter Verfassung begegnen können, doch ohne Schlaf war es nicht möglich. Einige Wochen nach ihrer Beerdigung ließ mich Betsy unverhofft bitten, Anthony zu empfangen. Schnell sprang ich in meinem nicht gesellschaftsfähigen Aufzug zum

Spiegel, griff nach der Haarbürste, um wenigstens einen im Ansatz gepflegten Empfang gewährleisten zu können, auch wenn es kaum half. Ich wünschte, ihm munter und vital zu begegnen. Ich wollte für ihn die Göttin sein, die ihn in seinen schönsten Träumen heimsucht, doch davon war ich weit entfernt. Trotz meines erbärmlichen Aussehens hatte ich nicht die Kraft, ihn fortzuschicken.

„Wie geht es dir?", fragte er zaghaft, als er eintrat und seinen Hut zog. „Ich… es geht schon... nur… an Schlaf ist nicht zu denken, ich bin ausgelaugt, todmüde, aber ich kann nicht schlafen, es macht mich wahnsinnig!" „Es ist ganz natürlich, dass du noch Zeit brauchst, um deinen Verlust zu verarbeiten, Madeline." „Ach, glaubst du? Wie lange soll das noch andauern? Ich kann nicht mehr, verstehst du das denn nicht…? Hast du noch etwas von der Beruhigungsarznei, Anthony? Ich muss Schlaf finden, meine Sinne spielen mir Streiche, ich bin am Ende und ohne Kraft. Hilfst du mir, bitte?" „Maddie…, ich halte es nicht für richtig, dass du es längere Zeit einnimmst, es ist ein starkes Opiat, ich habe eine Verantwortung als dein Arzt und Freund, die es nicht zulässt, dir mehr davon zu geben." „Als mein Arzt, Anthony? Als mein Arzt? Wer bin ich denn für dich? Du willst sagen, ich bin nur eine Patientin für dich, die dem Wahnsinn verfällt, ja!? Ein hoffnungsloser Fall, der dir zur Last fällt! Schön, dass ich das endlich erfahre und wir so offen miteinander sprechen. Ich bin enttäuscht… verletzt und… ach, was hatte ich geglaubt, in dir zu sehen…" „Du hast nicht richtig zugehört, Madeline, ich sagte auch als dein Freund! Viele Patienten hatten nach anfänglicher Besserung erhebliche Probleme im Verlauf, das ist eine ernste Sache! Und du gefällst mir nicht…" Ich ließ ihn nicht ausreden. „Eine ernste Sache, ja! Das ist es sehr wohl! Was bist du nur für ein Freund, der den Ernst meiner Lage falsch einschätzt!? Ich will, dass du gehst und nie wiederkommst, geh' nach Hause zu deiner heilen Familie, ich habe dich lange genug mit in mein dunkles Loch gezogen! Es ist mir klar, dass du Besseres zu tun hast, du jetzt lieber an der Seite deiner perfekten Frau wärst, sie liebkosen möchtest und dir wünschst, mir nie begegnet zu sein…! Warum bist du hier, Anthony? Du könntest jetzt bei ihr sein, ihre weiche Haut streicheln, ihre Brüste berühren, sie küssen… Warum bist du bei mir, wenn wir nicht einmal Freunde sind und du mir selbst als Arzt deine Hilfe verwehrst? Ich ertrage es nicht mehr, dich zu sehen, ich kann es nicht mehr!" „Madeline, was redest du da? Ich…" „Nein, ich will nichts mehr hören!" Ich ließ ihn nicht weiter sprechen… „Kein Wort mehr! Verlasse bitte auf der Stelle dieses Haus und versuche gar nicht erst, wieder zu kommen! Ich bedanke mich für die wertvolle Zeit, die du mir geopfert hast, aber damit ist jetzt Schluss!" Er sah mich mit verständnislosem Blick an und rang nach Worten, doch musste er erkennen, dass sich mein Entschluss, gleich, welche Worte er verwendet hätte, nicht ändern ließ. Ehe er ging, hörte ich ihn sagen: „Ich bin immer für dich da, Madeline, lass' es mich wissen, wenn du mich brauchst und ich komme." „Ich brauche dich nicht, Anthony, ich brauche dich nicht!!! Verstehst du das? Du selbstverliebter Mistkerl, du… du hast doch keine Ahnung…" Kopfschüttelnd mit betrübter Miene sah er mich an, dann setzte er seinen Hut auf und schloss die Türe hinter sich. Ich öffnete diese noch einmal, um ihm lautstark hinterherzurufen: „Hast du verstanden, ich brauche dich nicht!" Aber er war bereits gegangen. Schmerzerfüllt warf ich mich in die Bettlaken und ließ dort meinen Tränen freien Lauf. Die Worte, die ich ihm gesagt hatte, hallten in meinen Gedanken nach, und jede Erinnerung daran erfüllte mein Herz mit mehr Kummer, denn ich wusste, ich hatte ihn in meiner Verzweiflung nur verletzen wollen, da er mich nicht liebte, sondern sie, sie, immer nur sie... Der Schmerz, den ich ihm mit diesen Worten zufügen wollte, kam auf mich selbst zurück, gleich einem Echo. Doch niemand liebte mich, nicht einmal Lana, sonst hätte sie mir das nicht angetan. Ich war zu schlecht für alles und jeden, ein Dorn an einem Rosenstrauch, überflüssig, schmerzend, bestimmt dazu, Leid zu bringen.

Was ich eigentlich fühlte, konnte ich ihm doch nicht sagen. Auch wusste ich, dass John mir nur helfen wollte, als er sich dazu entschied, Papa ohne mich von ihrem Tod in Kenntnis zu setzen, als ich wieder und wieder überlegte, warum sie mich damals ausgeschlossen hatten. Ich liebte John, doch warum wollte ich ihn nicht bei mir haben? Warum sehnte ich mich nach *ihm*? Ich verstand die Welt nicht mehr, erkannte meinen Platz darin nicht mehr.

Nachdem ich mein Gebet abgeschlossen hatte, nicht ohne Gott Vorwürfe zu machen, wischte ich die Tränen aus dem Gesicht, nahm ein Blatt Papier und schrieb in meiner Verzweiflung:

„Süße Hoffnung,

sie bleibt nach jeder Niederlage.

Höre meine Klage,

bejahe diesen Schmerz,

verschwinde aus diesem Herz.

Du, der Herr meiner Seelenwelt,

beherrschst meine fragile Innenwelt.

Mit jedem Augenblick von Abwesenheit

deiner Aufmerksamkeit,

mit jedem Ausweichen,

mit jeder ignoranten Kleinigkeit

liegt mein Herz mit dir im Streit,

wie wenn heimlich still und leise

auf gar traurige Weise

ich alleine reise.“

„An meine Seele,

Oh Herr, lass‘ mich kommen doch zur Ruh´.

Die Sonne meines Herzens, die bist du,

doch sehnt sich schmerzlich meiner Seele Ich

krankhaft und verstörend deines Ichs.“

Unter größter Anstrengung kämpfte ich mich die folgenden Monate zurück ins Leben. Nicht um meinet-, sondern um ihretwillen, meiner Familie wegen. Mit der Zeit überwand ich mich, wieder an kleineren Gesellschaften teilzunehmen, Vivienne unterstützte mich liebevoll, besorgt, wo sie nur konnte. Fortwährend befiehl mich jedoch die Gefühlsbitterkeit… Stellenweise entwickelte ich einen Zynismus, der nicht mehr fortgehen wollte.

Gedankenkreise drehen sich gleich Jahr für Jahr ohne Trost meines Herzeleids.

Und der Winter ging für den Frühling, der Frühling gab dem Sommer die Hand, zaghaft bot er weiter dem Herbst seine Befugnis zu wirken, bis schließlich erneut der Winter, eiseskalt, sich seines Rechts ermächtigte und uns alles von Neuem erleben ließ. Ein Rad der Wiederholung, das sich fortbewegte, und jeder Tag nur einem Aushalten und Überleben glich. Wenn die Sonne mein Gesicht wärmte, sollte ich dann nicht glücklich sein, anstatt mir den Regen zu wünschen, das größte

Gewitter, den hässlichsten Sturm, da du nicht da bist. Und ich ging in den Garten, betrachtete das vereiste Gras, die Schneeflocken auf den Tannenspitzen und sah, dass allem ein Zyklus zueigen ist. Tatsächlich hatte der Winter Einzug gehalten. Mir war kalt… mir war, als wenn der Zustand des Unendlichen eingetreten war und ich mich dem Zwang der Akzeptanz unterzuordnen hatte.

Frühling:

Ich war so erregt und euphorischer Vorstellung im Gedanken an den Frühling… an die Zeit, in der das Leben wieder beginnt, aufzuerstehen. Seine Knospen der Lilien zu sehen, die der Hyazinthen zu erwarten, wie die Rosen gestärkt erwachen würden. Das Gefühl der Sonne auf meiner Haut zu spüren, den Geruch der sanften Sonne wahrzunehmen. Wie das Gras sich ihr zu reckt und alles nur sie alleine anbetet, die Durststrecke des Winters hinter sich lässt, der sie zwang, sich nach innen zu kehren, alleine aus Selbstschutz heraus. Wenn reges Treiben herrscht und erste Sonnenstrahlen meine Augen kitzeln. Wenn wir der Tage gedenken, die uns als fruchtbarer erscheinen, freundlicher, weniger den Gedanken daran verschwenden, uns wappnen zu müssen, weniger stark zu sein, wenn wir weniger Holz benötigen, um uns zu beruhigen, zu wärmen. Ich denke an die Zukunft, an die Erfüllung meines Lebens und wie ich ihr entgegenlaufe, ja, wie ich ihr entgegenrenne.

Sommer:

Wenn alles in seiner vollen Pracht anzusehen ist und vor uns liegt, wir erfüllt sind im Zenit des Jahres, der uns die größte Kraft schenkt in Zeiten, die nicht so hell sind wie diese. Wenn ich den Unterrock nicht brauche und luftig leicht unter einem Baum den Picknickkorb bei mir habe, lache und im Einklang bin mit der warmen Sonne, die mich zu einem energetisierten Wesen macht und ich ruhig bin. Wenn alles einfach ist und

Hoffnung und Glaube die Antworten sind. Alles ist möglich, wir wissen, dass es möglich ist. Wenn ich lachend und singend vor mich hin träume, hüpfe den Feldweg entlang in Leichtigkeit. Wenn ich Abkühlung finde unter einem Wasserfall und Stunden dort verweilen könnte ohne Angst in meinem Herzen, ich die reifen Obstbäume in ihrer vollen Pracht erblicke. Wenn die Gemeinschaft der Familie alles ist, was zählt und wir diese Sommerstunden zusammen erleben, das größte Glück, doch du bist nicht hier. Wenn der laue Abend beim Anblick der Sonne Untergang mich deiner gedenken lässt und das Dämmerlicht mich in Sehnsucht und Hoffnung hüllt.

Herbst:

Wenn wir langsam erkennen, dass die friedvolle Zeit sich dem Ende zuneigt und jeder Tag kühler wird, wir klammernd schon jetzt Halt suchen in den Sommertagen, da wir uns vor dem Winter fürchten, da ist der Herbst der Übergang, der uns noch einmal prüft, ob wir über ausreichende Reserven verfügen werden. Wie der Wind die Blätter aufwühlt, ich sein Windspiel betrachte, spüre ich die kühle Frische in meinem Gesicht, auf meiner Haut, wie sie mich sanft streichelt, atme die klare Luft.

Wenn Tag für Tag der Abend früher kommt und morgens die Dunkelheit länger benötigt, um zu weichen. Wenn die Farbwechsel uns erstaunen, wir noch die Schönheit der Natur erblicken, wie sie im Wandel steht und die Pflanzen sich zu einem leisen „Gute Nacht" mehr und mehr von uns entfernen.

Winter:

Ich sehe den Reif des Nebels, wie er seine Kreise in der sternenklaren Nacht zieht… Wenn sich alles einkapselt, um die wenige Energie zu sammeln, sie zu speichern, wir und alles um uns herum in sich gekehrt ist, wir Pläne schmieden für das, was einmal sein soll. Wenn wir der vergangenen Monate gedenken und dessen, was sie uns *beschert haben, was wir aus ihnen gelernt haben. Wir besinnen uns auf das, was wichtig erscheint und halten daran fest, wie an einem Schatz, der in uns lebt. Wenn der Wind das gefrorene, pudrig gewordene Eis aufwirbelt und uns an einem sonnigen Tag sein Anblick verzaubert, wie er glitzert und funkelt und wir darüber die Kälte des Windes vergessen.*

Und ich sitze hier, die kleinen Dinge der Freude wahrnehmend. Mein Ehemann mich liebevoll umsorgend, eine warme Mahlzeit auf dem Tisch, keine Geldesnot und Menschen, die mich lieben, links und rechts zur Seite, die ich liebe… und doch frage ich mich, weshalb trotz dieses Glückes mir das Herz so schwer sein mag… kann die Antwort ein einziger Mensch alleine sein, eine einzige Seele, die entfernt von mir die Sonne in Dunkelheit verhüllt? Die Seele, die mir fehlt und mich ohne sie erkranken lässt? Die Seele, ohne die ich nicht gesunden kann, und nur die Sehnsucht nach ihr mich spüren lässt, am Leben zu sein, und wis-

sen lässt, dass das Leben doch das Schwerste
ist…

II

Ich traf ihn zwei Jahre nicht und besaß eine Zeit
lang die Stärke, mich von ihm gedanklich abzuwenden. Kein bisschen hatten sich jedoch in diesen Jahren meine Gefühl für ihn geändert, wollte
ich mir selbst gegenüber ehrlich sein. Mein Herz
floss über wie eine sprudelnde Quelle frischen
Bergwassers, lenkte ich einen Gedanken auf ihn,
alleine beim Nennen seines Namens, aber ich
lernte, mit der Liebe in meinem Herzen zu leben,
arbeitete an meiner Selbstvergebung, die meine
Ehe und Lana betraf.

Ich bewunderte Papa, seine Stärke und sah zu ihm
auf. Ich besuchte ihn seit Lanas Tod fast täglich,
und selbst Onkel Maxwell hätte mich nicht davon
abhalten können. Er, Maggie und ich kochten oft
gemeinsam, ritten miteinander aus. John war darüber fürchterlich erzürnt, was ich nicht verstand.
Hätte er nicht einmal, anstatt an den gesellschaft-

lichen Ruf, an mein Wohlergehen denken können? Ich verstand es nicht, es war mir auch
gleich... Ich wollte Heilung finden, meinen Frieden machen und arbeitete akribisch daran, in meiner zurückgefundenen Stärke zu bleiben. Mir halfen diese Unternehmungen dabei, ihn zu vergessen, obwohl ich es niemals kann, doch der Kummer wurde dadurch nicht mehr zu einem unüber-
brückbaren Faktum. Dennoch hatte sich meine
Beziehung zu John wieder gefestigt und ich erinnerte mich daran, warum ich ihn liebte, und
kämpfte für unsere Ehe. John half mir in dieser
Zeit des Umbruchs dabei, mich von meiner
Schuldüberzeugung Lanas Tod betreffend zu distanzieren... Schwer war es für mich, wenn er längere Zeit dienstlich von zu Hause weg war, dann
bemächtigten sich meiner erneut die innere Unruhe, das Zittern und die Angstattacken. Mit Eigen-
geduld und Viviennes Unterstützung lernte ich,
mich zu beruhigen.

Da ich ihn schon lange Zeit nicht mehr sah und
keine Vorstellung hatte, ob es ihm gutgehen würde, betete ich stets des Abends für ihn und seine

Familie. Umso überraschter war ich über den Brief, der mich am Weihnachtsabend unverhofft nach beinahe zweijährigem Kontaktabbruch erreichte.

Der Briefträger reichte mir einen grünen Umschlag, darin war zu lesen:

„Wenn weiße Weihnacht ist, weiß man doch, wen man am meisten vermisst."

Von Herzen besinnliche Weihnachten,

wünschen Anthony und Familie

….

PS: Celeste und ich veranstalten am kommenden Freitag eine Wohltätigkeitsveranstaltung für mittellose Menschen in unserer Stadt. Nicht nur die Menschen wären dankbar, wenn Ihre Familie ebenfalls daran teilnehmen würde, ich ganz besonders. Der Marktplatz am Brunnen ist der Treffpunkt, vier Uhr Nachmittag. Ich freue mich über ein Wiedersehen.

Anthony.

Ein Gefühl inneren Friedens und Glückseligkeit
umpfing mich, nachdem ich diese Worte gelesen
hatte. Zugegeben, als besonders originell konnte
ich das Gedicht nicht bezeichnen, aber für mich
war es das schönste Weihnachtsgeschenk.

….

Schließlich diente die Veranstaltung einem sehr
guten Zweck, und es wäre töricht, meine Unterstützung zu verwehren nur, da ich unangemessene
Gefühle für Anthony empfand. Mir wurde dazu
bewusst, wie gut es unserer Familie ging. Als ich
die Vorratskammer ausräumte, konnte ich zwei
große Anhänger mit Lebensmitteln beladen, wobei mir John half. Vivienne, die die meisten Kleider von uns besaß, steuerte einige Stücke für den
Verkauf bei, die sie lange nicht getragen hatte,
um die Wohltätigkeitsveranstaltung zu unterstützen. Zusätzlich backte sie den Vortag von morgens bis abends kleine Törtchen, Plätzchen und
Brot für die Armen. Draußen war es bitterkalt,

doch in meinem Herzen regte sich eine angeneh-me Wärme, ein Glücksgefühl. Anthony war ein selbstlos liebenswerter Mensch, das wurde mir wieder einmal klar… So hilfsbereit wie er war niemand, den ich kannte.

Am Marktplatz herrschte reges Treiben, es hatte sich herumgesprochen, was veranstaltet wurde. Ich war nervös, aufgeregt über unser Wiederse-hen, überlegte, ob er sich wohl recht verändert haben würde. Als ich mit John den Anhänger ent-lud, hörte ich hinter mir ein freundliches „Salut, Madeline". Ich drehte mich um, und es war Ce-leste, die in ihrem roten Mantel und der blauen Mütze wunderschön aussah. Nach französischer Art begrüßten wir uns mit Küsschen links und rechts. „Salut, Celeste, schön, Sie wiederzuse-hen." „Das sind ja viele Lebensmittel, die Sie mitgebracht haben." „Ja, wir… John und ich fin-den Ihre Idee wunderbar." „Oh, das war Antho-nys Idee." „Wo ist er denn?", wollte ich wissen. „Da, da kommt er. Cheri!", rief sie. Und er kam unverändert auf uns zugelaufen, eingepackt in ei-nen dicken Ledermantel, seine Augen funkelten, als wir einander erblickten, mein Herz rührte sich heftig. Ich hätte vor Freude weinen können. Und er sagte: „Hallo, Madeline, warum musste erst eine so lange Zeit vergehen, bis wir uns wiedersehen?" Ich war überwältigt von seiner Anwesenheit, die es mir kurze Zeit unmöglich machte zu antworten. „Ich… Ich habe mich sehr über die Weihnachtskarte gefreut, also wir und das ist wirklich eine tolle Idee… Vivienne und Arthur sind auch da. Viv hat zwei Tage lang nur gebacken." „Ich freue mich, Euch alle wiederzusehen." „Wir uns auch, danke." „Meine Frau hat gestrickt, was das Zeug hielt, kleine und große Pullover, Socken in allen Größen." „Das ist eine schöne Idee." John brachte sich mit ein: „Dr. Bennett, helfen Sie mir doch mit den Punschfässern, bitte." „Natürlich." Mir war, als ob nicht nur ich alleine nach einem Blick suchte, der dem Herzen Sicherheit geben konnte, denn ich spürte seine Augen auf meinem Gesicht ruhen, auch als er sich entfernt von mir mit John und Arthur über die Organisation unterhielt.

Das meiste der Waren verschenkten wir tatsächlich, doch es kamen auch wohlhabende Menschen vorbei, die ein gutes Herz besaßen und spendeten, sodass wir am Ende des Abends eine beträchtliche Summe zusammen hatten, die den ärmsten Teilen der Stadt zugutekamen. „Ich würde sagen, das war ein gelungener Abend, Dr. Bennett“, sagte John. „Das sehe ich auch so! Wir sollten das ab jetzt jedes Jahr machen“, brachte sich Vivienne mit ein. „Es hat wirklich große Freude gemacht.“ „Ja das hat es“, stimmte ich ihr zu. Nach und nach räumten wir die Überbleibsel auf und waren fertig zur Heimfahrt. Es war schon bald Mitternacht und fürchterlich kalt, auch die Müdigkeit machte sich bei allen bemerkbar. „War es denn wirklich ein schöner Abend, Madeline?“, fragte mich Anthony. „Durchaus, ich habe schon lange nicht mehr so viel Freude erlebt.“ „Aber du siehst aus, als würde etwas schwer auf deinem Herzen lasten?“ Als er mich weiter ansah und ich nicht antwortete, sagte ich zu ihm: „Bei manchen Dingen ist es besser, wenn wir sie nicht aussprechen.“ Ich sah ihm seine Verwirrung an und meinte sogar Enttäuschung in seinen Augen zu sehen, aber vielleicht war es nur der Wunsch… Zudem fanden mein Herz als auch mein Verstand stets eine legitime Antwort auf seine Reaktionen. „Weißt du, Maddie, ich hatte nicht geglaubt, dass es heute schneien würde… Ich hatte es mir gewünscht. Die letzten Jahre hat es durchgehend geregnet. Ich habe so lange auf den Schnee gewartet." „Wirklich?" „Ja, er erinnert mich an meine Kindheit…" „Dann können wir also sagen, wir haben heute ein kleines Weihnachtswunder erlebt?" „So ist es." Einen Moment standen wir nichtssagend nebeneinander und betrachteten die herabfallenden Schneeflocken. Es war mein Weihnachtswunder, heute mit ihm den Abend verbringen zu dürfen und dieser Augenblick, in dem wir einzig die Anwesenheit des anderen teilten.

Nachdem mir bewusst wurde, wie glücklich ich an diesem heutigen Tag war und ich mir im Klaren darüber war, dass ich ihn immer noch liebte, fasste ich den Entschluss, mich erneut und diesmal endgültig von ihm zu distanzieren.

Als es heute am zweiten Weihnachtstag erneut schneite, da dachte ich an seine Seltenheit, daran, wie viel Geduld nötig war, ihn zu erleben, daran, wie lange du ihn ersehnt hattest.

Kaum ward er gesehen, war er auch schon wieder geschmolzen, als wenn er nie gewesen wäre... Auch so ist's um die Liebe bestellt... um die unsere?… War sie wie ein Flügelschlag eines Seraphs?

„Wie sehr ich mich nach einem Glück ohne Halt sehne.

Ich bin ein melancholischer Mensch, bin ich nicht bei dir. Mein Gemüt lässt sich nur schwer erheitern. Alles betrachte ich mit deinen Augen. Es ist ein entsetzlicher Zustand, der sich meiner bemächtigt hat, ich bin ohne Kraft und ohne Leben. Jede kleinste Tätigkeit verlangt von mir die größte Anstrengung. Vor meinem geistigen Auge bist du mir präsent, dein Antlitz ist überall wie dein Duft zu gegen. Ich bin ein anderer Mensch, wenn du nicht da bist.

Süchtig bin ich nach dem Gefühl deiner Anwesenheit, die mein größtes Glück ist, der Höhepunkt, der mich spüren lässt, ich lebe, ich liebe wie niemals zuvor.

Ich befürchte, ich würde alles für dich tun, wenn du mich nur ließest.

Ich bin konsterniert darüber, dass ich nur noch ein Schatten meiner selbst bin, ich nur noch wandele wie ein Geist des Hades, wenn du nicht bei mir bist und die Sehnsucht mich zu Boden zerrt. Wenn jede Träne schmerzt und die erhoffte Befreiung ausbleibt, ich erschöpft und hoffnungslos dahinvegetiere. Wenn das Atmen schwerfällt und ich nicht weiß, was möglich ist zu tun, wenn kein Licht zu sehen ist und das Leben nur einem nicht endenden Elend gleicht.

Du bist wie der Regenbogen, es gibt ihn nur, wenn es zugleich regnet und die Sonne scheint. Freude kann ich nur empfinden, wenn ich auch die Traurigkeit kenne. Du bist nicht immer sichtbar, nicht für mich, aber ich weiß, dass es dich gibt. Wie es den Regenbogen nur selten gibt und *ich ihn niemals berühren kann, ist er doch, bringt Wärme in mein Herz und schickt Hoffnung."*

Und da kam sie wieder, sie kam über mich, die Dunkelheit, ganz uneingeladen und bemächtigte sich meiner. Woher kam sie? Ganz leicht und geschwind aus einem Nichts, in einer Nacht und manchmal in der Helligkeit des Tages, mich in die Knie zwingend. Sie hatte mich wieder und sie war bereit, mich zu morden.

Das Gefühl des Schmerzes liegt auf meinem Herzen wie ein unverrückbarer Sarg, der es niederdrückt und nichts als der Schmerz ohne fruchtbaren Nährboden bleibt. Es bleibt ein Ort zurück, an dem vor langer Zeit einmal die Sonne schien. Es liegt an mir, ihn zu begraben.

Was ist es nur, dass ich dich so in mein Herz geschlossen habe? Der Gedanke daran, dich nicht mehr sehen zu dürfen, macht mich nicht nur alleine traurig, sondern lässt mich verzweifeln.

Im Traum ist es längst geschehen. Wenn ich dich sehe, da ist es mir, als wüsstest du's wie ich. Ich glaube, in deinen Augen eine Erinnerung, eine Erinnerung an einen Moment erkannt zu haben, den es in der realen Welt nie gegeben hat. Wie oft meine Gedanken „Ich liebe dich" zu dir gesprochen haben… Hast du es gehört, gespürt? Ich habe gesehen, wie du zitternd, weinend meinen Körper mit Küssen übersätest, wie ich dein Gesicht unter Tränen, in meinen Händen hielt. War es ein Traum? War es wirklich nur ein Traum, Anthony? Ich verliere mich, Anthony. Wer vermag mir zu helfen? Wie befreie ich mich von dieser Abhängigkeit, meine Gedanken Tag für Tag, Nacht für Nacht dir zu schenken?

Ein neues Jahr stand uns bevor und wie stets, wenn sich das Jahr zum Ende neigte, wiederholten sich die Traditionen im Hinblick auf Vorsätze, die diesmal wahrhaftig durchgesetzt werden wollten.

War es an Weihnachten der traditionelle Rehbraten, übertraf sich der Koch mit einem feurigen

Silvestereintopf, zu dem ein kaltes Buffet aufge-
tischt wurde, es war schließlich die längste Nacht
des Jahres und nicht denkbar, wieder und wieder
essen aufzuwärmen. Auch war es Sitte, den letzten Jahrestag in der bevorzugten Gesellschaft Onkel Maxwells zu zelebrieren, das heißt mit Personen in Kontakt zu kommen, auf die ich gut und
gerne verzichtet hätte. Wohlgemerkt fielen neben
gesellschaftlich angesehen Leuten auch Mrs.
Higgins und Mrs. Marks darunter, die wiederkehrend den Brauch einführten, die Sterne zu befragen, um einen Blick in die Zukunft zu erhaschen.
Nur wenige Freunde von Vivienne und Arthur
waren zu Gast. Ich war ohnehin nicht diejenige,
die noch großartig Freundschaften pflegte, und
hielt alles sehr oberflächlich, nachdem meine beiden besten Freundinnen fast zeitgleich vor vier
Jahren verstorben waren. Madame Valledou war
diejenige, die mittels ihrer Karten die Fähigkeit
besitzen sollte, die Zukunft zu prophezeien. Angeblich war es ihr auch möglich, aus der Hand zu
lesen. Ich war an derartigen Zeremonien nicht interessiert, denn es ängstigte mich. Auch Vivienne

stand diesem Brauch skeptisch gegenüber, John erst recht. Mrs. Marks bestand darauf, als Erste Informationen über das kommende Jahr zu erhalten, völlig überdreht und euphorisch war sie der Meinung, schon bald den perfekten Gentleman kennen zu lernen, nachdem der Tod ihres Mannes nun mehr als zehn Jahre zurücklag. Die Türe hinter ihr wurde geschlossen, und die Gesellschaft wartete ungeduldig, bis sie sich erneut öffnen würde, um selbst an die Reihe zu kommen. Onkel Maxwell verwandelte den Salon jedes Jahr in eine Räucherhöhle, in der es stickig nach Weihrauch und Kräutern roch. Eine schwere Rauchwolke lag in der Luft. An die hundert Kerzen in verschiedensten Größen standen um das Medium herum. In der Mitte ein Tisch aufgestellt, an welchem Madame Valledou auf einem samtroten Stuhl thronte. Vor ihr die verdeckt ausgelegten Karten, die die Hoffnung bringenden Botschaften bereithalten sollten. Als Mrs. Marks nach einer gefühlten Ewigkeit die Türe öffnete und Mrs. Higgins ihr theatralisch entgegenlief, um zu erfahren, was die Hellseherin über ihr nahendes Schicksal zu berichten hatte, entgegnete die enttäuschte Mrs. Marks: „Nun, es wird wohl noch ein wenig dauern, bis der Prinz kommt, meine Liebe, aber ich bin geduldig und mir wurde eine lange Schönheit prophezeit, sodass ich mich nicht sorgen muss auf ewig enthaltsam leben zu müssen.“ Ich beobachtete das Geschehen aus der Ferne, war aber nahe genug daran, um ihren Worten zu folgen. „Oh ja, meine Liebe“, sprach ihr Mrs. Higgins zu: „Das sind doch im Grunde erfreuliche Nachrichten! Jetzt lass‘ mich aber vorbei, meine Zukunft will auch befragt werden.“ Und sie drängelte sich mit ihrem üppig wackelnden Hinterteil an der Freundin vorbei, welche doch nicht ganz glücklich über die Botschaft schien. Mir war dieses Schauspiel zuwider, sodass ich mich von der Szenerie entfernte. Ich hatte ehrlicherweise auch kein Interesse, deren Ausgang weiter zu verfolgen. Im Laufe des Abends wurde die Stimmung der Gäste ausgelassener, wozu die alkoholischen Getränke, die Onkel Maxwell ausreichend servierte, sicher ihren Beitrag leisteten. Ich war müde, wäre am liebsten zu Bett gegangen, doch John unterhielt sich angeregt mit Freunden, die er aus der Politik kannte, und ohne ihn wollte ich nicht zu Bett gehen. Ich war überrascht, als ich Vivienne aus dem Zimmer der Valledou kommen sah. Strahlend kam sie mir entgegen, um zu berichten: „Madeline, du wirst es nicht glauben, das Schicksal sieht ein Baby für mich vor, endlich! Für Arthur und mich, unser Baby! Nächstes Jahr schon! Ich bin ganz aufgeregt! Es wird ein Mädchen, Maddie, kannst du dir das vorstellen, ich werde Mutter!“ Entgegen der erwarteten Reaktion die sie sicher von mir erwartete, gab ich zur Antwort: „Dass du dich auf diesen Hokuspokus eingelassen hast, Viv… du bist doch sonst nicht so…“ „Freust du dich etwa nicht für mich?“ „Ich glaube nicht an solche Dinge, Viv, das weißt du doch. Aber sollte es wirklich so kommen, freue ich mich natürlich.“ „Ich verstehe… aber das wäre doch wunderbar, Maddie!“ „Ja, das wäre es.“ „Ich werde es gleich Arthur mitteilen.“ Mir war nicht klar, warum sie sich auf dieses Spiel eingelassen hatte. Just in diesem Moment erblickte ich Madame Valledou, wie sie den Raum verließ, um das reichliche Buffet zu verköstigen. Ich beobachtete die kleine rundliche Dame, von der etwas Mystisches, Geheimnisvolles ausging. Allein aus der Ferne betrachtet durchlief mich ein Schauer. Ihr Gesicht erkannte ich kaum, da sie ein rotes Cape trug, welches ihren Kopf bedeckte. Ein buckeliger Gang war zu beobachten, und ihr rechtes Bein hinkte dezent nach. Sie musste bemerkt haben, dass ich sie observierte. Plötzlich drehte sie sich um, in einer Hand den mit Speisen gefüllten Teller, in der anderen Hand ein Glas Champagner. Als sie mir in die Augen sah, erstarrte ich kurz und stand reglos da. Dann wandte sie sich von mir ab, um sich dem Essen zu widmen. Peinlich war ich berührt, da sie mich ertappt hatte, wie ich sie musterte, es war ungeschickt von mir, ja ungehobelt. Schnell verließ ich den Raum, blickte auf die Uhr im Nebensalon. Zu meiner Enttäuschung waren es immer noch drei Stunden, bis das neue Jahr willkommen zu heißen war. Ein jeder der Gäste unterhielt sich angeregt leicht, in Vorfreude auf das neue Jahr, mir hingegen war Gesellschaft heute nicht wohl gesonnen, ich war müde, gelangweilt, ohne Elan und Euphorie. Der Kamin flackerte lichterloh, und ich ließ mich in den samtüberzogenen grünen Stuhl vor diesem nieder, um das Farbenspiel der Flammen zu beobachten, dachte an alte Zeiten, Ma, Papa, Lana… an ihn… und träumte vor mich hin, bis ich einschlief. Fürchterlich schreckte ich auf, als ich eine Stimme hörte, einen Duft von Bergamotte wahrnahm und mich eine kalte Hand am Arm berührte. Ich riss die Augen auf. „Madame Valledou! Entschuldigen Sie bitte, ich muss eingeschlafen sein." Ich weiß nicht, warum ich mich bei ihr entschuldigte, denn sie hatte ja schließlich mich rücksichtslos aufgeweckt und dabei fast zu Tode erschreckt. Sie kniete vor meinem Sessel, im Hintergrund das lodernde Feuer des Kamins, das rote Cape immer noch auf dem Haupt sitzend. Ihre dunklen Augen durchdrangen mich, es war, als schaue sie auf den Grund meiner Seele. Zunächst sprach sie nicht, sah mich nur mit scharfem Blick weiter an, dann zuckte sie kurz zusammen, ergriff meine Hand. Ich war verängstigt, fühlte mich unwohl. Sie sagte: „Sie sind Madeline… Maddie." Ich entzog ihr meine Hand, richtete mich im Sessel auf. „Ja, das bin ich." Ich sah sie entgeistert an. „Was wollen Sie?" Ihr Blick durchdrang mich weiterhin, und sie kam mir so nahe, dass meine Angst wuchs. Keine Antwort kam von ihr. Ich erkannte jetzt deutlich ihr Gesicht. Dicke Schminke verbarg ihre natürliche Art. Die Augenbrauen schwarz und dick nachgemalt, der Mund blutrot. Tiefe Falten zeichneten ihren Anblick. Als ich im Begriff war aufzustehen und ihre Hand von meinem Arm lösen wollte, packte sie erneut meine rechte Hand und sprach: „Halt." „Was ist denn nur?" „Weiß er es? Ich denke nicht!" „Wer weiß was? Was meinen Sie?" „Ihr Mann?" „Was soll er wissen?" „Dass Ihr Herz einem anderen gehört?" Was wollte diese Frau von mir, fragte ich mich fortwährend. „Ich… ich weiß nicht, was Sie meinen, Madame, wirklich nicht!" Ich entledigte mich ihres Armes bestimmend. „Ich kenne Sie! Sie ziehen von Jahrmarkt zu Jahrmarkt durch die Städte, und zu dieser Zeit haben Sie Hochsaison, aber lassen Sie sich eins gesagt sein: Ich halte nichts von solch okkulten Dingen und habe Sie nicht darum gebeten, mir irgendetwas über mein Leben zu erzählen! Ich bitte Sie höflichst, mir meinen Frieden zu lassen, dass Sie sich auf der Stelle in den Nebenraum begeben, wo Ihre Gesellschaft Anklang findet, denn bei mir wird sie nicht geschätzt, so leid es mir tut!" Ich zitterte am ganzen Körper. „Wie Sie wünschen." Dann endlich verließ Sie das Zimmer. Ihre Worte klangen in meinem Kopf nach: „Weiß er es…" Mit Blick auf die Kaminuhr war es noch eine Stunde bis Neujahr, ich entschloss mich dennoch, zu Bett zu gehen, was ich schon vorher hätte tun sollen, dann wäre mir diese Begegnung erspart geblieben. Ich gab John einen Gute-Nacht-Kuss, umarmte Vivienne und sehnte mich nach erholsamem Schlaf. Im Schlafzimmer kreisten meine Gedanken immer noch um die Worte der alten Madame Valledou. Warum interessierte es mich, was sie sagte? Eine alte Betrügerin, eine Scharlatanin, mehr war sie doch nicht, was hatte es mich zu kümmern? Unglücklicherweise lenkten die Überlegungen der Worte meine Aufmerksamkeit auf *ihn,* und ich fragte mich, was er wohl heute

Abend machen würde, wie es ihm ginge, ob er an mich dachte. Doch diese Vorstellungen waren Gift für mich, für meinen Verstand, für mein Herz, für meine Ehe. Obwohl ich müde war, wälzte ich mich in den Laken hin und her. Ich hörte die ersten Mitternachtsraketen, sodass ich aufstand, um das Lichterfeuer vom Fenster aus zu betrachten. Wieder würde mich ein Jahr erwarten, wie es dieses war, ein Jahr ohne ihn, und ich wollte nicht daran denken, dass mein Dasein einem hoffnungslosen Warten glich. Warten auf ein Wunder, welches nie geschehen würde, und wieder die Gewissheit, dass ich nicht einmal wusste, wie dieses Wunder aussehen sollte. Und ich war nicht nur voller Sehnsucht traurig, sondern im Gefühl der Melancholie gefangen, die mit Lethargie einherging. Die Gewissheit, ein weiteres Jahr mit einer Maske leben zu müssen, was mich mehr fordern würde, als ich alleine jetzt schon glaubte, ließ mich erschöpft sein.

Ich dachte daran, wie einfach die Gesellschaft doch zu beeinflussen war… oberflächlich, gleichgültig, primitiv, schlechter als die Tiere, die sich gegenseitig fressen. Geblendet vom Schein des Seins… Ist man doch die gleiche Person, nur unbelastet von Spott und Hohn, im Aussehen so wie es die Gesellschaft wünscht zu sein zu vermögen. Die Maske, die es aufrecht zu erhalten gilt … Für den Moment konnte ich das ertragen, um zu überleben… doch dies als einen Dauerzustand aufrecht zu erhalten, war unmenschlich und nicht tragbar. Ich schaffte es nicht auf lange Sicht. Die Gesellschaft… die Menschen ohne Herz glauben dir gut und gerne deine Lüge, weil es sie nicht interessiert… weil sie alles haben wollen, wie sie es sich wünschen, sie haben die Macht … die Macht, dich in den Ruin zu treiben, weil die Menschen auf sie hören, ihnen glauben, die Mehrheit glaubt ihnen stets… die Summe der Menschen ist schwach… schwach an Toleranz, schwach an Liebesfähigkeit, schwach am Interesse der Wahrheit. Reden… was soll geredet werden, wenn doch ein jeder das glaubt, was er glauben will… jedes Wort ist verschwendete Energie. Es ist alles doch umsonst, da die Erde bevölkert ist von Seelenfressern, von denen, die dich nicht verstehen…

Als ich John in derselben Nacht schlafend wusste, trippelte ich auf Zehenspitzen zum Sekretär, in welchem ich *seine* Fotografie aufbewahrte. Ich erinnerte mich an den Abend, was alles geschehen war, und daran, wie es war, dass wir uns schon Leben kannten... Es musste so sein, denn anders kann ich mir die Verbindung, die uns betrifft, nicht erklären. Wieviel glücklicher wäre ich, wenn ich Halt in deinen Armen fände, wenn ich weinen dürfte an deiner Brust, wenn die Masken fallen würden...

An Tagen, an denen ich den Mond oder die Sichel nicht sehen kann, bekomme ich Angst, ich halte es für eine allgemeine Verdunkelung der Sinne und meiner Handlungsfähigkeit. Ich bin verängstigt am darauffolgenden Tag und bleibe am Folgetag stets umso länger wach, in der Hoffnung, einen Umriss unseres Mondes erkennen zu können, um ein wenig Zukunftsglauben schöpfen zu können.

Es kam in den folgenden Monaten aber der Tag, der meine Stärke prüfen wollte. Vivienne hatte eine aufwendige Sahnetorte gebacken und bestand darauf, heute Nachmittag bei Kaffee und Kuchen zusammenzusitzen. Auch James war anwesend. „Madeline, setz' dich, Arthur und ich haben Euch etwas mitzuteilen." Ich saß an dem wunderschön dekorierten Tisch und ahnte, was folgen würde. „Kommt John auch?", wollte Viv wissen, als er eben die Treppe hinunterkam. „Vivienne, was denkst du… ich lass' mir doch die Torte nicht entgehen, bin schon da." „Setz' dich." Vivienne nahm Arthurs Hand und beide strahlten uns an, als sie begann: „Nun, es ist so… wir erwarten ein Kind… ich bin schwanger." James gratulierte den beiden als erstes: „Meine kleine Schwester wird Mutter… herzlichen Glückwunsch, ich freue mich schon so auf die kleine Vivienne oder den kleinen Arthur?" „Es wird ganz sicher ein Mädchen, das weiß ich", sagte Vivienne. Auch ich teilte ihrer beider Glück und hatte mit dieser Nachricht gerechnet. „Viv, Arthur, ich werde Tante, ist das zu glauben." Ich herzte beide freudig, doch in nächster Sekunde erschien mir Lanas Gesicht vor Augen. Ich weiß nicht warum, und ein beklemmendes Gefühl hielt in mir Einzug, ein eisiger Schauer durchströmte meinen Körper. Zugleich war ich traurig darüber als ältere Schwester nicht bereits selbst Kinder zu haben, die Gnade Gottes wurde mir nicht zuteil, und es erschloss sich mir, warum... John war ganz außer sich und lief eilig in die Küche, um den Likör zu holen. „Meine Lieben, das muss gefeiert werden." Bis auf Vivienne schenkte er uns allen ein Glas des Alkohols ein. Er erhob sich und sprach: „Meine Lieben…, auf das Wohl der Familie, auf ewig. Santé!" In einem Zug schluckte ich die süße Flüssigkeit. „Viv, die Torte schmeckt überragend, ein Gedicht!" „Danke, Bruderherz! Möchtest du noch ein Stück?" „Oh danke, nein, ich muss ein wenig auf meine Linie achten." „Ich nehme gerne noch ein Stück", brachte ich mich mit ein. „Bist du sicher, Maddie?", kam es von Johns Seite. „Ja, wieso nicht?" „Nun, das musst du selbst wissen, aber ich glaube, du hast zugenommen, nicht, dass du eines Tages wie Mrs.

Klein aussiehst." Mrs. Klein war die Bäckersge-
hilfin in der Stadt und war dafür bekannt, dass
man kaum erkannte, dass sie ein Kinn besaß, als
wäre ihr Körper eine durchgezogene Fettschwate
ohne Kanten und Formen. Johns Kommentar verletzte mich sehr, und ich verstand nicht, weshalb
es oft dazu kam, dass er mich, mein Handeln oder
meine Entscheidungen in Frage stellte. Noch dazu
brauchte ich erhebliche Monate, damals nach Lanas Tod, um wieder zu einem vernünftigen Ess-
verhalten zurückzukehren. Auf seinen Kommentar hin verging mir der Nachschlag, und als Vivienne das Stück schon auf meinen Teller gelegt
hatte, lehnte ich dankend ab. „Entschuldigt
mich", sprach ich, um mich dann zu erheben,
nahm meinen Mantel, um im Garten zu spazieren,
als ich Tulja erblickte.

„Fahren Sie mich irgendwohin", sprach ich ihn
an, „bitte nur fort von hier." Ich begann, leise zu
weinen, was Tulja bemerkte. „Mrs. Heart, was ist
mit Ihnen?" „Es ist nichts, Tulja, es wird gleich
vorüber sein." „Warum sind sie nur so traurig,
Mrs. Heart? Früher waren Sie glücklicher." „Das

ist lange Zeit her, Tulja, ich bin nicht mehr der Mensch, der ich einmal war… es tut mir leid." „Sie müssen sich nicht entschuldigen, ich mache mir nur Sorgen um Sie!" „Sie machen sich Sorgen um mich?" „Aber natürlich, Mrs. Heart." „Denkst du nicht auch, dass ich zu rund geworden bin?" „Gewiss nicht, wer erzählt denn solche Unwahrheiten? Für mich sind Sie die schönste Frau, die ich je gesehen habe." Ich sah den jungen Tulja von schlanker Statur da vor mir stehen, mit besorgt dreinschauenden braunen Augen, die mich treu ergeben anblickten. In seinen verstaubten Hosen, die von Hosenträgern gehalten wurden, in seinem weißen Baumwollhemd wirkte er attraktiv auf mich. Sein blondes, längeres gelocktes Haar, welches leicht seine Stirn berührte, unterstrich seine Ausstrahlung eines unschuldig aussehenden Abenteurers. Er war vielleicht fünf Jahre jünger als ich, aber seine dezenten Muskeln hatten nichts Knabenhaftes. Ich fühlte mich durch seine Äußerung geschmeichelt, gesehen, fast begehrt von einem jungen attraktiven Mann. „Tulja." „Ja, Mrs. Heart?" „Küssen sie mich." „Bitte?" „Sie sollen mich küssen." „Mrs. Heart, das… das kann ich nicht…" „Ach nein? Wieso nicht? Du belügst mich also auch, glaubst in Wirklichkeit, ich sei eine hässliche Frau, die die besten Jahre bereits hinter sich hat, eine zynische Alte, die an Gewicht zugelegt hat und sich verzweifelt nach Aufmerksamkeit sehnt!? Du glaubst auch, ich sei verrückt und lügst mich an, weil du Angst um deine Anstellung hast!" „Nein, Mrs. Heart, das ist nicht wahr!" „Erzähl' mir nichts, ich will nichts hören." „Bitte lassen Sie es mich erklären… Sie sind verheiratet und ich kann es mir nicht leisten, meine Arbeit zu verlieren, aber Sie sind eine Göttin für mich, glauben Sie mir." „Ich habe verstanden, Tulja", entgegnete ich ihm gereizt. „Es soll nichts mehr zur Sache tun." Anstatt die Kutsche zu besteigen, ließ ich ihn ohne ein weiteres Wort, peinlich berührt, stehen, um mich wieder ins Haus zu begeben. Was war nur in mich gefahren?

Nachdem der Nachmittag vorüber war und sich der Abend näherte, fühlte ich mich unwohl wie lange nicht. Die beklemmende Angst war zurück. Worüber ich sie verspürte, das vermochte ich nicht zu sagen. Meine Stimmung war melancholisch, und ich dachte über die Vergänglichkeit des Lebens nach, wie sich alles und jeder änderte im Laufe der Zeit... Ich fühlte mich vernachlässigt, wie ein Opfer meiner Minderwertigkeit, meines Glückes beraubt. Das Gefühl der Selbstverachtung war zurück. Oft halfen lange, ausgiebige Spaziergänge, um mich ausreichend ausgelaugt zu machen, eine Methode, die ich monatelang übte, um wieder zu einem regelmäßigen Schlafrhythmus zu gelangen, damit keine Zeit zum Weinen blieb. Ich hatte gelernt, die Anflüge einer Missstimmung rechtzeitig abzuwenden, sodass es auch diesmal zunächst funktionierte. Es war ein harter Kampf, die stetig wiederkehrenden negativen Gedanken in meinem Kopf zum Schweigen zu bringen.

Als der Tag der Niederkunft kam, war ich beinahe so aufgeregt wie Vivienne selbst und hoffte für sie, dass sich die Wehen nicht allzu lange hinziehen würden. Es war schrecklich, ihre Schmerzensschreie mit anzuhören, die stundenlang das Haus durchdrangen.

Ich war ohne Vorwarnung, hatte keinen Gedanken daran getan, was mir bevorstand. Ich hätte daran denken müssen, um mich dementsprechend zu wappnen. Ich stand da und spürte den Stich der Dolchspitze die Tiefe meiner Herzmitte durchbohren, als sich unsere Blicke trafen. Wer glaubte ich, würde das Kind entbinden? Ich war nicht darauf vorbereitet, ihn wieder zu sehen. Als ich ihn die Treppe hochkommen sah und er bei meinem Anblick stehen blieb, sich unsere Augen trafen, war es, als hätte ich ihn erst gestern zuletzt gesehen. Alles Vertraute, das Gefühl der grenzenlosen Zuneigung, hatte sich nicht im Geringsten gemindert. Die Liebe war unverändert da, und mein Herz rührte sich heftig. Als er oben an der Treppe war und ich unbeweglich vor ihm stand, sprach er: „Hallo Madeline, wo ist sie?“ Ich war wie verzaubert, seine Stimme zu hören, seinen Geruch wahrzunehmen, damit beschäftigt, seine

Anwesenheit zu realisieren, als ich dann sagte: „Vivienne ist hier im Zimmer." Und deutete ihm. „Wie lange hat sie die Wehen schon?" „Es geht seit Stunden so…, Arthur ist bei ihr." Dann eilte er zu ihr, in der Hand seine Arzttasche, die immer noch dieselbe war. Er war unverändert, wie alles, die Anziehung, das Gefühl von der Heimat meines Herzens, wieder da, lebendig. Ich setzte mich wartend und betend, dass meine Schwester bald von ihren Qualen erlöst sein würde, auf die oberste Treppenstufe, die Hände auf mein Kinn gestützt. Die Gegenwart fühlte sich surreal an, ich haderte mit meinem Verstand, bemüht, mich auf diesen zu besinnen. Seine Augen hatten nicht an Glanz verloren, als sie mich erblickten… Die Geburt zog sich in die Länge, doch nach weiteren zwei Stunden hatte es Vivienne geschafft. Wohlauf und stolze Mama war sie jetzt. Er kam aus ihrem Zimmer, als ich nervös vor der Türe auf und ab lief, und sprasagtech: „Herzlichen Glückwunsch, Maddie, du bist Tante." „Darf ich zu ihr?" „Natürlich." Vivienne war erschöpft bis aufs Äußerste, strahlte jedoch über das ganze Ge-

sicht, den Säugling sanft in ihren Armen wiegend.
Als ich näher zu den beiden kam, erklärte Viv:
„Sieh nur, das ist deine Tante Madeline." Kaum,
dass die Kleine ihre Augen offenhalten konnte:
„Maddie, das ist Lorna, deine Nichte." Mir standen Tränen in den Augen, ich war gerührt, überwältigt von dem kleinen zarten Wesen, welches
sie mir in meine Arme reichte. Vorsichtig hielt
ich die kleine Lorna. Für diesen Augenblick war
der Gedanke an Anthony verworfen, doch er war
noch da, als ich das Zimmer verließ. Hatte er auf
mich gewartet? „Wie geht es dir, Madeline?"
„Gut, gut, ja wirklich, ich kann nicht klagen. Und
wie geht es dir?" „Alles in Ordnung, danke." Es
war eine steife Situation, denn sicher fragte er
sich, weshalb ich seine letzten Briefe unbeantwortet ließ. Ich wusste ihm nichts zu sagen.
Nachdem wir beide keinen weiteren Anhalt für
ein Gespräch fanden, trennten sich unsere Wege
so flüchtig, wie das Wiedersehen stattfand. „Also
dann… ich wünsche dir weiterhin alles Gute, Madeline." Ich wollte nicht, dass er ging, doch mir
fiel keine plausible Frage ein, um sein Gehen hin-

auszuzögern, sollte es auch nicht. Stattdessen entgegnete ich: „Ja, danke, das wünsche ich dir auch." Und als er ging, war alles dunkel, denn zuvor hatte ich mich gezwungen zu vergessen, wie hell die Sonne war, und ich erkannte den Kontrast, der mich erneut in die Melancholie stürzte. Die Akzeptanz davon, dass es für mich nichts gab, was ich hätte tun können, um diesen Gefühlen einen Raum zu geben, von meiner Traumwelt abgesehen, das ist Schmerz. Eine andere Form von Schmerz, die ich bislang nicht kannte und welche die bitterste ist, da er unbeweglich ist.

Wie sollte ich es noch einmal schaffen, ihn zu vergessen? Meine Ressourcen waren aufgebraucht und überstrapaziert. Ich sah mich nicht noch einmal in der Lage, den Schmerz zu ertragen, doch ich befand mich bereits inmitten dieses schmerzhaften Prozesses. Es war mir unmöglich, sein Gesicht zu vergessen, unmöglich zu leugnen, dass ich ihn immer noch liebte wie vom ersten Tage an.

Ich muss vergessen…

*Vergessen, dass ich dich liebe wie niemand ande-
ren, vergessen, dass du so schön wie niemand anderer bist.*

*Ich muss mich erinnern, daran, dass mir Gott die
Prüfung stellt und ich als Märtyrerin zu sterben
habe. In diesem Wissen ist es mir unmöglich zu
atmen, unmöglich zu leben, sollte ich anders handeln.*

*Ich weiß, dass du der fehlende Teil meiner Seele
bist, der mich solche Schmerzen leiden lässt, doch
welche Möglichkeiten habe ich, ohne dich? Nicht
eine einzige. Du bist die Antwort auf alle Fragen,
die niemand zu beantworten weiß.*

*Was mag der Ursprung dieser Liebe, die Geburt
gewesen sein?*

*Was soll ich hoffen und glauben? Ich möchte auf
Gott vertrauen, doch woher weiß ich, dass ich
nicht dabei bin, an dieser Prüfung zu scheitern?
Lenkte das Schicksal, Gott die Begegnung zwi-*

schen dir und mir, oder bin ich ganz und gar ein törichter Mensch, es zu glauben?

Selbst, wenn mein sehnlichster Wunsch in Erfüllung gehen würde, und du ebenso für mich fühltest… Was sollte daraus werden? Welch schattenhaftes Schicksal wäre unser Begleiter?

Vivienne und Lorna ging es gut, beide erfreuten sich bester Gesundheit. Da Anthony sich einige Tage nach der Entbindung ihrer Gesundheit vergewissern wollte, kam es zu einem erneuten Wiedersehen. Ich hätte um seine Gewissenhaftigkeit und sein Verantwortungsbewusstsein wissen und Vorkehrungen treffen müssen, um der Gefahr zu entgehen, ihm erneut zu begegnen, doch ich blieb zu Hause. Es begab sich, dass er uns zur Mittagsstunde besuchte, als Vivienne und der Säugling schliefen. Betsy hatte ihn eintreten lassen, und außer mir war niemand anwesend, ihn zu empfangen. Er sprach: „Hallo Madeline, ich wollte sehen, wie es Vivienne und der Kleinen geht." „Das ist sehr aufmerksam von dir, sie schlafen im Moment. Wenn etwas nicht in Ordnung wäre, hätten wir dich gerufen.“ Dies erklärte ich ihm mit Nachdruck, da es mir lieber gewesen wäre, ihn vorangemeldet zu wissen. Es machte mein Herz so traurig, ihn zu sehen. „Entschuldige, ich gehe wieder… ich wollte Euch nicht stören… dann lasst es mich wissen, wenn Ihr ärztlichen Rat benötigt.“ „Natürlich.“ Als er im Begriff war zu gehen, glaubte ich ihn enttäuscht, und meine abweisende Haltung ihm gegenüber stimmte mich selbst unwohl, sodass ich einlenkte: „Anthony, warte!“ „Ja…“ „Bleib‘ doch zum Tee, im Anschluss könntest du nach den Zweien sehen, wenn sie wach sind.“ „Wenn es dir nichts ausmacht, gerne.“ Also saßen wir nebeneinander am Tisch, und keiner wusste ein Gespräch zu beginnen. Da er nicht wissen konnte, was in mir vorging, fiel es ihm sicher schwer, so zu tun, als hätte ich ihn nicht einer falschen Freundschaft bezichtigt, damals, worüber wir auch nie mehr gesprochen hatten, geschweige denn darüber, warum ich seine Briefe unbeantwortet ließ. Ich bemerkte seine Unsicherheit, dass er nicht wusste, wie er sich mir gegenüber verhalten sollte. Ich wollte ihn nicht in dem Glauben lassen, ihm noch böse zu sein, und erklärte ihm: „Ich… ich wollte mich bei dir entschuldigen… ich meine, für das, was ich im Jahr, als Lana starb, zu dir gesagt habe, und dass ich den Kontakt zu dir abgebrochen habe, dir nicht mehr geantwortet habe nach dem Wohltätigkeitsabend, ich... Ich war nicht ich selbst und… war am Ende meiner Kräfte… und ich… ich hatte meine Gründe… Du hast nichts falsch gemacht...“ Ich sah ein kleines Lächeln über sein Gesicht huschen und er erwiderte: „Schon gut, Maddie, ich weiß…“ „Nein, es war nicht rechtens, es tut mir leid, Anthony.“ „Ich kann dir gar nicht böse sein, Maddie.“ Es war, als wenn ich ein Stück meiner Seelenlast los wurde, denn verletzen wollte ich ihn niemals, ihm sagen, dass ich ihn liebe, das konnte ich jedoch ebenso wenig. Meine Hoffnung wuchs in diesem Moment, an unsere Freundschaft wieder anknüpfen zu können, obwohl ich das noch vor Kurzem um jeden Preis hatte vermeiden wollte, doch ich konnte nicht anders als zu wünschen, mit ihm im Einklang zu sein. Ich sah diesem wundersamen Men-

schen in seine vergebenden Augen und war bemüht, nicht zu weinen. Wir hielten den Augen-
kontakt zueinander einige Sekunden aufrecht, als
er aufstand, seine Arme ausbreitete und sagte:
„Komm her, Maddie." Und ich fiel in seine
Arme, überwältigt darüber, dass er mir so leicht
vergeben konnte, immer noch beschämt über
mein damaliges Verhalten. Ich war so unsagbar
glücklich und dankbar. Als ich meine Wange
sanft an seiner rieb, flüsterte ich: „Du bist der
wundervollste Mensch, den Gott mir je schicken
konnte." Und er hielt mich noch lange fest umschlossen, ohne ein Wort zu äußern. Ich war zu
Hause, er ist mein zu Hause. Ich hörte, spürte seinen Herzschlag an meiner Brust, der auf mich beruhigend wirkte, seine starken Arme hielten mich
in Sicherheit, und ich wäre am liebsten jetzt und
hier gestorben, um dem Schmerz zu entgehen, der
mich erwartete, wenn er mich wieder verlassen
würde. Er küsste mich sanft auf die Stirn, als er
die Umarmung löste. Rasch musste ich mich sammeln, da ich ihn sonst geküsst hätte. „Ich werde
sehen, ob Viv und Lorna inzwischen wach sind."

Als er sich nach dem Wohlbefinden der beiden erkundigt hatte, wartete ich bereits an der Tür, um ihn zu verabschieden. Ich fasste den Mut, ihm eine Frage, die mich seit Lanas Beerdigung beschäftigte, zu stellen. Er kam mir entgegen. „Deine Nichte ist kräftig und ständig am Lachen, ich freue mich für Euch. Ich denke nicht, dass Ihr mich in nächster Zeit brauchen werdet, und sollte irgendetwas sein, schickt mir Nachricht." „Natürlich, Anthony, ich danke dir." „Das ist doch selbstverständlich. Also dann…" „Warte, ich… Ich hab‘ dich gesehen…" „Was meinst du, Madeline? Wo hast du mich gesehen?" „An Lanas Grab… Am Tag ihrer Beerdigung… Was hast du zur ihr gesagt?" Er zögerte ehe er antwortete: „Ich… Ich sagte… Ich werde für dein Wohlergehen, für deine Genesung beten und dass sie meine Bitte im Himmel weitergeben soll, da ich…, weil ich es nicht ertragen kann, dich leiden zu sehen, weil es mein Herz beschwert, dir nicht helfen zu können, und ich… Ja, so etwas in der Art." Ich ließ seine Worte einen Augenblick auf mich wirken. Ich sah ihn an, in seine ehrlichen Augen und war in ihnen gefangen, konnte meinen Blick nicht abwenden. Er klang so sorgenvoll, bedrückt. Diese Antwort berührte mein Herz, und ich empfand Dankbarkeit. Beide wussten wir nicht mehr zu sagen, doch jedes Wort war unnötig, da ich die Wahrheit erkannte... Als er gegangen war, sah ich seiner Kutsche noch lange nach, mich dabei fragend, wie mein Herz die Liebe zu ihm abstoßen sollte, doch so stark wird es niemals sein, das wird es nie sein können. Es dauerte nicht lange, bis die Dunkelheit erneut in mir Einzug hielt, es war absehbar. Die Verzweiflung, die Hoffnungslosigkeit, diese Seelenqualen… Ein Gemetzel im Inneren meiner selbst begann von Neuem und nichts war mehr hell. Die Dämonen standen bereit, mich abzuholen, um mich mit auf die Reise in den Hades zu nehmen, und ich hörte ihr Gelächter.

Trotz oder gerade wegen unserer Aussprache gab es keine Treffen mehr, keinen Briefwechsel oder Einladungen. Ich wusste wieder, dass es so besser war, obwohl kein Tag verging, an dem ich ihn nicht vermisste und mein Leben einem stagnierenden Schauspiel glich, einem Selbstbetrug. Das Leben zwang mich, eine Rolle zu spielen, in der ich mich ständig selbst verleugnete und das Dasein eines anderen Menschen aufrecht erhielt, den es in meinem wirklichen Leben nicht gab. Ich spielte eine Person, die man glaubt zu kennen, doch wer ich wirklich bin, weiß außer mir nur Gott alleine. Es ist zermürbend, kräftezehrend, anmaßend und schrecklich entsetzlich, das Leben eines Menschen führen zu müssen, welcher man im Grunde seiner Seele nicht ist. Ich konzentrierte mich dennoch wieder vermehrt auf meine Ehe. In der Rolle als Tante fühlte ich mich behaglich. Lorna half mir maßgeblich dabei, die Dunkelheit von mir fern zu halten. Wenn sie lachte, ging mein Herz auf und der Kummer rückte schrittweise in den Hintergrund. Auch wenn das Herz mir nie mehr leicht werden sollte, befand ich mich in einem akzeptablen Zustand, seitdem ich aufgab, mich an eine aussichtslose Zukunft zu klammern. Irgendwann kennt man keinen anderen Seelenzustand mehr und ist dankbar dafür, dass man die Tage ohne Weinanfälle meistert und schöne Dinge erkennen und wertzuschätzen weiß.

Die nächsten Wochen überwand ich mich, meinen täglichen Abläufen nachzugehen, die Spaziergänge am Abend mit John aufrecht zu erhalten, doch auch er bemerkte meine überspielte Niedergeschlagenheit. „Was hast du, Madeline?" Und ich hatte keine Ahnung, was ich ihm sagen sollte, als mir nur eine Antwort einfiel, die zumindest einen Funken Wahrheit enthielt: „Ich freue mich sehr über Lorna, aber ich bin traurig, dass wir noch kein Kind haben, John." „Das verstehe ich, Maddie, aber vielleicht werden wir auch noch Eltern… es ist noch nicht zu spät." „Und wenn nicht?" „Dann haben wir immer noch uns, und du bist Tante." „Ja, aber es ist nicht dasselbe." „Ich verstehe dich, aber seien wir dankbar für das, was Gott uns gegeben hat." Ich hätte weinen wollen, doch mit letztem Vermögen gelang es mir, mich zusammenzunehmen. Erst am

Abend, als ich John um Ruhe bat, ergossen sich die endlosen Tränen am Schreibpult, ich war kaum fähig, die folgenden Buchstaben meiner Worte zu lesen.

„Wenn ich die Augen schließe,

der graue Schleier nebelartig

weicht dem strahlend Weiß,

du inmitten eines Nimbus mir erscheinst,

dann schöpfe ich Hoffnung,

dann spüre ich Frieden,

Heimat, Ursprung und Sein.“

„Wenn ich irgendwann diese Welt verlassen habe, wenn du dieses Leben verlassen hast, wirst du es dann wissen, wie sehr ich dich geliebt habe? Selbst, wenn es dann nicht mehr wichtig erscheint…“

„Und ich lese da…

Haltsuchend in der Dichter Schrift,

die Gedanken mit dem Traum vermischt.

Und ich sehe da…

Den Trost im Schweigen eines Tanzes.

Und ich höre da…

Der Arien Agonie…

Wie das Herz sie ausspie…

Ich verstehe sie.“

„Ich wende mich von der Sonne ab, und es wird dunkel um mich, ich vermisse dich. Ich lasse los und falle… falle immer weiter, immer tiefer.“

„Wenn alles still und klar vor mir liegt, ich zurückblicke und der Schmerz nur noch Erinnerung ist, wenn mich Unendlichkeit empfängt.“

„Sanft und wie der Frühling ist das Wiedersehen, als wenn der Sommer nicht mehr fern und alles möglich scheint.

*Ich wünschte, ich wäre dein Rosengarten, ich
wünschte, ich wäre dein Stern, ich wünschte, ich
wäre dein Ort des Friedens, deine Ode."*

„Ich sah mich des Nachts im gelben Kleid,

Kälte war mein Geleit,

Angst meine Not.

Ich fühlte mich bedroht.

Einsamkeit wich,

als dein Anblick einem Jubelchor glich.

Das Herz, es schmachtete,

was der Verstand verachtete.

Meine Sinne beginnen,

mich zu verirren."

„Zartes Blumenbeet, verweht, doch so schön,

dass es nie vergeht."

Ich schrieb und schrieb über Monate unzählige
Briefe, ihm gewidmet, ihm jedoch nie zugesandt.

Wofür sollte es seinen Zweck erfüllen, außer meine Hoffnung auf seelische Aufarbeitung meiner selbst?

Was ist wichtiger? Die Melodie oder der Text? Ich bezeichne dich, Anthony, als meine Melodie, die mir in unserem Zusammensein Leichtigkeit verleiht, die mich im Fluss, in einem dynamisch eifrigen Zustand leben lässt. Die Melodie ist konstant, wiederholt sich immer wieder, ohne dass es zu langweilig erscheint, in ihrem ganz besonderen, einzigartigen Rhythmus, ohne eine Melodie nennt ein niemand einen Text ein Lied.

Sie besteht aus verschiedenen Intervallen, kommt jedoch immer wieder zu ihrem Ursprung zurück. Sie ist wie das Zusammenspiel mehrerer Töne, die ich mit gemeinsamen Erinnerungen verbinde und vergleiche, woraus dieses „Werk", diese Melodie, dieser begleitende Umstand meine fortlaufende innere Welt zu dieser Tonfolge verleitet.

„Er" ist der Text. Er gibt mir Sicherheit und offenbart mir den wirklichen Ist-Zustand, welcher wichtig für einen stimmigen Handlungsablauf ist.

In der Regel ist es bei einem Lied bekannt, auf welche Handlung es sich bezieht, das heißt der Text bestimmt die Richtung. Ein Liedtext kann von Liebe handeln, von Sehnsucht, von einem Gartenfest, einer Seefahrt oder Ähnlichem, dabei kann aber die Melodie im Hintergrund dementsprechend langsam, schnell sein oder unvorhersehbaren Schwingungsänderungen unterliegen, der Text ist jedoch bekannt. Die emotionale Auswirkung auf den Zuhörer wird weitestgehend individuell ausgelegt. Wenn ich nur die Melodie höre, projiziere ich etwas, was für mich gerade eine wichtige Thematik ausmacht. Mein innerer Dialog verbindet sich symbiotisch mit der Melodie. Bin ich in einem Zustand der Traurigkeit, interpretiere ich sehr wahrscheinlich ein langsames Lied mit Melancholie. Bin ich verliebt und höre selbige Musik, klingt die Melodie romantisch. Kommt der Text hinzu, ist es nicht mehr leicht möglich, von dem Gesamtwerk ein vertraulich inszeniertes Bild auszumachen. Ich bin durch den Text eingeschränkter, andererseits gibt er der Melodie entgegengesetzt eine gewisse Bodenstän-

digkeit und Vorhersehbarkeit. Der Text ist ein Anhaltspunkt, der die Richtung weist und dabei hilft, sich nicht in willkürlichen Träumereien zu verlieren, der einen auf dem Boden der Tatsachen hält, er ist die Wirklichkeit. Das ist gut und wichtig, um die Handlung zu verstehen. Doch tauche ich alleine in die Melodie ein, öffnet sie ein Tor zu einer fantastischen Welt, den Ursprung seines wahren Seins. Sie hilft dabei, aus der monotonen, absehbaren, phlegmatischen Abfolge des Verlaufs zu flüchten, heimzukehren. Auch wenn sich der Kern der Melodie in Ergänzung wiederholt, gleich dem Text, bleibt der Imagination genug Luft und Raum, selbstbestimmt den Gedanken in eigenem Denken und Fühlen zu vervollständigen. Ist es nicht schön, sich sorglos hingeben zu können, zwanglos, frei von Konventionen, ohne vorgegebene geistige Arbeit? Es ist ein gewagt metaphorischer Vergleich, welcher mir jedoch die letzten Tage und Wochen, vor allem beim Hören von Arien, nicht mehr aus dem Kopf gehen will. Eben weil ich des Italienischen nicht ganz und gar mächtig bin, träume ich mich, bei dem Gesang, dessen Text kaum verständlich für mich ist, fort.

Warum finde ich Ruhe, warum erkenne ich Wahrheit, wenn ich in deine Augen sehe? Warum glaube ich, dich schon lange Zeit zu kennen? Wie soll ich meinen Weg weitergehen, wenn ich nicht weiß, wie und wohin? Ohne dich? Anders geht es nicht!

So sitze ich erneut hier an meinem Schreibpult und schreibe diese Zeilen, sinnlos, ohne Hoffnung... Allein, weil ich meine Gedanken noch ein wenig mit dir teilen möchte.

Als ich heute mit Sirana ausgeritten bin und wir im Anschluss in der Nähe der Felder unter einem Apfelbaum ruhten, luden mich die warmen Sonnenstrahlen zum Träumen ein. Ich schloss meine Augen und sah dich vor mir stehend. Wir befanden uns in einem weit entfernten Land, welches nur mit einem Schiff erreicht werden konnte, dort, am traumhaft schönen Strand. Ich sah uns im Sand tanzen, du berührtest sanft meine Wange. Ein leichter Wind, eine Meeresbrise wehte, die

Sonne ging unter. Tief sahst du mich an. Niemand außer uns befand sich an diesem Ort. Es waren keine Worte notwendig, denn kein Zweifel bestand… Dein Kuss hat es mir erzählt, als du meinen Kopf weich in deinen Händen hieltst und du deine Finger ruhig in meinem Haar verstecktest…

Eineinhalb Jahre hatte ich ihn nicht gesehen, eineinhalb Jahre, in denen kein Tag vergangen war, an dem ich seiner nicht gedachte. Letztes Weihnachten täuschte ich ein Unwohlsein vor, um ihm bei der Wohltätigkeitsveranstaltung nicht begegnen zu müssen, obwohl es mir weiß Gott nicht leicht fiel. Es war besser so, denn mit jedem Zusammentreffen klaffte die Wunde in meinem Herzen erneut auf. Wenn ich denke, ich könnte es schaffen, ohne ihn zu leben, tritt er auf meiner Bühne des Lebens auf, um mich eines Besseren zu belehren…

Es war ein heißer Sommertag, Vivienne und ich hatten schon früh Limonade gemacht, die wir am Mittag mit John, James und Arthur auf der Sonnenterasse genossen, als eine Kutsche vorgefahren kam. Nicht gleich war mir klar, dass es die seine war. Vivienne fragte verwundert: „Wer mag das wohl sein?" Ich vermutete Freunde von John, sodass ich ins Haus ging, um eine weitere Karaffe Limonade zu holen. Die Hitze war unerträglich und gleich, welcher Gast es sein mochte, er würde einer Erfrischung bedürfen. Nichts ahnend aus dem Haus auf die Veranda kommend, sah ich ihn. Der heilige Moment trat ein, wie es seit jeher war… Viv kam zu mir und sagte, während ich ihn weiter gefangen anblickte: „Maddie, es ist Anthony." Ich reichte ihr die Limonade. Langsam ging ich weiter auf den Tisch im Garten zu, an welchem er bereits durch Aufforderung von James, John und Arthur Platz genommen hatte. „Hallo Madeline", sagte er und erhob sich. „Hallo Dr. Bennett, ich meine Anthony… es ist lange her, dass Sie uns besucht haben." „Ja, es… ich war durch meine Arbeit gefordert und beschäftigt, viele Menschen haben uns verlassen." „Was verschafft uns die Ehre?" brachte sich John mit ein. „Nun, ich hatte Ihnen gegenüber ein schlechtes

Gewissen, unsere Freundschaft vernachlässigt zu haben, und wollte sehen, wie es Ihnen allen geht." „Ein wahrer Freund sind Sie Anthony, an Nächstenliebe nicht zu übertreffen", sagte John, und ich meinte in dieser Äußerung einen Hauch Sarkasmus heraus gehört zu haben. Anthony räusperte sich und verzog seinen Mund mit gekünsteltem Lächeln. Als er sich weiter mit James und Arthur unterhielt, beobachtete ich ihn und er erschien mir verändert. Mir fehlte seine sonnengleiche Ausstrahlung. Mir war, als wäre er von einem Schatten begleitet. „Bleiben Sie doch zum Abendessen, Anthony", war Arthurs Vorschlag. „Oh, das ist sehr freundlich, doch ich möchte Ihnen keine Umstände bereiten." „Mein lieber Freund, das tun Sie gewiss nicht", sagte John, und wieder überkam mich der Eindruck, er würde seinen Worten selbst keinen Glauben schenken. „Gut, dann möchte ich Ihre Einladung natürlich gerne annehmen." Ich war unheimlich nervös und erfüllt von Liebe. „Eine wundervolle Limonade", lobte er und trank das Glas in einem Zuge leer. „Danke, Dr. Bennett", bekundete Vivienne.

„Nun, dann werde ich mich für den Moment verabschieden und heute Abend pünktlich wieder erscheinen. Ich bedanke mich nochmals für die Einladung und wünsche noch einen angenehmen Nachmittag." „So machen wir das, verehrter Dr. Bennett", erwiderte John zu Abschied. „Um zwanzig Uhr werden Sie erscheinen." „Sehr gerne."

Ich war bemüht, in meiner Stärke zu bleiben, und ging nach oben, um ein angemessenes Kleid zum Abendessen auszuwählen. Es war das mintfarbene Kleid mit der Libelle am Rückenausschnitt, welches ich einst im Gedanken an ihn kaufte, in der Hoffnung, es eines Tages in seinem Beisammensein tragen zu können. Eine Stunde verbrachte ich im Bad, richtete mich sorgfältiger als sonst her. Eine Mischung aus Angst und überschwänglichem Glücksgefühl bemächtigte sich meiner. Als ich fertig gekleidet die Türe öffnete, um den Speisesaal aufzusuchen, stand er vor meinem Zimmer. „Madeline, können wir irgendwo reden… bitte." Sein Anblick erfüllte meinen Körper mit Gänsehaut, ein kalter Schauer lief mir entlang des Rückens, und ich fühlte mich unwiderstehlich zu ihm hingezogen. Ich war überrascht, dass er auf mich wartete. Ich schüttelte das Gefühl gedanklich von mir ab und antwortete: „Ich weiß nicht, das Essen wird sicher gleich fertig sein, alle werden warten… Lass' uns nach dem Essen reden… Geht es dir gut? Du siehst traurig aus", sagte ich weiter. Er nahm einen tiefen Atemzug, ergriff meine Hand und sagte: „Lass' uns nach dem Essen reden." Er ging hinunter, um die anderen zu begrüßen, ich wartete noch einen Augenblick und kaute nervös an meinen Fingernägeln.

Während des Abendessens überlegte ich stetig fort, was sein Anliegen sein könnte, ich war sicher, es würde ihn etwas bedrücken. Bemüht war ich, den Anschein zu wahren, ihn als normalen Gast zu behandeln, doch das war er nicht, ganz und gar nicht. Nach dem Essen war es Tradition, dass sich die Männer in den Nebensalon zum Gespräch unter sich trafen und Arthur sagte: „Anthony, leisten Sie uns doch noch Gesellschaft bei Brandy und Zigarre oder schickt sich das für einen Arzt nicht?" Gelächter ertönte. „Ob Sie es glauben oder nicht, lieber Arthur, auch Ärzte sind nicht immer vernünftig." „Ist das so?", fragte John. „Nun, ich werde gleich nachkommen, gerne." Als die Männer gingen, saß er mit Vivienne und mir alleine am Tisch. Da Vivienne in der Lage war, mit mir nonverbal zu kommunizieren, zog sie sich zurück, indem sie erklärte: „Nun, ich werde in der Küche helfen und für Ordnung sorgen", sodass wir alleine waren. Nach einem Moment des beiderseitigen Schweigens richtete er das Wort an mich: „Wollen wir im Garten ein wenig spazieren gehen? Es ist abgekühlt." „Ja, das… wieso nicht." Die Temperatur war tatsächlich heruntergekühlt, dennoch war es immer noch angenehm warm. „Also, Anthony, was wolltest du mir sagen?" Es dauerte einige Sekunden, bis er begann. Er starrte während des Laufens stetig in den Himmel, es schien mehr, als suchte er nach Worten, den Satz zu beginnen. Als er immer noch nicht sprach, blieb ich stehen und hielt ihn an: „Anthony, was ist los?" „Ich… es tut mir leid, ich… hätte nicht kommen dürfen und dich mit meinem Kummer behelligen, das war falsch."

„Von welchem Kummer sprichst du?“ „Charles.“
„Dein Sohn?“ „Ja.“ Tränen standen in seinen Augen. „Was ist passiert?“ „Er ist… er wurde krank… er war beim Spielen mit seinem Freund, der schon längere Zeit an einem Husten erkrankt war, ich gab ihm ein Hausmittel, ich ahnte nicht, dass… dass er ernsthaft krank war, und ließ Charles mit ihm spielen… Beide bekamen hohes Fieber… ich konnte es nicht senken… Beide sind… er ist… gestorben, vor 4 Monaten auf den Tag genau.“ Und er brach in meinen Armen zusammen, hielt sich klammernd an mir fest. Er schluchzte und schluchzte, sodass ich dachte, er würde selbst sterben. „Ich konnte ihn nicht retten, verstehst du, ich bin schuld, ich habe ihn sterben lassen, Madeline! Ich bin doch sein Vater, Madeline! Ein Vater muss doch seine Kinder beschützen!“, und er weinte weiter. Ich fühlte, wie er mein fragiles Herz mit seinem Leid zerbrach, wie Gänsehaut meinen Körper vor Entsetzen übersäte. Es war das Schlimmste, ihn so schmerzzerfressen zu sehen, und ich wusste nicht, was ich tun konnte, außer ihn zu halten. Er sprach weiter: „Und

weißt du, was? Weißt du, was ich für ein schlechter Mensch bin?“ „Anthony, bitte, sag‘ so etwas nicht!“, und ich begann selbst zu weinen, während ich sein wunderschönes Gesicht berührte. „Nein, Madeline, nein! Ich bin ein schlechter Vater und ein schlechter Mensch, ein widerlicher Ehemann, denn weißt du, seitdem er gegangen ist, bin ich nicht in der Lage, meiner Frau der Mann zu sein, den sie verdient hat, der sie in ihrer Trauer unterstützt, ich… weißt du, was ich gemacht habe? Ich habe sie in ihrem Schmerz alleine gelassen, habe mich ihr gegenüber verschlossen und ich… ich habe an dich gedacht! An dich! An dich denke ich immerzu! Verstehst du! Du warst der Gedanke, der mich davon abhielt, gänzlich zu verzweifeln, mir das Leben zu nehmen. Herr Gott, Madeline, was bin ich für ein Mensch?“ „Anthony, bitte… hör‘ auf mit diesen Selbstvorwürfen, bitte. Es bricht mir das Herz.“ „Oh, Madeline…, Gott hat mich verlassen...“ „Das hat er nicht, hörst du! Das hat er nicht! Wie könnte er?“ „Ich bin nicht so stark, wie du! Ich weiß nicht, was ich tun soll.“ „Ich bin nicht stark,

Anthony, ich bin einzig in dem Glauben, dass das Beste noch vor uns liegen kann." „Was soll das sein, Maddie, wenn wir aussichtslos Tag ein, Tag aus nur noch gegen den Schmerz ankämpfen müssen, gegen den Selbsthass und die Selbstverleumdung?" „Anthony, bitte…", ich wusste nicht, wie ich ihm hätte helfen können. Nach der innigen Umarmung wirkte er gefasster, wenngleich sein Gesicht von Schmerz gezeichnet blieb. „Vergib mir, Maddie!", er wischte sich die Tränen fort. „Ich dachte, ich bin ein Mann und keine Memme", ein ironisches Lächeln entglitt ihm, und er war bemüht, sich zu sammeln, wischte die Tränen aus seinem Gesicht und nahm einen tiefen Atemzug. „Sicher wundern sich die anderen, wo ich bleibe", entgegnete er mir, als wäre nichts gewesen. „Du musst mich entschuldigen, Madeline, bitte bedanke dich in meinem Namen noch einmal für das nette Essen bei deinem Mann und den anderen, ich fahre jetzt." Ich wusste nicht, was ich sagen sollte. Ihn, den ich in seiner autoritären, liebevollen Stärke kenne, der der für alles eine Lösung kennt, der mich immer zum Lächeln bringt, ihn so zu sehen, ließ mich abgrundtiefen Seelenschmerz erfahren. Dies war wieder einer dieser Momente von Machtlosigkeit, der mich mit voller Wucht ergriff. „Anthony, warte." Er war schon in der Kutsche, als ich zu ihm sagte: „Anthony! Celeste braucht dich, verweigere ihr deine Liebe nicht, nur weil du glaubst, du hättest sie nicht verdient." Mit tränengefüllten Augen sah er mich an, ehe er mein Gesicht, in seinen Händen haltend, sanft auf die Stirn küsste und sagte: „Du bist ein Engel", dann setzte sich die Kutsche in Bewegung. Ich betete für ihn und dachte, wann ich ihn wiedersehen dürfte, denn ich liebte ihn noch immer wie am ersten Tag, unabänderlich.

Was mir nicht in den Sinn kam, war, dass sich die Männer prächtig verstanden und mir tags darauf Vivienne erzählte: „Arthur versteht sich mit Dr. Bennett ausgezeichnet, er hat ihn zur Jagd einladen." Ich erschrak innerlich und verblüfft, stotternd antwortete ich ihr: „Warum?" „Warum denn nicht, Maddie, du siehst ja aus, als hätte ich dir gerade eine Hiobsbotschaft mitgeteilt." „Ach nein, es überrascht mich nur." „So entstehen

Freundschaften, Madeline, schon mal davon gehört?“, und sie kicherte. Dann wurde ihre Stimme
leiser, und ihr Lachen verebbte: „Er hat uns doch
damals mit Lana auch sehr unterstützt und dir geholfen…“ „Ja, natürlich, er ist ein liebenswerter
Mann…“ „Lass‘ uns doch die Männer mit den
Pferden begleiten und ihnen dabei zusehen, John
wird sicher auch mit dabei sein, wenn ihn Arthur
von seiner Idee erzählt.“ „Ja, wieso nicht… Hat
er ihm schon geschrieben?“ „Ja, heute Morgen.“

Nur zwei Tage vergingen, ehe seine Antwort ein-
traf. Er schien sich über die freundschaftliche
Geste zu freuen und stimmte seinem Kommen am
Freitag zu.

Ich nahm mir vor, mich abseits des Geschehens
zu halten, alleine aus der Beobachterposition heraus der Jagd zu folgen. Mich in meinem Zimmer
einsperren, während ich wusste, dass er so nah ist,
das konnte ich nicht. Ich wollte mich nicht um
den Genuss bringen, seine Anwesenheit zu teilen.
So hielt ich mich mit Vivienne und Sirana im

Hintergrund, während die Männer vorausritten. Auch John schloss sich ihnen an.

Als ich im Glanz der Sonne langsam galoppierend Siranas Zügel leicht und unbeschwert festhielt, da lächelte ich. Ich war glücklich und träumte… träumte die Art Träume, die ich nicht befugt zu sagen bin, von einem Sommer, der unserer wäre. Sein Haar war wild vom Wind zerzaust, ungestüm athletisch seine Figur. Ich konnte meinen Blick nicht von ihm wenden. Wenn man ihn kannte wie ich, sah man den traurigen Schleier, von dem er umhüllt war und die Tatsache, dass die Last seines Herzens für ihn kaum zu tragen war.

Geübt, wie John und Arthur im Jagen waren, ritten sie haltlos voran und bemerkten nicht, dass Anthony im ungestümen Reiten nicht trainiert war und deshalb weit hinter ihnen zurück blieb. Vivienne eilte Arthur hinterher, und Anthony wurde immer langsamer, bis wir beide die Pferde anhielten und er sagte: „Puhh, ich bin das Jagen nicht geübt, so schnell wie die anderen bin ich nicht, das ist wohl nicht der richtige Sport für mich." Sein Lächeln war umwerfend. Einfallslos erwiderte ich: „Es ist für jede Tätigkeit heute zu warm." „Das mag sein."

Als wir die Pferde im Schatten sich erholen ließen, wir beide geblendet von der Sonne, von Hitze erfüllt einander in schweißgetränkten Gewändern erblickten, da war ich glücklich wie nie. Wenn ich bei ihm bin, scheint alles möglich. Die Frage, ob ich, so wie ich war, so wie ich bin, richtig, schön genug, intelligent genug bin… um zu lieben und geliebt zu werden… stellte sich mir nicht mehr. An seiner Seite war meine Seele frei und ich eine Frau, die sich begehrenswert fühlte. Die Anziehungskraft, die er auf mich ausübte, war mir beinahe unerträglich. Ich wünschte, ich hätte ihn an mich drücken, ihn lieben dürfen, um ihm so vielleicht ein wenig seines Schmerzes in seiner Brust nehmen zu können. Er sagte: „Ein richtiger Sommertag heute, kaum ein Wind geht…" „Ja…", war das einzige Wort, welches mir einfiel. Er ging einen kleinen Abhang hinunter, um frisches Wasser aus einer Quelle zu

schöpfen und erfrischte sein Gesicht. Um mir
selbst zu helfen, mich von meinem starren Blick,
der auf ihn gerichtet war, zu befreien, sagte ich:
„Nun, zwei Stunden Jagd, und du hast noch kein
Tier erlegt…“ „Das war auch nie meine Absicht,
Madeline“, und er schöpfte weiter Wasser aus der
Quelle, um seinen Nacken zu erfrischen. „Liegt
dir die Jagd nicht?“ „Es ist eine schreckliche Vorstellung, ein Tier in Todesangst zu hetzen, bis es
seine Kraft verliert und sich vor Erschöpfung dem
Tode hingeben muss.“ „Warum bist du mitge-
kommen, wenn du die Jagd verachtest?“ „Weißt
du, ich mag deine Familie und genieße Eure Gesellschaft, ich wollte nicht unhöflich sein und war
froh über die Einladung. Zu Hause muss ich ständig an Charles denken.“ Bewusst ging ich nicht
auf seinen Schmerz ein, um den Moment mit ihm
nicht zu zerstören. Er befreite sich von dem Gewehr, welches er umhängen hatte, und warf es in
die Wiese. „Komm, setz dich zu mir, der Baum
spendet uns Schatten.“ „Mir gefällt es auch nicht,
wie ich gestehen muss, ich meine, alleine das Zusehen nicht. Mein Vater hat mich früher oft mit-

genommen, aber es ist im Grunde eine traurige Sache. Hast du jemals ein Gewehr abgefeuert?“ Wollte ich wissen. „Ich wüsste es wohl zu bedienen, doch bisher glücklicherweise nicht. Der Umgang ist wichtig zu kennen, alleine aus Zwecken der Selbstverteidigung.“ „Glaubst du denn, es jemals zu benötigen?“ „Um meine Familie beschützen zu können, besitze ich selbst eine Waffe, welche aber wesentlich handlicher ist als das Gewehr, welches mir Arthur geliehen hat.“ „Ich verstehe.“ Mir fiel kein weiteres Gesprächsthema ein, sodass ich einen Moment nur gedankenversunken neben ihm saß. Da sah ich einen Wassertropfen, welcher beim Schütteln seines Haares zitternd herab auf eine Gerbera fiel und auf ihr ruhte. Der Tropfen kämpfte um seine Daseinsberechtigung, darum, gesehen zu werden, wie er um die Gunst der Blume kämpfte. Er viel hinunter, ohne, dass die Blume sich bei ihm bedankte, vielleicht hatte sie ihn nicht einmal bemerkt, doch hätte sie ihm nicht danken müssen, da er ihr half, am Leben zu bleiben?

„Ob die anderen wohl schon nach Hause geritten sind?", unterbrach er meinen Gedanken. „Möglich ist es, dass sie über die Westseite zurückgeritten sind oder vielleicht auch weiter…, aber ich denke eher nicht." „Lass' uns umkehren, Madeline." Zustimmend nickte ich ihm zu und betrachtete dabei sein schönes Gesicht wie ein Gemälde. Wir ritten langsam zurück, erfreuten uns an der Landschaft, die uns umgab, wir lachten viel, nie war ich glücklicher… Auf ewig hätte ich diesen Tag wieder und wieder erleben wollen, alleine wegen seines Lachens. Die Intimität, die wir teilten, ohne etwas Unrechtes zu tun, war der größte Segen, von dem ich mir wünschte, er würde nie zerstört werden.

Zu Hause angekommen, waren die anderen noch nicht wieder zurück. „Ich danke dir für den schönen Tag heute, Madeline." Er stand mir gegenüber, Angesicht zu Angesicht standen wir da, und zaghaft berührte er eine Strähne, die mir ins Gesicht gefallen war. Ich umarmte ihn sehnsuchtsvoll, als dieser göttliche Moment abrupt unterbrochen wurde. „Sieh an, Dr. Bennett! Was verschafft uns die Ehre?" Es war James. Ich bemerkte, dass Anthony sich ähnlich wie ich fühlen musste, ertappt worden zu sein, eine Tat begangen zu haben, die nicht gebührlich war. Ich erschrak fürchterlich. „Oh, Mr. Landings! Schön, Sie zu sehen. Nun ja, John und Arthur hatten zur Jagd eingeladen, doch meine Kondition lässt derart zu wünschen übrig, dass ich sie nicht mehr einholen konnte und somit mit Madeline zurückgeritten bin." „Ich verstehe." „Erzählen Sie es den beiden nicht weiter, doch mir liegt die Jagd nicht, doch wollte ich dennoch der freundlichen Einladung folgen." „Natürlich werde ich darüber Stillschweigen bewahren, die Jagd liegt auch mir nicht, Dr. Bennett. Bleiben sie zum Abendessen?" „Oh nein, ich muss wieder nach Hause, aber ich freue mich auf ein baldiges Wiedersehen." Beide verneigten sich voreinander, ehe Anthony ohne ein weiteres Wort auf sein Pferd stieg und eilig davonritt. Ich sah ihm noch einen Moment hinterher, als James zu mir sprach: „Maddie?", „James?" „Du magst ihn, das weiß ich schon lange." „Ich… er hat uns doch auch schon sehr geholfen, du weißt schon, nachdem Lana…“ „Madeline, ich bin dein Bruder, ich bin nicht blind.“ „Was meinst du?“ „Er ist verheiratet und du auch, wenn ich dich daran erinnern darf.“ „Wie klug mein Bruder doch ist, fast hätte ich es vergessen, James.“ „Maddie, ich will dir nicht weh tun, aber das darf nicht sein!“ „Ich weiß nicht, was du meinst…, ich sehe jetzt nach Lorna.“ Ich würdigte ihn keines Blickes mehr, und als ich zu meiner Nichte ins Zimmer ging, war alles verschwommen, da die Tränen mich daran hinderten, klar zu sehen.

Er schrieb mir nach dem Reitausflug noch fünf Briefe, alle freundschaftlich verbunden, die ich unbeantwortet ließ. Wahrscheinlich konnte er es sich nicht erklären, doch als ich auch auf den sechsten Brief keine Antwort zurücksandte, schien er zumindest zu begreifen, dass ich nicht länger gewillt war, mit ihm zu korrespondieren. Kein anderer Weg war mir möglich, was auch immer er darüber denken mochte.

Später in dieser Nacht fiel ich in einen unruhigen Schlaf, geplagt von Albträumen, Angst tränkte mein Nachthemd mit Schweiß, sodass es mich fürchterlich fror und ich nach Luft ringend aufrecht im Bett aufschrak. „Was hast du, Maddie?“, fragte mich John, als er meine Unruhe bemerkte. „Es ist nichts, ich hatte nur einen Albtraum, schlaf‘ nur weiter.“ Mein Gehirn zerteilte Erinnerungsfetzen, Fragmente in verschiedene Bilder. Ich sah Lana auf der einen Seite vor meinem geistigen Auge und sie und ihn auf der anderen Seite. Ich lief zum Fenster, riss es auf und sog gierig die klare Nachtluft in meine Lungen auf. Für einen kurzen Moment überlegte ich zu springen, doch ehe ich weiterdenken konnte, betrat Vivienne das Zimmer, sie musste meinen Schrei gehört haben. Sie war seit der Zeit nach Lanas Tod, in der es mir sehr schlecht ging, wie ein Adler, dessen Augen über mich wachten, und sie bemerkte jede kleinste Regung, selbst in der Nacht. Ich folgte ihr zur Tür, welche ich hinter uns schloss, sodass John weiterschlafen konnte. Schützend fand ich Halt in ihren Armen. „Maddie, du hast schlecht geträumt, oder? Ich bin ja da." „Viv", sagte ich. „Ja…" „Ich bin ja so froh, dass du da bist, ich fürchte, mein Verstand hat mich verlassen, es ist alles so… Ich höre ihre Stimmen, Viv…" „Welche Stimmen hörst du?" „Lanas und Mas Stimmen, wie sie singen. Und sie singen und singen, und ich sehe sie… verstehst du?" „Du bist erschöpft, Maddie… das geht vorüber…" „Ich weiß nicht mehr, was ich noch tun soll, seit einigen Tagen höre ich sie wieder. Ich habe keinen Glauben mehr, ich bin nicht mehr der Mensch, der ich einmal war. Ich dachte, ich wäre wieder gesund, verstehst du? Ich war doch mit meinem Leben zufrieden! Verstehst du, Viv? Selbst, als Ma gegangen ist, kam ich wieder in Einklang…" „Seit Lana gegangen ist, sind wir alle nicht mehr die, die wir waren, Maddie, hab' Geduld mit dir, wir haben uns, du hast John, James, Papa und Arthur, vergiss das nicht." „Ich weiß, aber ich…" Ich konnte nicht weitersprechen, ich schämte mich, konnte jedoch dieses Gefühl des Nichtssagens, welches mich innerlich aufzufressen drohte, nicht länger ertragen… Das Geheimnis der Sünde vom

Teufel eingepflanzt machte mich selbst zum Dämon. „Vivienne, oh Vivienne", erneut schluchzend in ihre Arme fallend. „Komm, Maddie, wir gehen hinunter in den Wohnsalon, nicht, dass die anderen wach werden." „Ich bin ein schlechter Mensch, ich denke immerzu an ihn, ich habe mich in ihn verliebt, vom ersten Moment an. Ich liebe ihn, er fehlt mir so sehr, ich ertrage keinen weiteren Tag ohne ihn. Der Gedanke an ihn quält mich… ich kann nicht mehr, ich kann nicht mehr… Es ist hoffnungslos…" „Maddie", sagte sie, mich betroffen und mitfühlend ansehend. „Wovon sprichst du, Maddie?" „Ich spreche von Anthony." Einen Augenblick lang sah sie mich ungläubig an, Tränen standen in ihren Augen, als sie sprach: „Ich hatte keine Ahnung, Madeline…" „Du kannst dir nicht vorstellen, wie schwer der Kampf ist, den ich tagtäglich führe. Ich habe keine Kraft mehr! Verstehst du…, ich bin zu einem Menschen geworden, der ich nie sein wollte! Meine Sehnsucht bringt mich um, der Gedanke daran, wie er mit ihr schläft, dass ich gefallen bin, so tief, dass ich Abschaum bin… Ich weiß nicht, wann ich ihn wieder sehe, und wenn ich ihn dann sehen darf, fühle ich mich noch schäbiger, da ich um meine Sünde weiß und ich machtlos dagegen bin, ich kann ihm nichts sagen! Niemandem! Es frisst mich auf, meine Gefühle drücken mich nieder, ich kann… ich bin... ich kann nicht mehr, Vivienne, ich kann nicht mehr! Was bin ich nur für eine Ehefrau? Ich kann nicht mehr atmen, ich bekomme keine Luft mehr, ich habe Angst und keine Ahnung, wie ich aufhören soll, ihn zu lieben… Ich habe es versucht und versucht… Und ich…"

„Oh Maddie, es tut mir so leid, und ich habe ihn noch zur Hochzeit eingeladen..." Erneut nahm sie mich in ihre Arme, hielt mich eine Weile fest umschlossen. Die schwesterliche Liebe, die ich von ihr empfing, stimmte mich ruhiger, und mein Herz erfuhr ein wenig Entlastung, aber nur für den Moment.

„Es geht schon wieder, Vivienne, ich hatte nur wieder diese Albträume, es tut mir leid, dass ich es dir erzählt habe und dich damit belaste."

„Nein, nein, das muss schrecklich für dich sein, mit diesem Geheimnis schon so lange Zeit zu leben. Warum hast du es mir nicht früher gesagt?" Ich antwortete nicht. Es war mir unangenehm, mit ihr weiter darüber zu sprechen, ich hätte es nicht tun dürfen, mir war, als hätte ich ein Stück meines Garten Eden beschmutzt, was meine Schuld war und nicht ihre. „Vivienne, es geht wirklich, geh' wieder ins Bett." „Kannst du denn jetzt schlafen?", wollte sie wissen. „Ich muss wach bleiben, gestern habe ich den Mond nicht gesehen." „Was meinst du, Maddie?" Langsam wurde ich ungehalten gegen Vivienne, aber wie sollte sie es auch verstehen... „Bitte, geh' jetzt, Viv." Endlich schien sie zu begreifen. „Wenn du mich brauchst, du weißt, wo ich bin." Ohne ihr etwas zu erwidern, ging ich wieder ins Schlafzimmer und schloss hinter ihr die Türe zu. Ich zündete die Kerze auf meinem Schreibpult im Nebenzimmer an, meinen Blick zum Fenster gerichtet, den dunkelblauen Nachtvorhang des Himmels betrachtend, der die Sicht auf den Mond noch immer nicht freigeben wollte, an dem nur vereinzelt eine Wolke hing, dann schrieb ich:

„Ich bin eine gefallene Seele, die mehr und mehr dem Wahnsinn verfällt. Mag es dennoch nicht ein gutes Zeichen sein, wenn ich in der Lage bin, es selbst zu erkennen? Vielleicht steht es gar nicht schlecht um mich, und alles ist kaum der Rede wert? Auch wenn es dunkel wird und ich wünschte, mein Blut fließen zu sehen, spüren zu können, wie mir der kranke Verstand durch Befreiung genesen wird, wäre es nicht ein Gefühl der Glückseligkeit, gereinigt zu sein? Eine Befreiung aus diesem zwanghaften Gedankenkonstrukt, das einem Gefängnis gleicht.

Wie sage ich dir auf Wiedersehen, wenn es kein Wiedersehen geben darf?

Die Angst sitzt fest, so tief, dass sich der Teufel vielleicht meiner Seele bemächtigt haben könnte. Ich glaube immer noch, dass diese Begegnung, du und ich, gewollt war. Ich glaube nicht an Zufälle. Wieviel Schuld trage ich wirklich? Für wieviel Schuld muss ich mich verantworten? Was bleibt am Ende dieser Tragödie? Ich bin hoffnungslos, mein lieber Anthony, hoffnungslos, dein Herz zu *erreichen. Ich kann es mir nicht verzeihen, dich mehr zu lieben als ihn, es zerstört mich.*

Es ist Zeit... Lebe wohl!"

Bis zum Morgengrauen hing ich meinen Gedanken nach…

Die Nächte ermächtigten sich meiner Seele, drängten den Verstand in die Dunkelheit, vernebelten mir die Sinne, und ich befand mich in einem Zustand, der zur Hälfte Fantasie, zur anderen Erschöpfung und dem Wahnsinn gleich kam. Als wieder eine dieser Nächte vorüber war und es bald Mittag war, da musste ich raus, raus aus diesem Zimmer, rang nach Luft, rannte im Nachthemd in den Garten. Ich betrachtete den Himmel, die vorbeiziehenden Vögel und wunderte mich, wo im Himmel sie wohl sein mögen. Vivienne kam. Ich streckte meine Hände abhaltend in ihre Richtung, sie mahnend, keinen Schritt näher zu kommen.

„Nein, Vivienne, bleib' stehen!" „Wieso, was meinst du, Madeline, was machst du?", fragte sie mich, als ich im weißen Nachthemd im feuchten Gras kniete. „Geh' keinen Schritt weiter, beweg' dich nicht!" „Madeline, was meinst du?" „Du bist an der Grenze zum Übergang!" „Madeline, was ist verdammt nochmal los mit dir?" „Bleib' stehen, du verschiebst die Pforte noch! Siehst du nicht die zarte Umrandung des Portals, die kaum mit bloßem Auge zu sehen ist?" Ich deutete ihr den Bogen, den ich unweit von mir erblickte in sanftem Pastell, rosafarben. „Du musst genau hinsehen, wenn wir darüber hinausgehen, sind wir dort, wo alles möglich ist. Dort warten Ma und Lana… Die Gegenwelt! Aber es ist noch nicht soweit!" „Jetzt reicht es mir mit dir und deinen absurden Ansichten! Ich kann das nicht mehr, Maddie, ich kann das nicht mehr." Vivienne packte mich unsanft an meinen Oberarmen, schüttelte mich mehrmals, ehe sie mich anschrie: „Sind denn in dieser Familie alle verrückt geworden? Ich kenne die Person nicht, die in deinem Körper steckt. Wo bist du, Madeline?" Und sie weinte, wahrscheinlich, weil sie nicht sehen konnte, was ich sah, denn ich sah in eine Zukunft, die heilsam war, in der es keinen Schmerz gab, nur Frieden und Glückseligkeit. „Ich wollte dich nicht erschrecken, Viv, ich sehe eben Dinge, die du nicht sehen kannst… das ist in Ordnung…" Sie sah mich immer noch unglaubwürdig an, streichelte sanft meine Wange und ich vernahm von ihr kopfschüttelnd: „Oh Maddie… Maddie, es tut mir so leid…" „Ich muss jetzt weiter, Viv…" „Maddie, du bist im Nachthemd, in Gottes Namen, wo willst du denn hin?" „Lana wünscht sich eine Rose von mir, sie hat es mir gesagt, ich darf keine Zeit verlieren, das bin ich ihr schuldig." Ich schüttelte Viviennes Hand von meinem Arm los, um mich auf den Weg zu begeben.

Ich kapselte mich mehr und mehr von meiner Außenwelt ab, hing ungelebten Träumen nach und versank in der Sehnsucht und Einsamkeit, um mich ihm nahe zu fühlen. Ich wollte meine Familie, John nicht verletzen, doch niemand von ihnen war im Stande, mich zu verstehen. An manchen Tagen schöpfte ich Kraft und Gottvertrauen, verdrängte meinen Hang zum Wahnsinnigen und war auch in der Lage, über Wochen meinem „normalen" Leben nachzugehen, doch wenn es wieder dunkel wurde, mich Stimmen heimsuchten, da herrschten Wochen von Unverständnis in meiner Umwelt, selbst bei Vivienne. In diesen Zeiten musste ich alleine bleiben.

Als die kleine Lorna ihren ersten Geburtstag hatte, gab es eine Feier mit Verwandten und den Nachbarn. Ich war gerade dabei, Betsy beim Abräumen des Kuchengeschirrs behilflich zu sein, als ich hochblickte und er eintrat. Der Stillstand der Zeit, das kurze Aussetzen meines Herzschlags, der daraufhin umso schneller wurde, das Gefühl der Vollkommenheit, welches das Ende des unterbewussten Wartens bestimmte… es war alles wieder da, wie immer, wenn er in meiner Nähe war, aber ich war innerlich gefasster als beim letzten Treffen, zum Glück. Ehe wir einander begrüßen konnten, kam Vivienne freudig mit Lorna auf dem Arm zu ihm. „Dr. Bennett, das ist ja eine Überraschung!" „Guten Tag, Mrs. Landings, ich hoffe, ich komme nicht ungelegen?" „Natürlich nicht, sie gehören ja quasi schon zur Familie." Dabei lachte sie, dann schaute sie kurz zu mir herüber, und ich sah ihr an, dass ihr der Gedanke an mich kam, dass seine Anwesenheit meinen Gefühlszustand negativ beeinflussen könnte. „Ich wollte Lorna nur dieses Geschenk vorbeibringen." „Das ist sehr aufmerksam von Ihnen und auch, dass Sie sich ihren Geburtstag gemerkt haben, ist erstaunlich." „Nun ja, ich war ja dabei, als sie zur Welt kam und wollte ihr eine Freude machen." „Bitte, setzen Sie sich doch, es ist noch reichlich Kaffee und Kuchen da. Hier, halten Sie die Kleine, ich hole Ihnen ein Service." Er saß da, mit Lorna auf dem Arm, und ich war von diesem Bild gefangen. Vivienne kam zur Küche herein und riss mich aus meinem Tagtraum, als sie mich an der Schulter berührte. „Maddie… Ich, ich musste ihm doch anbieten zu bleiben, er ist extra hergekommen. Kannst du das aushalten?" „Ich… ja, natürlich musstest du ihn bitten zu bleiben, ich komme schon klar." Rasch begrüßte ich ihn, zog es aber dann vor, mich in den Wohnsalon zu begeben. Ich setzte mich ans Klavier, um ein Stück, welches ich länger nicht gespielt hatte, zu üben. Unglücklicherweise war John erst morgen von seiner Reise zurück zu erwarten, sonst hätte ich ihn gebeten, mir bei einem Spaziergang Gesellschaft zu leisten. Es war traurig, dass ich mich stets selbst davon überzeugen wollte, John mehr zu lieben als Anthony, denn dass es nicht so ist, stürzt mich wiederkehrend in tiefe Melancholie. Ich saß zwei Stunden am Klavier und hoffte, er sei inzwischen gegangen, doch das war er nicht. Mit langsamen Schritten betrat er den Wohnsalon, um sich mir zu nähern. „Darf ich mich setzen?“, dabei deutete er auf die Klavierbank. In meinem Kopf machte sich ein sofortiges Warnsignal bemerkbar, innerlich sträubte ich mich, ich hätte aus der Haut fahren können. Ich wurde nervös und wäre am liebsten aufgestanden. Ich hätte ihn bitten sollen zu gehen, aber ich tat es nicht. Stattdessen war meine Antwort: „Ja.“ Meine Antwort war ja, weil es sich mein Herz mehr als alles andere wünschte. „Was spielst du?", wollte er wissen. „Es ist ein Stück von Franz Schubert, es heißt ‚Fantasie‘". „Das kenne ich nicht." Ich spielte ihm den Mittelteil des Stücks vor und war erstaunt, mich nicht verspielt zu haben. „Das ist wirklich sehr schön", sagte er. „Ich mag es auch gern." „Wusstest du, dass Franz Schubert nur 31 Jahre alt wurde?" „Nein, ich bin im Bereich der klassischen Musik leider nicht so gebildet wie du." Er schmunzelte, ich errötete. „Es ist wirklich schade, viele Künstler hätten uns mit Sicherheit noch mehr Werke hinterlassen, wären sie nicht so früh von uns gegangen." „Das mag sein, Madeline". Ich erwiderte: „Vielleicht macht es sie aber auch zu etwas Besonderem, dass sie nur für kurze Zeit auf dieser Erde waren, dafür aber Meisterstücke erfunden haben, die die Jahrhunderte überdauern werden, weil sie all ihre Kraft in ihre Leidenschaft gelegt haben." Wir saßen noch eine Weile, als ich von ihm wissen wollte, ob alle Gäste bereits gegangen sind. „Ja, soweit ich mitbekommen habe. Deine Schwester ist mit Arthur und Lorna nach oben gegangen." „Ah ja." Es war wie so oft eine angespannte Atmosphäre, die zwischen uns herrschte. Ich hatte den Eindruck, dass auch er, genau wie ich, Angst davor hatte, etwas Falsches zu sagen oder zu tun. Wir hätten nicht länger zusammensitzen sollen, aber es war das schönste Gefühl, ihn so nah bei mir zu haben. Obwohl wir Abstand zueinander hielten, bemerkte ich die Wärme, die von seinem Körper ausging, die Aura, die ihn umgab, seine Energie, die Anziehung, die intensiver und stärker nicht hätte sein können. Wie sich die Energiefelder, die von unseren Körpern ausgingen, vereinten und beinahe vollständig waren.

Als ich ihm den Unterschied von c und a erklärte, war es mir, als drehte sich die Welt, und ich empfand mich wie ein kleines Nichts in einem großen Sein. Mein Blut befand sich in Wallung, mein Herz klopfte und klopfte heftig, ein Schauer durchströmte meinen Körper, der im nächsten Moment in Hitze umschlug. Sanft berührte ich seinen linken kleinen Finger, unabsichtlich. Mein Atem wurde schneller. Sein Körper war so nah an meinem. Ich sog seinen Geruch in mich auf, er sah mich stumm an, ich neigte meinen Kopf an sein Gesicht heran. Ich glaubte, dass auch er es sich wünschte, sodass ich alles vergaß, was richtig gewesen wäre, und mich meiner Sehnsucht hingab. Ich überwältigte ihn mit einem sanften, aber leidenschaftlichen Kuss, der seine Lippen erreichte. Für einen Augenblick spürte ich seine weichen, zarten Lippen meine berühren wie ein sanfter Flügelschlag. Stille bestimmte den Moment und ich rang nach Worten, nachdem er seine Lippen von meinen löste, er mich sanft an meinen Schultern berührte und mich von sich wies. Schweigend betrachtete er die Tasten des Klaviers. „Es tut mir leid, Anthony, ich… ich hatte keine Befugnis, bitte verzeih' mir…" Er erhob sich von der Klavierbank, beschämt rieb er sich seinen Hals, nahm ein paar Atemzüge und lief mehrmals im Zimmer auf und ab. Ein Stammeln wenig aussagekräftiger Worte entsprang seinem Mund, es waren mehr nichtssagende Umlaute, die ich negativ bewertete. „Es… ich muss gehen…" „Ja", erwiderte ich, „ich meine, es tut mir leid, das verstehe ich… Ich wollte dich nicht verletzen oder…" „Schon gut… schon gut…", gab er ruhig zurück und fuhr sich nervös durchs Haar. Ohne eine aussagekräftige Äußerung schloss er leise die Türe hinter sich und ging. Ich sah ihm vom Fenster aus hinterher, als er in die Kutsche stieg. Was hatte ich getan? Ich war von Sinnen, ich liebte ihn… doch dies rechtfertigte meine Handlung nicht. War es gerade wirklich passiert? Dabei war ich doch so stolz auf mich, dass ich ruhig geblieben war, als er zu Besuch kam. Was war passiert? Ich hatte ihn wirklich geküsst, und er hatte meinen Kuss erwidert… hatte er? Mit diesem Handeln leitete ich das Ende unserer Freundschaft ein. Ich wusste, dass nichts mehr sein würde, wie es war. Ich wusste, er konnte mir nicht mehr vertrauen und dass alles noch komplizierter, nicht nur für mich, sondern gleichwohl für ihn, werden würde. Es war nicht meine Absicht gewesen, ihn in diese Begebenheit zu bringen, doch ich tat es, getrieben von meinem unaufhörlichen Egoismus, dessen mein Herz der Anführer war und ist.

Trotz meines Fehlverhaltens war aber der Gedanke an diesen Augenblick meiner Seele Nahrung und er geleitete mich durch die Stunden jedes Tages. Aus ihm schöpfte ich meine Seinsberechtigung, ich schöpfte Mut, am Leben teilzunehmen, ich hatte die verquere und absurde Hoffnung darauf gesetzt, dass sich letztlich im Verlauf der Zeit das Schicksal zu meinen Gunsten wenden würde, wie das aussehen sollte, das wusste ich allerdings nicht. Dennoch, dieses Ereignis war und ist ein Anker, ein Anker, den ich mir jedoch nur geborgt hatte. Ich bin verloren, da ich ihm mein Herz geschenkt habe und ich bin traurig darüber, dass ich mich nicht einmal mehr dagegen sträube. Verängstigt bin ich darüber, dass ich keine andere Hoffnung mehr sehe, als die, mit dir, unerlaubterweise den Sonnenuntergang betrachten zu dürfen, irgendwann. Dass nichts mehr schön und lebenswert erscheint, wenn ich nicht ihn darin weiß. Es war, dass ich ihm jede Nacht begegnete, er sich jede Nacht in meine Träume schlich und mir im Traume sagte: „Ich liebe dich.“

Bitter und schwer war es, wenn John sich mir gegenüber verschlossen verhielt und ich mir seiner Liebe nicht sicher war. Es war, als hätte sich eine unsichtbare Mauer zwischen uns aufgebaut und die innige Nähe, die wir einst als Eheleute genossen, entzog sich uns mehr und mehr. In respektvollem Umgang waren wir am Wohlergehen des anderen interessiert, dankbar über die Anwesenheit des Partners, doch empfand ich das gemeinsame Leben als leidenschaftslos, kaum nährend und manchmal sogar eiseskalt, seine wiederkehrenden Belehrungen in jeglicher Hinsicht im Hinblick auf Dinge, die ich vor hatte zu tun, wovon ich ihm erzählte, wurden mir mehr und mehr zur Last. Warum konnte er nicht einmal etwas gutheißen, was ich ihm erzählte, ohne meine Handlungen in einer lehrerhaften Art zu revidieren? Dieser Umgang bestärkte mich in meiner Schuld, keiner Liebe wert zu sein. Mit Worten wie: „Beginn endlich wieder normal zu leben, Madeline, Lanas Tod ist jetzt dreieinhalb Jahre her, das Leben geht weiter", verletzte er mich mehr, als er glaubte. Wenn er meine Hand nicht hielt, wenn er mein Haupt nicht streicheln wollte, wenn der Gute-Nacht-Kuss ausblieb, glaubte ich, darin meine Strafe zu finden, doch wenn ich so recht darüber weiter dachte, da wusste ich, dass dies der Alltag war, auch vor meiner Begegnung mit Anthony. Der Glaube an diese Ehe wollte jedoch nie versiegen.

Das nächste Weihnachten stand vor der Türe. Obwohl wir ein Jahr keinen Kontakt hatten, schrieb er, dass er über unser Mitwirken am Wohltätigkeitsabend für die Bedürftigen unserer Stadt dankbar wäre und sich über ein Wiedersehen freuen würde. Letztes Jahr schon hatte ich mir erneut entsagt, daran teilzunehmen, allein gebacken hatte ich und Vivienne darum gebeten, ohne mich und John zu fahren. Auch dieses Jahr wollte ich sehen, was wir verschenken konnten, und unterstützte Viv beim Backen. „Aber Maddie, komm‘ doch mit, ohne dich macht es nur halb so viel Spaß.“ „Nein, ich… bitte, Viv, lass‘ es, du weißt, warum...“ „Da ist also nichts zu machen?“ „Nein.“ „Ich verstehe...“ Der Nachmittag brach an, ich half Viv und Arthur beim Einladen der Waren und sah der Kutsche noch eine Weile hinterher, traurig darüber, ihn nicht sehen zu dürfen. Es war später Abend, als die beiden zurückkamen. Vivienne kam aufgeregt zu mir. „Maddie, es war wieder einmal himmlisch… alle haben sich so gefreut, wir haben viele Gespräche geführt und sogar gesungen." „Das ist schön, Viv. Wie geht es Anthony?" „Oh, ihm und Celeste geht es gut, er wirkte ein wenig enttäuscht, dass du dieses Jahr wieder nicht dabei warst." „Wirklich?" „Naja, er hat uns allen Karten für ein Theaterstück morgen Abend geschenkt, und er bat mich, dir auszurichten, dass er sich über dein Kommen freuen würde." „Theaterkarten?" „Ja, sie führen ein Weihnachtsstück auf, wir sind alle eingeladen. Ist das nicht ein nettes Weihnachtsgeschenk?" „Theater?... Ich weiß nicht… ich glaub nicht, dass…" John betrat plötzlich das Zimmer und mischte sich in unsere Unterhaltung ein: „Madeline, stell' dich nicht so an! Abwechslung wird dir guttun!" „Mal sehen…" „Es ist ganz sicher, dass du mitkommst, keine Widerrede! Wir sollten zu Bett gehen, morgen Abend werden wir erst später nach Hause kommen." Ohne ihm etwas zu erwidern, wünschte ich Viv eine Gute Nacht und begleitete John in unser Schlafzimmer.

War er tatsächlich enttäuscht darüber, dass ich heute nicht da gewesen war? Was sollte es ihn schon interessieren? Ach… Und was sollte ich zu dieser Aufführung gehen? Nein… ich würde nicht gehen, egal, was John sagte. Es war besser, wenn ich nicht ginge…

Ich lag im Bett, Zwiegesprächen meines Herzens und meines Verstandes lauschend. Letztlich kam ich nach zwei Stunden zu der Entscheidung, am nächsten Tag doch mitzugehen… ich musste ihn sehen…

Vielleicht ist es mittlerweile auch der Schmerz allein, der mich am Leben hält… Hätte ich ihn nicht in weiter Ferne als meinen Stern der Erfüllung klar vor meinen Augen stehend, sehend, ja dann… Ich glaube, dann wäre ich bereits gestorben. Der Schmerz hält mich am Leben, das Wissen darum, dass es dich gibt und ich keinen Moment mehr verschwenden möchte, dir zu begegnen, sei es auch mit dem größten Leid behaftet. Ich will nicht, dass du mich hasst... Ich möchte deine Verbündete sein, die, der du alles erzählst und der du keine Maske zeigst, sondern ehrlich und offen begegnest, auch mit den Seiten, die du niemanden wissen lassen willst, dass auch du sie besitzt. Dir gehört meine Seele, mein ganzes Herz, auf ewig… Doch will ich dieser Mensch, diese Seele für dich sein, dann darfst du doch nicht wissen, wie sehr ich dich liebe, und ich nicht, ob du es tust….

„Wir müssen los, Madeline…" „Ja, ja, ich komm' ja schon." Ich eilte die Treppen hinunter und war wahrlich heiterer Laune im Gedanken an das Weihnachtstheater… Ich würde *ihn* in der Pause des Stücks erblicken, höchstwahrscheinlich sogar mit ihm sprechen, da dies die Etikette schließlich erforderte. Ich hätte darum kämpfen müssen, zu Hause zu bleiben, doch ich war nicht stark genug. Ich wünschte, ich wäre fähig dazu, mir meine Sünde abzuwaschen, die Sünde darum, dass ich nur eine zwiespältige Seele bin und gefangen im Kampf zwischen Gut und Böse ganz einfach da-stehe, hier in diesem Schauspiel, in dem ich mich nicht einmal selbst mehr erkenne und niemand dazu fähig ist, mir die Richtung zu weisen. Denn was soll ich glauben, worauf hoffen, wenn doch mein Herz zweifach vergeben ist, obwohl ich doch nur eins besitze und *ihn* liebe wie niemand anderen… Die Wahrheit schmerzt, die Wahrheit ist böse und unverständlich, doch sie ist... Ein Zwilling, der mir inne wohnt… Wenn Gott dem Menschenwesen die Seele eingehaucht hat, weiß er denn dann nicht darum, dass er aus Zweien Eins gemacht hat? Und wenn ich denke an meinen lieben Mann, dann will ich dich vergessen… für immer… verbannen aus meinem Herzen und der Seele, denn Schmerz alleine bringt mir diese andere Liebe, wenngleich sie wahrhaftig ist, so wie dir. Doch was soll ich tun, an wen wende ich mich nach all den Jahren, in denen ich gebettelt und gefleht habe, du sollst doch gehen… Sie!... Die Liebe zu dir… doch nichts vermag es, dich nicht zu lieben. Ich kleidete mich gemäß dem Bild, dem ich entsprechen wollte, auffallend zu sein, ohne große Klunker, den Blick auf meine Augen und Figur gelenkt, nicht gezeichnet von großem Pomp, ein schwarzes schlichtes Kleid, welches meinen inneren Standpunkt zum Ausdruck bringen sollte, gepaart mit Perlenohrringen und einer Kette, die einen Smaragd in einer silbernen Fassung hält, von meiner Mutter. Ich wollte meine Haltung demonstrieren, wenngleich ich nicht wusste, welche das wirklich war, nur allein weg vom Anblick einer Kurtisane wollte ich sein.

Dann sah ich sein Gesicht, die Treppen hinuntersteigend, da war es mir, als wenn man mir in den Magen getreten hätte, ich kannte meinen Mann. Die Worte, die daraufhin aus seinem Mund folgten, waren für mich vorhersehbar. „Was hast du so lange Zeit in deinem Zimmer gemacht?" Ich sparte mir jegliche Worte und ich spürte Trauer, Enttäuschung und Selbstzweifel, sich in mir rühren und das Schlimmste: Demütigung. Und er sprach weiter, ohne, dass ich antwortete: „Warum hast du nicht das rote Kleid angezogen, welches ich dir letztes Weihnachten geschenkt habe, das wäre ideal für solch einen Abend, dafür habe ich es dir doch geschenkt! Stattdessen trägst du diesen Trauerfetzen. Du weißt doch, dass Schwarz deiner Haut nicht schmeichelt. Mir gefällt diese

Farbe nicht an dir! Warum ziehst du nicht das rote an?" Ohne ein Wort zu erwidern, machte ich auf dem Treppenabsatz, unten bereits beinahe angelangt, wieder kehrt. In gebeugter Haltung hielt ich mir mit der einen Hand den Magen, mit der anderen das Herz und hoffte ich könnte mich damit selbst beruhigen, mich trösten, und ich redete mir ein, dass ich es besser hätte wissen müssen. „Beeil' dich, Maddie, Arthur und Viv warten bereits in der Kutsche." Ich war ihm schon lange nicht mehr die Frau, die er sich wünschte, weder im Aussehen noch im Charakter ebenbürtig, doch wollte ich wie er sein? Wer wollte ich sein? Weiter eine Gefangene in meinem eigenen Leben? Warum sollte ich ihm gefallen wollen, wenn es ohnehin stets so war, dass er, egal was ich tat, die Resultate in Frage stellte oder mich belehrte und mich dann mit diesem Gesichtsausdruck ansah, der mich wissen ließ, dass er glaubte, über mir zu stehen. Ich weiß nicht, ob wir jemals in unserer Liebe gleichberechtigt waren. Er war wie ein Eisblock, selbst die Sonne konnte diesen schichtdurchdrungenen Eiskristall nicht zum Schmelzen bringen.

Ich fühlte mich gedemütigt, unattraktiv, wie jemand, der nicht im Stande war, diejenige zu sein, die man sich von mir wünschte zu sein. Ich fiel in selbstzerstörerische Gedanken und wurde an meine Unfähigkeit erinnert, an meine Schuld um Lana…

Widerwillig, bemüht, die herabfallenden Tränen zurück zu halten, zog ich das rote Kleid an, um des lieben Friedens willen. „Na siehst du, Madeline", sagte er, als ich erneut die Treppen hinuntertrat: „So gefällst du mir." Unsicher und bedrückt lächelte ich ihm zu. In der Kutsche streichelte er sanft meine Hand, ich war außer mir vor Zorn. Als wir das Theater erreichten, erstrahlte es in einem glänzenden Lichtermeer, sowohl der Eingang als auch sein Inneres. Jedes Paar, das wir erblickten, war überdurchschnittlich herausgeputzt und ausgelassener Stimmung, vorfreudig auf die Vorstellung. Bekannte und unbekannte Gesichter begegneten mir, und John wusste nicht, welche seiner Kameraden er zuerst begrüßen sollte. Ich stand, mich unwohl fühlend, unbeholfen mit gezwungenem Lächeln neben ihm. Glücklicherweise stand die Aufführung kurz vor dem Beginn, und wir begaben uns zu unseren Logenplätzen. Meine Gedanken galten fortwährend *ihm,* doch trotz aufmerksamer Beobachtung war ich mir seiner Anwesenheit nicht sicher. Das Licht ging aus und das Stück vom Weihnachtsmärchen begann. Die Kulisse war liebevoll gestaltet, die Schauspieler unterhaltsam, die Geschichte zum Träumen schön. Die Geschichte drehte sich um einen Weihnachtsengel.

In der Pause wurden Häppchen und Champagner gereicht. Während John sich seinen Bekanntschaften widmete, zog ich es vor, bei Vivienne und Arthur zu bleiben, und bedauerte, dass er nicht gekommen war, überlegte, weshalb er nicht kam, als ich Arthur sprechen hörte: „Sieh' an, sieh' an… Anthony, haben Sie doch noch hergefunden." „Guten Abend. Ich entschuldige mich für die Verspätung." Er küsste Vivienne die Hand zur Begrüßung. „Guten Abend", sagte er, als er die meinige küsste. Ich glaube, man musste blind sein, um nicht erkannt zu haben, wie glücklich ich war, wie ich strahlte, als ich ihn erblickte. „Celeste ist nicht hier?", wollte Arthur wissen. „Sie fühlte sich heute nicht nach Gesellschaft." „Schön, dass Sie gekommen sind, Anthony." „Wie gefällt Ihnen das Stück bislang?" „Talentierte Schauspieler treten heute auf, wie ich finde, und die Geschichte handelt ja wirklich von einem Wintermärchen… Es gefällt mir." „Ganz meine Meinung", erwiderte Vivienne. Ich hielt mich im Gespräch vornehm zurück, ich sah ihn nur an.

Da ertönte eine Glocke, welche darauf aufmerksam machte, dass sich die Pause dem Ende neigte und dazu aufforderte, unsere Plätze einzunehmen. Hastig eilte jeder die Treppen hinauf, um den Beginn des zweiten Aktes nicht zu verpassen. „Ich wünsche dir noch eine gute Unterhaltung, Anthony, und danke für die Karten", sagte ich, ehe auch ich mich zu meinem Platz begeben wollte. „Maddie!", hielt er mich an, dabei sanft meinen Arm berührend. „Ja?" Als er mir ganz nah war, da flüsterte mir ins Ohr: „Erlaube mir zu sagen, dass du wunderschön aussiehst heute Abend." Seine Wange berührte meine, und sein Atem auf meiner Haut erregte mich. Ich schloss für einige Sekunden meine Augen und sagte ruhig: „Danke… Es war so schön, dich heute wieder zu sehen…", und drückte sanft seine Hand dabei. Ich errötete und ging mit einem Lächeln auf dem Mund die Treppen hinauf. Ich sehnte mich nach nichts mehr, als mich ihm hinzugeben und ich spürte, dass auch er es wollte.

Meine Hand, die bis eben noch die seine berührt hatte, zitterte. Ich wollte vor Glück zerspringen, da ich mich im Einklang mit dem Universum fühlte, für diesen Augenblick, der mir der Himmel auf Erden war, ich mich jedoch daran erinnern musste, dass er wieder nur geborgt war und es für mich keine Möglichkeit gab, ihn festzuhalten, somit die Leere und der Schmerz damit einhergingen und ich einen weiteren Tod meines Herzens verschmerzen musste.

Nachdem das Stück unter Blumenregen und beinah unaufhörlichem Klatschen endete, hatte ich die Hoffnung, ihn noch einmal zu sehen, doch zu viele Menschen waren anwesend und drängten zu ihren Kutschen, dass ich ihn nicht ausfindig machen konnte. Mir blieb der Blick seiner Augen in Erinnerung…

Ich bin wie eine Blume, nur nicht so schön, aber genauso zerbrechlich wie sie. Wie verstörend krank ich dich liebe und so tue, als würde ich es nicht.

Dass ich lernen muss, wie die Sonne zu strahlen, ohne mir deiner Liebe gewiss zu sein…

Wie ich meinen Körper zurückhalten muss, ihn anhalten, dass er nicht handelt, wie er will, ihm nicht gestatten, ihn nicht gewähren lassen darf… Wie würde er schmecken, dein Körper? Wie würde er sich anfühlen, wie würdest du aussehen ohne dein Gewand? Verletzlich und ohne Maskerade, wie Er dich geschaffen hat? Ich würde dich halten, alles tun, was du wünschst, dir überall hin folgen, bis ich nicht mehr atmen kann. Gesagt hab' ich's dir mit einem Kuss, doch verstanden hast du es nicht, sonst wärst du jetzt hier bei mir, vielleicht... Ich möchte dein bester Freund sein, dein Herz, welches dir am nächsten liegt, die Seele, der du am meisten vertraust, bis über den Tod hinaus. Ich will diejenige sein, die ihr Leben für dich opfert, wenn es anders nicht geht, und dieses Opfer mit Würde tragen und mich dabei erhaben fühlen. Wenn ich doch irgendetwas tun könnte, um dir meine Liebe beweisen zu können – dir und Gott… um zeigen zu können, dass ich nicht der Versuchung nachgegeben habe, sondern alleine meinem Herzen, meiner Seele.

Es wäre eine romantische Geschichte, wenn sie nicht mit so viel Leid behaftet wäre.

Ich lebe eine Lüge, in der ich einen Menschen liebe, doch einen anderen mehr, doch ist es dann wirklich eine Lüge?

Ich bin eine zwiegespaltene Seele, die du kennst, die, die alles für dich tun würde, würdest du allein danach fragen. So bleibe ich nichts sagend da, wo ich bin, da, wie ich bin, mit einem Wissen, welches nur du und ich alleine kennen und nicht von dieser Welt ist.

Jeder Tag glich dem anderen und weitere sechs Monate verstrichen. Ich kam zu der Erkenntnis, dass all meine Ressourcen und Möglichkeiten, diesem Schmerz zu entkommen, aufgebraucht waren. Irgendetwas musste ich tun…, irgendetwas, um Gewissheit zu erlangen… und mir fiel die Valledou ein.

„Onkel Maxwell!" „Madeline, mein Kind, du siehst ja ganz blass aus!" „Keine Sorge, Onkel, ich habe nur schlecht geschlafen, nichts weiter… aber es ist so… ich wollte dich um einen Gefallen bitten." „Natürlich, mein Kind, um was handelt es sich?" „Wo finde ich Madame Valledou?" „Die Wahrsagerin?" „Ja." „Mein Kind, du willst dir doch nicht die Zukunft vorhersagen lassen? Am Silvesterabend hielt sich deine Begeisterung darüber doch stets in Grenzen." Er lachte. „Natürlich nicht, es handelt sich um eine gute Freundin, die etwas in Erfahrung bringen möchte." „So? Kenne ich die Freundin denn?" „Oh, ich habe Euch einander bislang nicht vorgestellt, denn wenn sie mich besuchte, warst du meist auf Reisen." „Verstehe… nun… es dürfte schwierig sein, den Aufenthaltsort der Valledou ausfindig zu machen, du weißt, sie zieht von Jahrmarkt zu Jahrmarkt." „Ich weiß, Onkel, aber es muss doch eine Möglichkeit geben, du hast doch einflussreiche Kontakte." „Sicher, mein Kind, sicher." „Oh Onkel, die Freundin ist mir lieb! Würdest du ihren Aufenthaltsort für mich in Erfahrung bringen, bitte?" „Ich werde sehen, was sich machen lässt, Madeline." Ich muss von Sinnen gewesen sein, denn ich war derart euphorisch im Glauben, durch die Alte zu Antworten zu gelangen, dass ich meinen Onkel dankbar stürmisch umarmte. Er war davon offensichtlich genauso irritiert wie ich im Nachhinein, denn seit dem Kontaktverbot mit Papa, welches er uns auferlegt hatte, waren wir einander stets mit ausreichend Abstand begegnet, noch dazu war ich überzeugt, dass er damals in Gegenwart der Polizei schlecht über Papa gesprochen hatte und daraufhin dieser schäbige Artikel erschien.

Der Dämon der sündhaften Hoffnung hatte sich erneut meines Herzens bemächtigt. Ich war süchtig nach dem Gefühl der Hoffnung, die ich auf ihn projizierte, andererseits war es das einzige Gefühl, trotz seiner Illusion, welches mich am Leben hielt.

Es dauerte einige Wochen, bis die ersehnte Information eintraf. Auf dem Billet, welches mir Onkel Maxwell reichte, stand der Aufenthaltsort der Valledou. „Sie wird nicht lange dort sein, Madeline, deine Freundin wurde gebeten, morgen zu erscheinen, sie nimmt sich Zeit, seid am Nachmittag vor Ort." „Danke, Onkel." „Ich hoffe auf freudige Nachrichten." „Das hoffe ich auch."

Als ich mich mit Tulja auf den Weg zur Valledou machte, überkam mich leichte Übelkeit, meine Hände waren schwitzig, nervös kaute ich an meinen Fingernägeln. Obwohl ich mir eigentlich seiner Liebe zu mir sicher war, hatte ich doch Angst, etwas anderes in Erfahrung zu bringen, jedoch brauchte ich klare Fakten, mit denen ich arbeiten konnte. Ich sehnte mich nach Klarheit, um den Kreislauf aus Gedanken, Möglichkeiten zu konstruieren, endlich zum Stillschweigen bringen zu können. Wie die Wolken am Himmel vorbeizogen, so schnell, wie veränderlich sie waren, von Sekunde zu Sekunde, dachte ich, als ich in der Kutsche saß und hinausblickte. Unscheinbar versteckt lag das kleine Haus, alleinstehend am Rande eines Waldes, als ich es sah und Tulja die Pferde anhielt. Es glich mehr einer alten klapprigen Scheune und war umgeben von buschigen Bäumen. Davor befand sich ein altes Wasserrad. Aufgeregt und ein wenig ängstlich ging ich den schmalen Weg durch den verwilderten Garten hindurch, um an die Haustür der Valledou zu gelangen. Zaghaft klopfte ich an die wenig stabile Türe, doch niemand öffnete. Nach einem erneuten Klopfen wurde ich noch immer nicht hereingebeten, da bemerkte ich, dass nicht abgeschlossen war, als ich den Türknauf umdrehte. „Hallo?“ Madame Valledou?“, rief ich leise, als ich eintrat.

„Hallo? Mein Name ist Madeline Heart, Mr. Morrin sagte, Sie würden mich empfangen…“

Ich stand in einem dunklen Gang, der sich in die Länge zog, umgeben von allerlei Sammelsurium, es war beengt, unordentlich und stickig. Langsam ging ich weiter, und eine Wolke von Räucherwerk erreichte meine Nase. „Hallo?“, rief ich erneut, als ich hörte:

„Ich wusste, Sie wieder zu treffen, Madeline“, sagte sie. „Ich… nun ja, es…“ „Sagen Sie kein Wort, ich weiß um Ihr Anliegen. Es handelt sich um Ihr geschundenes Herz, welches Sie gefangen hält, das Ihnen die Lebensfreude geraubt hat.“ „Ich…“ „Schhhh…“, dabei legte sie den Zeigefinger auf ihre Lippen. „Nehmen Sie Platz.“ Als ich eintrat, bemerkte ich schwere lilafarbene Vorhänge links und rechts der Türe zusammengerafft herunterhängen. Ich fand mich an einem runden Tisch, an dem Reste von abgebranntem Kerzenwachs klebten, neben brennenden Kerzen, deren Feuer geheimnisvoll flackerte, es war ein kleiner Raum, das über und über mit Tüchern und Kissen ausgestattet war, ein Raum, der kein Fenster hatte, kein Licht außer den Kerzenlichtern. In der Mitte des runden Tisches, den eine rote Decke zierte, befanden sich die Zukunftskarten. Ein Geruch undefinierbarer Kräuter, gemischt mit einem Duft von Weihrauch und Bergamotte, lag in der Luft. Unvorbereitet ergriff sie meine rechte Hand wie einst am Silvesterabend. Ihre Augen waren geschlossen, ihr Körper zuckte, und mir entstand der Eindruck, sie würde vor ihrem geistigen Auge Bilder sehen, denn sie sprach: „Du und ich am Meere des Nordens, wo der Nordstern sein zu Hause weiß…“ „Woher?...“ „Schhh…“ „Wie können Sie wissen, das habe ich…“ „Stopp! Er liebt Sie!“ „Anthony?“ „Ihr Mann liebt Sie!“ „Ich weiß, ich weiß, das ist ja das Schlimme, und ich liebe John, nur…“ „Schhh, ich empfange Nachricht… obwohl er manchmal nicht so gut zu Ihnen ist, wie Sie es sich wünschen…“ „Bitte, denken Sie nicht schlecht von mir, sehen Sie, ich habe noch nie für einen Menschen das empfunden, was ich für Anthony empfinde. Ich spüre und liebe ihn sowohl auf Herzebene als auch auf

Seelenebene… es ist schwer zu erklären, John spüre ich auf der Herzebene klar und deutlich, aber nicht auf der Seelenebene… Verstehen Sie? Ich möchte meinen Mann niemals verletzen, niemals!" „Das müssen Sie nicht, das müssen sie nicht, ich sehe nicht, dass der andere sie liebt… Nein bestimmt nicht, da ist eine andere Frau, nein!" „Was meinen Sie mit Nein?" „Nein, er liebt sie nicht, deswegen bleiben Sie bei Ihrem Mann und alle sind zufrieden!" „Das glaube ich nicht, wie kommen Sie zu dieser Erkenntnis? Das glaube ich nicht! Ich spüre doch, dass…" „Ziehen Sie eine Karte, wenn Sie mir nicht glauben, Madeline!" Ich war von Unglauben und Schrecken erfüllt, Angst bemächtigte sich meiner. Die Valledou hielt mir ausgefächert die Karten vor. „Na los, ziehen Sie eine!" Mit zitternder Hand wählte ich eine Karte, die mir die Valledou sogleich aus der Hand riss und dann mit bestimmtem Fingertippen darauf zeigte: „Da haben Sie es, nach was sieht es für Sie aus?" Und ich erkannte bei näherem Hinsehen, dass es die Karte des Todes war. „Sehen Sie doch, die Todeskarte, Madeline…

Sein Geistführer hat es mir zuvor schon mitgeteilt, akzeptieren Sie es!" „Das macht dann eine
Goldmünze, junge Frau!" Tränen standen mir in
den Augen. Das sollte es gewesen sein? Verängstigt fasste ich Mut, indem ich zu ihr sagte: „Entschuldigen Sie, Madame Valledou, ich bin den
weiten Weg hier hergereist, um eine Antwort zu
bekommen, sehen Sie doch bitte nochmal nach,
ob sich nicht noch etwas anderes zeigt." „Nein,
das werde ich nicht, das darf ich nicht, es ist so,
Madeline Heart, es ist so, das ist die Antwort."

Ich war niedergeschmettert. Mit dieser Aussage
hatte ich nicht gerechnet. Meine Hoffnungen bra-
chen wie ein Kartenhaus in sich zusammen. Zitternd kramte ich die Goldmünze aus meiner Ta-
sche und gab sie der alten Frau, die mir mit ihrer
Weissagung das Herz brach. „Einen angenehmen
Tag wünsche ich noch!", rief sie mir hinterher,
ehe sie die Türe hinter mir zuknallte. Ich wollte
nur schnell fort von diesem Ort.

Als ich die Droschke bestieg und Tulja die Pferde
in Bewegung setzte, war es bereits später Nach-

mittag und die Sonne ging unter. Mich fröstelte, doch das lag nicht allein an den Herbsttemperaturen. Mir war im Herzen eiseskalt, ich spürte, wie ich das Leben aushauchte. Mit jedem Galopp verdunkelte sich das Himmelszelt und mir war beim Hinaussehen aus der Kutsche, als würde sie vor mir stehen, Lana. Geistesähnlich in der Statur, fliegend, grässlich eine Fratze ziehend. Ihre Finger griffen nach mir, gleichsam riss sie ihren Mund weit auf, bereit, mich zu verschlingen. Ich schrie und schrie, sie solle verschwinden. Ich brach in Tränen aus, Tulja hielt an. „Mrs. Heart, Mrs. Heart, was ist mit Ihnen?" Als ich hochblickte, suchend nach dem Schrecken, da war sie fort und nur die Allee zu sehen, in der Seite an Seite ein Baum dem anderen glich. „Ich dachte, ich hätte etwas gesehen, Tulja, es ist nichts… danke, fahren Sie nur weiter." „Mrs. Heart, es geht Ihnen nicht gut, wir sollten schnell heimkehren und dann sollte Sie der Arzt ansehen." „Um Gottes Willen, kein Arzt, nicht er! Ich habe nichts, es ist nur eine Migräne, wirklich." „Ich mache mir ernsthaft Sorgen, Mrs. Heart, verstehen Sie!“ „Ja, ja, Tulja, es ist aber alles in bester Ordnung, ich versichere es Ihnen!“ Endlich schien er zu verstehen und setzte die Pferde in Bewegung. Erschöpft sank ich zusammen, Tränen rannen links und rechts meiner Augenwinkel hinab, ich schlief die Fahrt über ein, doch Stimmen besuchten mich im Traum. Ein Wispern durchdrang mein Gehirn, leise und unheimlich sprachen sie zu mir: „Madeline, wach auf, Madeline, warum hast du mich alleine gelassen, warum? Du hättest besser auf deine Schwester aufpassen müssen, ich habe sie dir anvertraut… Er liebt dich nicht! Wie kannst du nur! Du bringst Schande über uns! Heuchlerin, Gott hat dich verlassen, er will dich nicht mehr sein Kind nennen, Sünderin!“ „Sünderin“, klang es in meinen Ohren nach als ich wach wurde, „Sünderin! Er liebt dich nicht!“ Und die Schreie wurden immer lauter. Gehässiges Gelächter dröhnte in meinem Kopf.

Die Kutsche blieb stehen, zu Hause angekommen, rannte ich verstört und angsterfüllt in mein Zimmer, die Ohren vor den schrecklichen Stimmen zuhaltend.

Als ich die darauffolgenden Wochen weiter über die Antwort der Valledou nachdachte, verspürte ich eine seltsame Erleichterung, eine Erleichterung darüber, dass ich „nur" einem Traum verfallen war, welcher ein Traum bleiben würde und somit das Leben weiter geordnet, wie es sein sollte, weitergehen konnte. Anthony und ich gesichert unser Gelöbnis vor Gott einhaltend, dem geehelichten Partner treu bleibend und schuldfrei fortan zu leben. Es beruhigte mich, wenngleich der Schmerz in meinem Herzen dadurch nicht geschmälert wurde. Von Sinnen bin ich, aber durch die Begegnung mit ihm betrachte ich doch alles von einer höheren Stufe aus und bin so meiner Seele näher. Es gibt Tage, an denen ich meine Seele ohne dich zerrissen glaube, doch so darf ich nicht denken, vielmehr will ich dankbar sein für das, was mir Gott zuteil werden lässt.

Wie ein zerbrochener Spiegel bin ich, in jedem Splitter eine Wahrheit meiner Seele erkennend. Sehe ich nicht überall die Wahrheit? Jeder Anteil hat seine Berechtigung und ist zugleich verstörend, zumeist nicht kompatibel, was seltsam ist. Jeder Aspekt ein Teil des Ganzen, meines Seins, meiner Seele, meines Ichs. In der Art, wie ich bin, mit all der Liebe in meinem kleinen zerbrechlichen Herzen… Und was ist für mich damit zu tun?

Gewaltig wie die aufprallenden Wellen der Brandung spüre ich die Erschütterung, die meinen Körper durchfließt, wenn ich deinen Blick erhasche, wenn ich bei dir stehe, gleicht mein ganzes Sein einem Erdbeben.

Ich verbiete mir jegliche Möglichkeit von Glückseligkeit deiner Anwesenheit. Alles, was meine Freude war, verfliegt…, so scheinbar leicht wie ich mich deiner Aufmerksamkeit entziehe… innerlich empfängt mich die Dunkelheit, die dunkler als zuvor ist.

Ich bekomme Angst davor, dich bald hassen zu müssen, da mein Herz dir nicht gehört, das erträgt es nicht mehr, das kann es nicht mehr…

… Als würde ich mich jedes Mal aufs Neue in dich verlieben…

Gott ist es möglich, mich zu lehren, dich ohne Besitzansprüche zu lieben.

Ein ehegleiches Zusammensein ist uns nicht bestimmt, doch ich will die Liebe leben, die du in mir gesät hast und das ist undenkbar auf jede Art und Weise.

Ich bin wie ein Bettler, der von dem Getreide allein lebt, aus welchem einmal ein Brot werden könnte.

Welch ein Glück ist es, zu lieben und ebenso geliebt zu werden, doch sollte das Gegenteil die Wahrheit sein, ist es der schlimmste Schmerz, der einer Seele zuteil werden kann.

Wenn auch mein ganzes Sein nach dir schreit, innerlich ich zerrissen bin und ich flehe, du sollst doch bleiben, bin ich dennoch erleichtert, wenn du gehst…

Deine Augen verraten mir, dass du mich kennst, dass ich Teil deiner Gedanken bin, du nicht überrascht bist.

Wenn der Schmerz so laut geworden ist, dass es nichts geben mag, um ihn zum Schweigen zu bringen, er sich wieder und wieder meiner Aufmerksamkeit bemächtigt, dann muss ich einsehen, dass jeder Versuch vergebens ist, ich gefangen bin und akzeptieren muss, dass das Leben nur einem qualvollen Seelenpfad folgt und ich ohne Rast und Rat diesen Zustand arrangieren muss.

Wir sind geboren aus Gottesessenz, und dennoch wurde uns der freie Wille geschenkt, wobei ich behaupten muss, nicht will, dass wir in Liebesdingen doch nicht frei verfügen können, trotz klaren Verstandes. Hat je jemand einen Menschen erlebt, der sein Herz verleugnet hat? Es ist grausam. Wenn wir Liebe aus wahrem Herzen schenken möchten, was nie ohne ein Selbstbeschenken geschieht, sind wir doch im Einvernehmen mit Gott. Ich möchte lieber sterben, als ein Sklave einer Hoffnung zu sein, die sich nie erfüllt.

*Wenn du heimlich weinst, dein Innerstes zer-
mürbst und du an deinem Sein zweifelst, wenn
jegliche Hoffnung auf Zeichen verbraucht ist und
du siehst, dass alles einem Wunschstaub gleicht…
Wenn der Tod meine Hoffnung ist.*

*Hast du einmal das Meer beobachtet? Hat es dich
berührt, etwas in dir? Hattest du die Geduld und
Sehnsucht, es auf dich wirken zu lassen? Geschah
es leicht, ohne Zwang und Suche? Hat es dich
überrascht, überwältigt?*

*Es ist ein ruhiger Sturm, der in mir brodelt, im-
mer darauf bedacht, nicht willkürlich zu wüten.
du bist der schönste Ritter der Geschichte, der
Held, dem ich niemals danken kann, wie ich es
will…. Wer hat behauptet, dass eine Liebe stets
mit Gegenliebe gesegnet ist.*

*Ich weiß… Du wurdest mir gesandt, nur weiß ich
nicht, was zu tun ist, außer dich zu lieben… aber
vielleicht ist es schlicht und einfach alles…*

III

„Es war mir,

als sah ich einst erwartungsvoll

deiner Seele Antlitz liebestoll,

gedankenvoll sie vor mir steh´n.

Diese Liebe bleibt besteh´n,

kann sie nicht geh´n.

Und wenn ich könnte, glaube mir,

ich würde tanzen nur mit dir und wenn ich dürfte
auch nur so matt mit fremden Adleraugen
bedacht,

bekannte alte Seelen,

bin ich doch nicht frei, nein,

nie bist du mein,

beisammen sein, es kann nicht sein,

und ebenso verneint dein Sein

mein Zusammensein.

Wein und weinen helfen nur

und im Schmerze finde ich Ruh.

Es ist alles, was ich von dir habe, am Ende von
jedem Tage.

Ein Gedanke, ein Geschenk.

Die Liebe ist ein Schattenspiel, in dem ich gefangen bin, beflügelt von tiefster Glückseligkeit und einem Gefängnis des Wissens darum, einem unmöglichen Wunsch zu folgen. Wünscht sich das Ego nur die gelebte Liebe? Ich verneine es, da Liebe sich Ausdruck wünscht, wahrhafte Anteilnahme am anderen Herzen und dessen Austausch. Es ist deshalb so düster und traurig, alleine und verschlossen darüber zu bleiben, ein Wandeln zwischen Licht und Schatten. Anmaßende Worte verderben der Seele Licht.

Ich wende mich von der Sonne ab, und es wird dunkel um mich, ich vermisse dich. Ich lasse los und falle, falle immer weiter, immer tiefer und hoffe auf die letzte Ebene, an der es kein Zurück mehr gibt, wenn alles still und klar vor mir liegt, ich zurückblicke und der Schmerz nur noch Erinnerung ist.

Wo werde ich ohne dich sein?

Mein Herz gehört dir, wie ein Regentropfen dem Regen angehört. Wie ein Sturm, der einem wehenden Blatt folgt, völlig unbedeutend und doch existent.

Ich umarme und küsse dich in meinen Gedanken.

In Liebe Madeline

Ich wünschte, ich wäre standhaft wie ein Baum, fest verwurzelt in der Erde, doch ich zähle die Minuten, die das Ende vollenden. Woran kann ich noch glauben ohne dich?

Doch lehrt mich Gott, dich zu lieben, ohne Anspruch auf Besitz.

„Suche mich,

finde mich,

Umarme mich, halte mich,

lass mich nicht los.

In deinen Armen will ich gefangen sein,

der glücklichste Knecht, der sich empor der Sterne erhebt.“

Wie jedes menschliche Wesen sich dagegen sträubt, einer Veränderung in die Augen zu blicken, so bin auch ich, dem gleichen Stammbaum angehörig, von Angst gefangen und du noch mehr, als ich es bin.

Das größte Leid, welches ein Mensch erfahren kann, ist Machtlosigkeit, und der einzige Bereich, in dem wir dem ausgesetzt sind, ist in Liebesdingen.

Und wenn ich Jahre vorspinne, in denen ich davon träume, du und ich ergraut und um diesen Gedanken selig seiend, da ich es erwarte, weine ich um die Zeit, die wir nie erfahren werden, beide vereint, in denen wir jung waren.

Man kann niemals Opfer einer Liebe sein, wenn man sie mit Fassung trägt. Das Schönste ist zugleich das Schrecklichste, und ich frage mich, ob es nicht besser wäre, nicht zu lieben. Selbst wenn wir wollten, könnten wir nicht nicht lieben, denn die Erde ist durch Liebe entstanden und wird von ihr getragen, sie ist die Essenz des Lebens und somit unabdingbar, wie es nötig ist zu atmen. Vielleicht ist die traurige Wahrheit, dass all meine Liebe verschwendet war, sie verschwendet ist und bleiben wird…

Und wenn ich das Gewitterleuchten betrachte, dann würde ich dich so gerne an meinen Gedanken teilhaben lassen und dir schreiben – auf der Stelle, um zu wissen, welches Wetter deine Lieblingsstimmung repräsentiert, doch ich tat es nicht, ich tue es nicht… Ich möchte dich nicht be-

helligen mit schwärmerischen Tagträumen, welche die meinen sind. Ich verliere mich… Anthony…

Du kamst wie ein Gewitterlicht… tu me manques…

Warum sind Abschiede eines der schwersten Dinge des Lebens? Du solltest wissen, wie es mich tief und schmerzlich bitterlich trifft, da ich nicht in der Lage bin, mich so von dir zu verabschieden, wie ich es mir wünsche. So sage ich lebe wohl mit kargen Worten, in der Hoffnung, dass dich mein Seelenruf erreicht, dass ich sicher wäre, dem Eskapismus nicht verfallen zu sein, in meiner Agonie.

Ich muss fort von hier, von allem, von jedem, aber vor allem von dir...

Vielleicht kommt eine Zeit, in der es keine Zeit gibt, einen Ort, an dem alles ist und nichts werden muss und die Frage eine Antwort sein wird.

Ich wusste von einem Geschäft in der Stadt, welches Artikel jeglicher Art zur Verschönerung von Frauenzimmern verkaufte. Es war leicht mit der Kutsche zu erreichen. Ich sah Tulja unten im Hof stehen, bereit zur Abfahrt: „Tulja, mein Lieber, bring mich in die Stadt, bitte." „Natürlich, Mrs. Heart." Im Geschäft angekommen, welches den Namen „La reine de Paris" trägt, fand ich sogleich, wonach ich suchte. Eine Perücke in der Farbe und Länge ihres Haares, einige Kleider ihres Geschmacks sowie eine Kette, die ich einst an ihrem Hals hängen sah. Hinzu kamen Ohrringe und ein Ring, der ihrem Ehegelübde glich. Alles kann ich tragen, jede Last, jede Bürde im Gedanken an dich, an das höhere Ziel, das Ziel, mit dir vereint zu sein wie König und Königin. Sieh mich die Krone tragend, edler König, mein Gemahl… Und ich sah hinter einer Vitrine verschlossen eine Krone, besetzt mit blauen und roten Steinen, sie war goldfarben. In meiner Vorstellung gefangen, er und ich als Königspaar, sah ich mich gezwungen, auch diese zu kaufen, auch wenn es hieß, mich zu verschulden. Als die Verkäuferin sie mir reichte und ich sie aufsetzte, um mich im Spiegel zu betrachten, da war ich seine Königin. Ich sah es ganz klar vor mir…

Gleichwohl, dass ich in kürzester Zeit um ein Vermögen leichter war, freute ich mich meiner Errungenschaften in der festen Überzeugung, von nun an wie sie zu sein, nur besser…

Ich ließ eines der neuen Kleider sogleich an, behangen mit meinen neuesten Schmuckstücken, auch die Perücke behielt ich an. Als ich zur Kutsche hinausging und mich Tulja fragend anblickte, sagte ich zu ihm: „Na, mein lieber Tulja, wie gefalle ich dir? Willst du mich vielleicht jetzt küssen?" Er zögerte, ehe er stammelnd erwiderte: „Mrs. Heart, ich… Sie sind und bleiben wunderschön, es ist egal, was sie tragen, aber am liebsten mag ich Sie in Ihren üblichen Kleidern und mit Ihrem echten Haar." „Was redest du denn da? Ihr Jünglinge versteht aber auch gar nichts von einem stilbewussten Frauenzimmer, aber das macht nichts. Fahren wir heim."

Zu Hause angekommen, war ich immer noch selig ob meiner Pioniertat. Ich fasste den Plan, mir auch ihren französischen Accent anzueignen, der Französischlehrer sollte morgen mit dem Unterricht beginnen. Das grüne Kleid mit den Pfauenfedern gefiel mir als eines der besten. Von jetzt an sollte nur noch bekömmliche Nahrung, die meiner Figur zugutekäme, auf dem Speiseplan stehen. Oh, ein Himmelsblick, ich sehe ihn in der Ferne, den Schimmer Hoffnung, dort hinten am Horizont, er ist nah, zum Greifen nah. Ich betrachtete mich weiter im Spiegel, und die Perücke lies mich ihr doch sehr ähneln, wie ich empfand. Einer der ersten Sätze, den ich auf eigenen Wunsch von meinem Französischlehrer lernte, war: *„Mon cœur est brisé"* – *mein Herz ist gebrochen.* Und das war es.

Die Realität ist der Wahnsinn Wahrheit geworden, dessen bin ich mir doch ganz und gar bewusst, und bin ich aufgrund dieses Wissens nicht wieder Realistin? Es gibt nichts, was ich nicht sein kann, denn ich bin, du bist, wir sind entsprungen aus Gottes Funken und somit göttlicher

Natur, fähig, sogar in der Freiheit zu handeln und Dinge zu erschaffen wie der Schöpfer. Ich zeige dir nicht, ihr nicht, niemandem die Person, die traurig, weinend und verzweifelnd in sich gekauert in des Zimmers Ecke weint. Ich spiele mein Schauspiel an der Front eines Theaters, diese Rolle spiele ich mit Würde, die ich in meiner besten Art und Weise zu spielen weiß, ich weiß sie zu perfektionieren. Er, der es vermag, meine Seele wachzurütteln, kam und dies sind seine Folgen… Ich lache… ich lache... ja…, über die Dinge des Lebens. Ich habe bemerkt, dass mich weder Aggression noch Tristesse weiterbringt, also werde ich leiser und leiser, einer denkt sich womöglich, sie ist doch früher anders in ihrer Natur gewesen. Nur weiß er nicht, was seiner Zeit geschehen war… etwas ist geschehen, das Veränderung mit sich brachte und mein ganzes Leben zu einem anderen formte.

Am Abend ließ ich Betsy Wein bringen, denjenigen, den ich mit Anthony am Tag der Hochzeit trinken würde. Eine Flasche genügte nicht, um den Schmerz auszumerzen, es wurden zwei, und ich fand Gefallen daran, mein Zweithaar zu tragen sowie die Kleidung, die der ihren so glich… Auf und ab lief ich in meinem Zimmer, auf meinem Kopf die erworbene Krone und mich immer wieder im Spiegel betrachtend. Als Betsy die Müdigkeit überkam und sie brav und aufmerksam, wie sie in ihrer Art war, wissen wollte, ob ich diesen Abend ihre Dienste noch benötigen würde, ließ ich sie eintreten. Ein erschrockener Gesichtsausdruck erblickte mich. Vielleicht war es, weil ich mit ihr in französischem Dialekt sprach und sie bat, mich Celeste zu nennen, oder meine neuen Kleider, die sie nicht kannte… wenngleich, was sollte es ausmachen, alles war dahin, dazu war sie lediglich eine Bedienstete, der ich keinerlei Rechenschaft schuldig war, die einzig dazu diente, meine Wünsche zu erfüllen, dafür wurde sie schließlich entlohnt. „Was starrst du mich so an…? Dummes Ding… ich hab' dich nicht nach deiner Meinung gefragt…" Sie wurde noch bleicher im Gesicht… „Was sollst du schon verstehen, Betsy… wie könntest du? Du bist eine Magd, der es an Bildung, Schönheit und Esprit fehlt, was gebe ich auf dich?" Standhaft ließ sie meine Beleidigungen über sich ergehen, doch als sie einen letzten Knicks zur Gute Nacht tat, sah ich ihre Augen rot werden, was durch das Salz der Tränen zu erklären war, doch ich war zu müde, zu müde, um ihr zu sagen, dass doch alles meine Schuld war und ich sie doch lieb hatte… Der Teufel ergriff Besitz von mir… Ich sehnte mich nach Geltung, nach Berechtigung, nach Macht, nach Kraft und ich schämte mich in Grund und Boden zugleich. Ich war eine andere geworden… Eine andere, die ich hasste zu sein… dabei war alles, was ich jemals wollte, Liebe zu säen und Liebe zu ernten. Harmonie und Gerechtigkeit für alles und jeden, ein ehrenhaftes Leben zu führen, frei von Lügen, Verleumdung und Untreue. Ich wurde zu jemandem, den ich kaum noch ertrug, gerade durch meine Liebe zu ihm.

Mit letzter Kraft gelangte ich zum Schreibpult, in dessen Schublade ich seine Briefe aufbewahrte. Mit Vorsicht öffnete ich den ersten Umschlag, roch an dem Papier, um seinen Geruch daran zu finden. Ich fuhr die Schrift seiner Worte mit meinen Fingern nach und liebkoste das Blatt, welches er einst in seinen Händen hielt. Ich analysierte jedes darauf stehende Wort, um eine versteckte Botschaft zu finden, die mir verraten würde, wie es um sein Herz steht. Vergebens. Ich blickte nach links, als ich mich selbst im Spiegel erblickte, ehe sie aus demselbigen hervortrat und ich zu ihr sagte: „Oh, Mrs. Bennett, wie schön Sie zu sehen, wo sind die Kinder heute Abend? Bei Ihrem Ehemann?" „Oh, Mrs. Heart, Sie spielen im Garten, ich war gerade dabei, Erfrischungsgetränke zu holen. Aber glauben Sie nicht, wir können uns das Geplänkel der Etikette ersparen?" „Wie meinen Sie, meine Liebe Mrs. Bennett?" „Ich denke, Sie wissen genau, was ich meine…" „Wie bitte?" „Sie wollen meinen Mann verführen, Sie sind vom Teufel besessen, Mrs. Heart. Glauben Sie mir, mein Mann wird sich nicht für Sie versündigen. Er ist mein Mann, meiner allein. Ich werde Mr. Heart Bericht erstatten! Schauen Sie sich doch an! Eine Krone aufs Haupt gedrückt, das ist das absurdeste was ich je erlebt habe!" Sie lachte hämisch. „Verschwinden Sie aus unserem Leben und bitten den Herrn um Gnade, das ist, was ich Ihnen zu sagen habe! Sie sind noch schwachsinniger als Ihr Vater, Ihre ganze Familie ist krank. Anthony erzählte mir von Ihrer kleinen Schwester… Lana… wie er Ihnen half, Ihren Suizidversuch zu vertuschen. Am Ende hat sie es ja doch geschafft, wie ich hörte… Mutig war sie wohl, die kleine Schwester, aber nicht verwunderlich, diesen Schritt in einer Umgebung wie der Ihren gewählt zu haben. Ich empfinde tiefstes Mitgefühl für diese arme törichte Seele." „Wagen Sie es nicht noch einmal, ihren Namen in den Mund zu nehmen! Sie beschmutzen sie!!! Sie wissen nichts von meiner Schwester! Hexe, Hexe!!" „Das ist Gotteslästerung, was sie getan hat, meine liebe Madeline… Ihre ganze Familie wird in der Hölle Einzug halten… würden Sie doch nur endlich dort Ihren Platz einnehmen, anstatt sich unnötig zu bemühen, meine Familie zu zerstören! Blasphemie, Blasphemie, hahaha…" Ihr Lachen dröhnte in meinem Kopf, „aufhören, aufhören!!!", schrie ich und riss mir die Krone samt einem Büschel meiner echten Haare vom

Kopf, woraufhin einzelne Steine der Kronenfassung heraussprangen, mich im Gesicht derart kratzten, dass ich zu bluten begann. Das Gefühl der Schuld war nicht mehr zu ertragen… Sie hatte Recht, Sie hatte Recht die böse Frau, die mein Herz nicht kannte… Und ich griff nach dem Apfel, den ich am Abend verweigert hatte zu essen, um ihn in die Mitte des Spiegels zu werfen, sodass er in Scherben zerbrechen würde. Jemand klopfte und rüttelte an der verschlossenen Türe, weit entfernt hörte ich eine sorgenvolle Stimme sprechen, doch ich verstand sie nicht…

Berauscht und verzweifelt suhlte ich mich die Nacht hindurch am Boden liegend in Selbstbedauern als ihre Anwesenheit endlich verschwand. Ihre Stimme besuchte mich immer häufiger, als hätte sie sich in meinem Kopf eingenistet, an manchen Tagen steht sie vor mir, dass ich sie sehen kann… einen schwarzen Umhang tragend, das Haupt bedeckt… In klaren Momenten war mir bewusst, dass ihr Dasein nicht real, sondern nur die Illusion meiner Selbstverachtung war, aber an anderen Tagen erschien sie mir ganz wahrhaftig.

Irgendwann wachte ich am Morgen erfüllt von Selbstekel auf. Der Wein hatte seine volle Wirkung entfaltet, der Wahnsinn bemächtigte sich meiner. Ich stand mühsam wackelig vom Boden auf, das Zimmer drehte sich und mein Magen schmerzte, krampfte heftig. Mir war elend… Beschämt wartete ich auf das Eintreten von Betsy. Zur gewohnten Zeit, nach einem zaghaften Klopfen, ließ ich sie herein. Ihre Augen erblickten mich aufgequollen, traurig und ängstlich dreinschauend. „Mrs. Heart, das Frühstück ist angerichtet“, dabei sah sie zu Boden, die darauf liegenden Scherben konnten ihr nicht entgangen sein. Untertänig vollzog sie ihren Knicks, wie sonst. Ich fiel tief berührt zu ihren Knien und sagte: „Bitte, Betsy, es tut mir schrecklich leid, ich weiß nicht einmal mehr sicher, was ich dir letzte Nacht an unwahren Dingen gesagt habe, doch es grämt mein Herz, ich habe unrecht an dir gehandelt, es sprach ja nur die Verzweiflung aus mir, der Kummer und das Leid, woran du doch nicht schuld bist…, ich entschuldige mich aufrichtig und flehe dich an, meine Entschuldigung anzunehmen. Ich bin einsam im Herzen, traurig über mein Dasein, hoffnungslos dem Leben gegenüber gestimmt, und es hat nichts mit dir zu tun, du besitzt eine reinere Seele als ich, vergib mir, vergib mir!“, sagte ich zu ihr, und meine Tränen benetzten ihre Schuhe… Nach einem Moment des Zögerns kniete sie sich zu mir, ehe sie anfing, bitterlich zu weinen. „Bitte, Mrs. Heart, stehen Sie doch auf… ich nehme sie an, ich verstehe es…, wenn Sie doch nur wieder fröhlich sein könnten, ich bitte Sie.“ Als wir beide kauernd auf dem Boden unserer Umarmung nachgingen, war ich Gott dankbar, dass sie mich nicht hasste. „So kommen Sie doch zum Frühstück. Mr. Heart erwartet Sie und Mrs. Landings… Sie müssen wieder essen, Mrs. Heart, das wird Ihnen helfen, glauben Sie mir…. kenne ich doch keinen ehrenwerteren Menschen, als Sie es sind, ich weiß doch, dass Sie ein dunkles Tal durchschreiten müssen, und ich möchte Ihnen auf dem Weg der Genesung beistehen…“ „Wissen Sie, Betsy, ich habe Sie nicht verdient, Sie sind ein allzu guter Mensch…“ Ich richtete mich wieder auf. Verlegen strich sie sich beim Aufstehen die Schürze glatt, hatten wir doch beide nicht mit einem solch emotionalen Momentum gerechnet… „Ich werde sogleich nach unten kommen, Betsy, ich danke dir.“ Sie schloss sachte die Türe hinter sich, und ich schwor, dieses liebe Wesen nie mehr Teil meiner Dunkelheit werden zu lassen… Sie nicht…

„Mein heimlicher Schatz, der tief verankert in meinem Herzen ruht, dort auf ewig ungeborgen verweilen wird. Ich bin wie dein Geist, der dich heimsucht, den du nicht brauchst, welchen du nie haben wolltest, im Gegenteil. Alles Sein und alle Welt bist du…“

„Meine Burg geformt aus Sand und Wasser, deren Körner der Erde nicht stark genug sind, um standhaft zu bleiben. Meine Burg ist standhaft, solange die Flut nicht kommt. So muss ich erneut die Kraft finden, sie wieder und wieder aufzubauen, nur, um am Ende festzustellen, dass alle Bemühungen nur für einen Wimpernschlag ihre Be-

rechtigung finden und ich wieder ohne Firmament das Leben zu ertragen habe, doch weder Mauern noch Sand sind in der Lage, mein Dasein zu verteidigen. Mein Herz ist gebrochen, meine Hoffnungen vom Meereswasser, vom Wind hinfort getragen, an einen Ort, an dem sie nicht mehr zu finden sind. Allein Gott kennt mein größtes Glück, verborgen in meinem kleinen weichen Herzen, das allzu töricht war, um geglaubt zu haben, es könnte von deinem geliebt werden."

Au revoir, mon chéri…

Manchmal bin ich unsicher darüber, was ich tatsächlich dir habe zuteil werden lassen und welche Erkenntnis du allein aus meinem Blatt Papier entnahmst. Es ist der Verstand, der mich zu verwirren weiß und mir mehr und mehr entgleiten will. Zuviel habe ich nachgesonnen, zuviel geschrieben, zuviel mit mir selbst gesprochen, sodass es mir ist, als wärest du über alles in Kenntnis gesetzt. Schließe die Augen und sage mir: Was siehst du? Wenn ich es tue, sehe ich dich und *mich am Meer der Nordsee. Frei von allem, frei in unseren Herzen, voller Freude, das Gefühl von Freiheit, die Meeresbrise einatmend, die Wellen beobachtend... An den Klippen prallt das Meereswasser ab, Salz liegt in der Luft. Es gibt keine Fragen mehr, kein Verstecken, du ergraut, ich gealtert, jedoch am Ziel der Einigkeit angelangt, nach all den kummervollen Jahren der Schwermut… spazierend entlang am Ufer der Wellen. Du und ich, vereinte Seligkeit – zusammen. Ich streichle dein Haar, berühre deinen Hals und deine Hände auf die Art und Weise, wie ich es all die Jahre tun wollte. Deine Hände sind zum Weinen schön, du bist der schönste Mensch, der je erschaffen wurde. Ich liebe dich!*

Als ich vor Johns Zimmertüre stand und gerade eintreten wollte, hielt ich inne, denn ich hörte Betsys Stimme. Ich lehnte mein Ohr dicht an die Türe, um zu erfahren, was die beiden sprachen.

„Glauben Sie mir, dass ich nicht schlecht über die Herrin sprechen möchte, Mr. Heart, war sie doch stets gut zu mir gewesen, ich bin allein sorgenvoll über ihren Zustand. Haben Sie denn nicht gemerkt, wie sie sich verändert hat? Ich möchte nur anmerken, dass ein Kuraufenthalt zur Besserung ihrer Gesundheit beitragen könnte, Mr. Heart." „Meinen Sie, dass das wirklich nötig ist? Die Leute würden reden…" „Verzeihen Sie, Mr. Heart, erkennen Sie die Veränderung Ihrer Frau nicht? Ich höre sie nachts mit sich selbst sprechen, sie fügt sich selbst allerlei Verletzungen zu und scheint zumeist in einer anderen Welt zu sein. Sie muss Unsummen für neue Kleidung und Schmuck ausgegeben haben… Ist Ihnen das bekannt?" „Ich habe bisher nicht darauf geachtet." „Sie hat sehr kostspielige Einkäufe getätigt, Mr. Heart, ich erkenne die Herrin nicht wieder und mache mir meines Erachtens nach berechtigte Sorgen, Mr. Heart." „Sicher, sicher, Betsy, es ist mir nicht entgangen, dass sie sich vom Tod meiner Schwägerin noch immer nicht erholt hat, dabei sind doch drei Jahre vergangen. Vivienne bat mich heute Morgen bereits um Rat in selbiger Angelegenheit. Mir ist ihre Wesensveränderung natürlich ebenso wenig entgangen wie Ihnen. Sie ist eben bis aufs Äußerste ein sensibles Wesen… Ich habe doch den Arzt mehrmals zu ihr schicken lassen… diesen, wie heißt er noch…" „Dr. Bennett, Mr. Heart." „Ja richtig, kann der ihr nicht etwas zur Beruhigung verabreichen?" „Verzeihen Sie, Mr. Heart, aber ich hatte den Eindruck, dass sich der Zustand nach jedem Besuch von ihm verschlechterte. Er verordnet Mrs. Heart auch keine Tinkturen mehr, jedoch rät er ebenfalls zu einer Kur." „Na also, dann kümmern Sie sich, dass alles in die Wege geleitet wird, die Kosten sollen kein Problem darstellen." „Ja, Mr. Heart, es ist nur so, dass sie sich ganz und gar dagegen sträubt, wütend wird und um sich schlägt. Dr. Bennett ist verzweifelt und sieht sich mit ihrem Zustand überfordert. Er entgegnete Mrs. Landings gegenüber, dass er kein Nervenarzt sei." „Mmh mmh… schwierig, schwierig…"

Was hörte ich da mit an? Eine Verschwörung, gegen mich? Ich platzte zur Türe herein, wutentbrannt, sodass Betsy und John dabei sichtlich erschraken. „Störe ich?", wollte ich spöttisch von den beiden wissen, noch bemüht, meine Wut im Zaun zu halten. „Du bist mit sofortiger Wirkung entlassen, Betsy, verschwinde sofort aus meinem Haus und wage es nicht, noch einmal einen Fuß auf meinen Grund und Boden zu setzen! Verleumdung nennt man das, was du da tust! Mir reichen deine List und Hinterhältigkeit, ich war im Leben noch niemals von jemandem so enttäuscht wie von dir! All die Jahre habe ich dich vor der Straße beschützt, doch du hast mich getäuscht, getäuscht, du falsches Weib! Geh‘, geh‘!“, dabei schubste ich sie unsanft in Richtung Türe. „Madeline!“, wandte John ein, „Madeline, es reicht jetzt! Niemand möchte dir etwas Böses.“ „John, verschone mich, ich ertrage deine Art, dein Wesen nicht mehr… Du nimmst mich nur wahr, wenn ich nicht so bin, wie du es willst, allein, wenn ich dir Probleme mache, willst du dich um mich kümmern, du bist ein Heuchler, ein Egoist und besitzt das kälteste Herz, das ich jemals geliebt habe. Du lässt mein Herz erkalten, raubst mir den Verstand auf die schlimmste Art und Weise! Deine reservierte Art und Kaltschnäuzigkeit sind für mich nicht mehr tragbar! Wie kann man nur so sein! Was für einen Mann habe ich nur geheiratet? Herr Gott! Dir ist nicht mehr zu helfen, mein lieber John, all die Jahre unserer Ehe sind vergeudet, sie waren eine Lüge, du bist das, was mich krank macht, du, du, du! Denn du stellst dich nicht hinter mich und glaubst den Märchen einer Bediensteten! Du glaubst einer Frau, die sich in keinster Weise zu kultivieren weiß, die im Intellekt einem Grashüpfer und im Aussehen einem Schwein gleicht." Ich hielt Betsy immer noch fest an ihrem Arm gepackt, meine Wut entlud sich, als ich sie weiter aus dem Zimmer in Richtung der Treppe drängte. „Hüpf', Grashüpfer, hüpf', nicht, dass du stürzt." Und sie wollte nicht folgen, sah mich mit weit geöffneten Augen an, ihren Mund weit aufgerissen, dass ich ihren Anblick nicht länger ertrug. Und es war nur ein gefühlter Windhauch, der mir half, sie hinunter zu stürzen. Wehklagend sah ich ihren Körper die Treppenstufen hinunterrollen und schrie ihr nach: „Wage es nicht noch einmal, von Dr. Bennett zu sprechen oder über mich zu urteilen, du weißt gar nichts, Grashüpfer! Schwein! Oink, oink!" Mir war es egal, als sie reglos am Ende der Treppe lag. Ich verspürte sogar eine gewisse Erleichterung darüber. Arthur und Vivienne kamen aus ihrem Zimmer gerannt und eilten Betsy zu Hilfe. Tot war sie offensichtlich nicht, das hatte ich weder erwartet noch gewollt, alleine einen Denkzettel wollte ich ihr verpassen. John packte mich am Arm, schleppte mich in mein Zimmer, ohne ein einziges Wort von sich zu geben. „Lass‘ mich los, lass# mich los, nein… John…" Er sperrte hinter mir zu und reagierte auf keines meiner klagenden, um Verzeihung flehenden Worte. Und ich dachte an sie, seine Frau, wie schön, wie liebevoll und engelsgleich sie doch war… Ich hingegen war die Frau, die der dunklen Macht verfallen war, mich selbst nicht mehr erkennend… Ich schrie noch eine halbe Ewigkeit, an John appellierend, die Türe aufzusperren, ich ertrug die Stille nicht. Ich fühlte mich gefangen wie in einem Kerker, gleich einer Verbrecherin. Klarheit rührte sich in meinem Verstand und ich war mit einem Mal in fürchterlicher Sorge um Betsy… Was hatte ich getan? Wenn sie sich einen Knochen gebrochen hatte oder schlimmer noch, eine Kopfverletzung? Ich war nicht mehr ich selbst, und ich lud mehr und mehr Schuld auf mich, die ich nie mehr begleichen konnte. Nie mehr. Als alles Flehen nicht half und ich kein Wort von draußen empfing, stellte ich das gesamte Zimmer auf den Kopf, ich zerschlug alles darin Befindliche, schlug meinen Kopf gegen die Wände, Spiegel klirrten aus ihren Fassungen, und als sich die Wut endlich erbarmte, sank ich erschöpft inmitten der Scherben zusammen, krümmte mich alleine und hilflos unter Schmerzen am Boden kauernd. Und als ich da, von der Liebe verlassen, lag, spürte ich ihre Anwesenheit und sie sprach zu mir: „Na, das war ja eine Glanzleistung, Madeline, jetzt hält dich sogar dein Ehemann für verrückt, BRAVO, Bravo!", und dabei klatschte sie höhnischen Beifall. Ich war angsterfüllt, fürchtete mich vor ihr derart, dass ich zu zittern begann und wünschte, sie würde mich endlich in Ruhe lassen. „Du Biest, du Biest, geh' weg. Lass' mich in Ruhe, du weißt nichts von mir, lass' mich!", und ich schrie: „Hilfe, Hilfe…! Anthony, Anthony…!" Ich sah sie lachend in einem anderen Spiegel und schlug mit dem Kopf dagegen. Das Blut schmeckte warm, salzig, und der Schmerz am Kopf schenkte mir Ruhe, sodass ich zu Boden sank und meine Augen schließen konnte.

Ein Sonnenstrahl brannte in meinen Augen, als ich sie öffnete. Ich lag auf weich gebettetem Untergrund. Ich spürte die Schmerzen auf meiner Stirn. Jemand hielt meine Hand. Es war Vivienne. Als ich wach wurde, sagte sie: „Maddie, wir werden gemeinsam eine Kur machen, du bist nicht alleine, aber so kann es nicht weitergehen." Mir fiel alles wieder ein, dass ich Betsy die Treppen hinuntergestoßen hatte, und ich schämte mich wie noch nie, bekam Angst vor mir selbst. „Wie geht es Betsy, hat sie sich verletzt?" „Nein, nein, sie hat einige Prellungen, aber nichts Ernstes." „Oh Gott, es tut mir ja so leid, Vivienne, bitte sag' ihr, dass ich das nicht wollte, bitte, du musst es ihr sagen. Ich kann nicht erwarten, dass sie mir je vergeben wird, aber du musst ihr sagen, dass ich das nicht wollte." „Das werde ich, Maddie, das werde ich." „Wo ist sie jetzt?" „Wir haben ihr Urlaub gegeben, auf unbestimmte Zeit." „Das ist wohl die beste Lösung, sie wird sich nie wieder wohlfühlen bei uns…" Woher kam diese Wut, fragte ich mich selbst. Sie hatte mir doch nichts Böses antun wollen, oder? Nebenbei hatte ich mir geschworen, sie niemals mehr zu kränken, und jetzt verletzte ich sie sogar körperlich. Ich erklärte meiner Schwester: „Viv, ich... es tut mir so furchtbar leid, bestimmt hasst du mich, das kann ich nicht mehr gutmachen!" „Ich hasse dich nicht, Madeline, ich hasse dich nicht…" „Wo ist John?" „Auch, wenn dir das nicht gefällt, bitte bleib' ruhig…" „Was meinst du?" „Er hat Anthony kommen lassen, um sich mit ihm wegen einer geeigneten Therapie für dich zu beraten." „Was? Er ist hier?" „Bevor du ohnmächtig wurdest, hast du wieder und wieder seinen Namen gerufen."

„Weiß er, was ich getan habe?" „Maddie, ja…, aber er ist sich im Klaren darüber, dass du krank bist, er verurteilt dich nicht, das tut niemand, aber so kann es nicht weitergehen!" „Ach, er verurteilt mich nicht? Er ist sich bewusst, dass ich krank bin?" In mir stieg die mir mittlerweile bekannte Wut erneut hoch, ich setzte mich im Bett auf, mein Kopf schmerzte höllisch und ich verteidigte mich: „Vivienne, er hat doch keine Ahnung, du nicht, niemand hat das. Er ist der Grund, warum ich meinen Verstand verliere, auch wenn Lana einen Teil dazu beigetragen hat, aber er… ich habe noch nie jemanden so geliebt wie ihn. Ich ertrage es nicht mehr, zu wissen, dass wir niemals zusammen sein werden. Ich wollte das nicht, und jetzt hasst mich jeder, schlimmer noch, ich bin eine Geächtete, eine Verrückte und nicht mehr gesellschaftsfähig. Mein Herz wurde zu oft gebrochen. Erst Mama, die Demütigungen, denen Papa ausgeliefert ist, Lana und Anthony… Es ist zuviel Viv, zuviel für mein Herz. Hörst du, mir ist nicht mehr zu helfen, ich habe alles verloren und zuletzt mein Ansehen, meine Ehre und jeglichen Respekt. Niemand nimmt mich mehr ernst und das alles nur, weil ich zu schwach bin." „Das stimmt nicht, Maddie, das stimmt nicht, ich verstehe dich ja, glaub' mir, ich tue es. Du kannst wieder gesund werden! Ganz bestimmt, wir glau-

ben alle daran! Wir lassen dich nicht alleine!" Ich
weinte und schluchzte bis zur Erschöpfung in
ihren Armen, die meinen Körper liebevoll umschlossen hielten. Sie liebte mich fortwährend,
und deswegen fühlte ich mich noch schäbiger. Ich
hatte ihre Liebe nicht verdient, auch nicht Johns
Liebe, dem ich Dinge vorwarf, die zuweit gingen.
„Sagst du John bitte auch, dass es mir leidtut,
dass ich nicht ich selbst war und meine Worte zutiefst bereue! Ich schäme mich zu sehr, ihn zu
empfangen." „Das weiß er doch, Maddie, aber ja,
ich werde es ihm ausrichten." „Ich bin eine Belas-
tung für jeden, keiner Liebe wert, wenngleich
Liebe stets alles war, wonach ich strebte und was
ich schenken wollte." „Maddie, du musst aufhören, dich selbst zu verletzen." „Zuerst muss ich
aufhören, andere zu verletzen…"

„Er möchte mit dir sprechen, Madeline." „John?"
„Anthony." „Ich will nicht, dass er mich so sieht,
ich schäme mich für das, was ich getan habe. Er
wird mich nur abfällig ansehen." „Nein, das wird
er nicht, im Gegenteil, er möchte dir helfen…"
Erneut schossen Tränen in meine Augen, ein sar-

kastischer Seufzer entglitt mir. Viv reichte mir ein Taschentuch. „Weiß er denn, dass du ihn liebst?" „Letztes Jahr haben wir uns geküsst… ich habe mich ihm aufgedrängt... Er erwiderte flüchtig meinen Kuss." „Habt ihr darüber gesprochen?" „Ich habe mich sofort bei ihm entschuldigt, woraufhin er ging. Keiner von uns hat es je wieder angesprochen. Was will er hier? Er ist ein ehrenwerter Mensch und Ehemann, er würde seine Frau niemals verlassen, geschweige denn belügen." „Glaubst du denn, dass er auch Gefühle für dich hat?" „Ehrlich gesagt, weiß ich es nicht mehr, was meiner Phantasie und Wunschvorstellung entspringt und was ich glaube zu fühlen, wenn wir uns in die Augen sehen, aber warum sollte er eine Frau wie mich lieben, Vivienne? Letztlich ist es auch egal, weil wir niemals zusammensein werden. Auch ich könnte John niemals verlassen, aber er wird es wohl tun, sieh‘ mich doch an..." Vivienne schüttelte den Kopf sorgenvoll und sprach: „Liebst du John noch?" „Ja! … Weißt du, als ich Anthony das erste Mal sah, war es, als wenn ich ihn schon ewig kennen würde. Wenn ich in seine Augen schaue, sehe ich ein Meer aus Liebe vor mir, tief und weit, frei von Fragen, die Erkenntnis eines Wissens. Ich finde keine Worte, Vivienne…, wie nicht von dieser Welt. Ich spüre körperliche Schmerzen, wenn er weg ist, weil er mir so fehlt. Ich sehne mich, verzehre mich nach ihm in einer Weise, die ich nicht beschreiben kann, es ist ein Gefühl aus dem Ursprung meiner Seele. Uns verbindet eine Anziehungskraft, von der ich niemals glaubte, dass es sie geben kann. Wenn er bei mir ist, fühlt sich meine Seele zu Hause. Ich kann ihn nicht vergessen, ich kann es nicht, so sehr ich mich auch die Jahre über angestrengt habe…" „Vielleicht solltest du es ihm sagen, Maddie." „Was sollte das ändern? Außerdem sollte er es wissen, auch ohne gesagte Worte… Jeder hält mich für verrückt, ich könnte seinen verständnislosen Blick nicht ertragen, der womöglich noch in Mitleid oder gar Hass umschlagen würde, wenn das nicht ohnehin bereits der Fall ist." „Glaubst du, er würde dich dann nicht besser verstehen können?" „Wieso sollte mir daran liegen, dass er mich versteht? Es ändert doch rein gar nichts an meiner Situation, das hab' ich dir doch schon gesagt." „Entschuldige, Maddie, ich dachte nur… ich würde dir so gerne helfen und dir sagen, was das Richtige ist zu tun." „Ich weiß, Viv, ich weiß…" „Wirst du also mit ihm über die Therapiemöglichkeiten sprechen, er bat mich doch darum, dich zu fragen, ob er dich sehen dürfe." „Es würde mir das Herz zerreißen… er soll es mit John bereden, und ich werde ihrer Entscheidung bezüglich meiner Behandlung nicht im Weg stehen…" „Wie du meinst, Madeline… ruh' dich aus, ich gebe ihm Bescheid und bin gleich wieder bei dir. Du bist nicht alleine, hörst du?" „Ja, Vivienne, ja… ich danke dir." Sie gab mir einen Kuss auf die Stelle meiner Stirn, die im Zuge meiner Selbstverletzung als Einzige unversehrt geblieben war. Ich drehte mich zur Seite, sodass die Decke meine Tränen auffangen konnte. Ich war von Sinnen, erschöpft, gepeinigt, ohne Kraft, geistig verwirrt, ohne Lebensgeist und Verständnis. Ich erinnerte mich der Frühlingstage, als ich ein junges Mädchen war… damals war ich von Hoffnung erfüllt, doch nun war nichts mehr wie zu jenen Zeiten. Keine Möglichkeit bestand, die unbeschwerte Zeit je zurück zu bringen. Damals, als meine größte Sorge dem Umstand galt, mich schlafen zu legen, da ich befürchtete, das Leben zu verpassen, dass sich mein Pferd ohne mich im Stall bei Nacht fürchten würde… Und, oh wie hatten sich die Zeiten geändert…

Als ich am nächsten Morgen wach wurde, empfing mich ein lieblich duftender Geruch von Rosen. Auf meinem Nachtkästchen stand ein riesiger Blumenstrauß, sicherlich an die dreißig rote und weiße Rosen, in deren Mitte ich einen Umschlag entdeckte. Langsam richtete ich mich auf. Meine Hände zitterten fürchterlich, als ich nach dem Kuvert griff, auf dem mein Name stand, der Kopf schmerzte immer noch. Es war Anthonys Schrift. Vorsichtig öffnete ich den Brief…

Ich las seine Zeilen wieder und wieder. Was wollte er damit bezwecken? Sicher diente diese Nachricht einzig und alleine dem Ziel, mich zu beruhigen, mich so zu einer Therapie zu überreden. Was dachte er, wie naiv ich bin? Ich spürte, dass ein neuer Anfall nahte, Wut durchfloss meine Adern, ich biss mir auf die Unterlippe so fest und so lange, bis sie zu bluten begann. Ich wünschte, die Rosen mitsamt der Vase gegen die Türe zu schleudern, doch unter Qualen nahm ich mich zusammen, es nicht zu tun. Ich zerriss sein Billett in mehrere Teile, riss sie immer kleiner und kleiner, bis das Papier tausenden Schneeflocken glich. Ich ließ sie über das ganze Bett regnen, Blut tropfte von meinen Lippen auf den weißen Bettbezug hinab. Ich fühlte mich erleichtert, befreit, doch dieser Zustand war nur von kurzer Dauer. Angst überkam mich. Was hatte ich getan? Ich zerstörte etwas, das er mir, mir persönlich schrieb. Jeden Brief, den ich bislang von ihm erhalten hatte, hütete ich wie einen Schatz in meiner heiligen Truhe. Ich wurde unsicher, nervös darüber, da ich seine Schrift nicht mehr lesen konnte und nicht in der Lage war, die Worte, die er mir geschrieben hatte, erneut zu lesen.

Akribisch bemühte ich mich, die einzelnen Fetzen, die klein wie Punkte waren, wieder zusammenzusetzen. Es war unmöglich, selbst Stunden später gelang es mir nicht.

Es klopfte an der Türe. „Madeline, ich bin es, Viv." „Komm‘ rein." „Wie geht es dir, hast du etwas geschlafen?" „Kaum..., ich las das Billett von Anthony, doch ich zerriss es und kann mich nicht erinnern, was darin stand, nicht mehr genau. Ich muss es wissen, ich muss, Vivienne, verstehst du?" Als sie mich inmitten der Papierfragmente sitzen sah, schaute sie mich mit diesem bestimmten Blick an, dem Blick des empörten Nichtverstehens, da sie nicht in der Lage war, sich in mich hineinzuversetzen, und sie fragte: „Woher kommen die Blutflecken auf dem Laken, Madeline?" „Das ist nichts, ich habe mir auf die Lippe gebissen, es hat aufgehört zu bluten." Ich wurde unruhiger. Vivienne sah mich durchdringend an, mit dem Blick, der meinen Magen zu Krämpfen anregte, in welchem ich jetzt zusätzlich Mitleid erkannte, und ich konnte es nicht leiden. „Na gut, Maddie, ich werde sehen, ob er noch unten im Salon ist. Soll ich ihn zu dir kommen lassen?" „Ja, ja das wäre gut… aber… nein…" Ich kaute nervös an meinen Fingernägeln… „Das geht ja nicht, ich meine, sieh' mich doch an, sieh' mich doch an, Vivienne, ich kann so nicht meinen König empfangen, was würde er von der Königin denken? Das geht auf keinen Fall. Du gehst jetzt hinunter zu ihm, sagst, ich wolle ihn empfangen, kommst dann wieder hoch, um mich zurecht zu machen, sodass er bei meinem Anblick nicht sofort kehrt macht… hast du das verstanden, Vivienne?" „Aber, Madeline, du musst dich ausruhen, ich glaube nicht, dass…" Wütend wandte ich ein, ohne sie aussprechen zu lassen: „Du hast gesagt, du willst mir helfen, Vivienne, erst gestern, erinnerst du dich? Stimmt das oder stimmt das nicht?" „Aber natürlich." „Na, siehst du, warum stehst du dann noch hier?" Daraufhin versicherte sie mir: „Ich bin gleich wieder da."

Obwohl Vivienne sich bemühte, mich wieder wie einen normalen Menschen aussehen zu lassen, gelang es ihr doch nicht. „Madeline", nannte er mich bei meinem Namen, als er eintrat. „Komm herein." „Wie geht es dir?" „Danke, mir geht es besser", log ich. „Das freut mich, Maddie." „Ich wollte mich für die Rosen bedanken, sie sind… wunderschön. Nur die Nachricht, die du mir hast zukommen lassen, ich habe sie… verloren…, was stand darin?" Ungläubig starrte er zu Boden, auf dem der zerrissene Brief in seinen Kleinstteilen lag. „Hast du ihn nicht gelesen?" „Das habe ich, nur kann ich mich nicht erinnern…" „Madeline…" „Was, Madeline? Wieso betonst du meinen Namen so merkwürdig aufgesetzt?" „Wieso zwingst *du* mich, Schande über Dich und mich zu bringen?" „Ich verstehe nicht, Anthony…" „Verdammt nochmal, Madeline! Was ist mit dir passiert? Ich weiß, dass du Lanas Tod noch nicht verarbeitet hast, aber du musst dir helfen lassen… du verletzt dich und die Menschen, die dich lieben…" „Die mich lieben, Anthony? Du weißt doch rein gar nichts!", schrie ich ihn an. „Es geht nicht nur um Lana, es geht darum, dass ich am Ende bin, mein Herz ist es. Ich kann seine Last nicht mehr tragen. All die Jahre des Kampfes ist der Schmerz doch nicht verschwunden, es wird nur schlimmer und schlimmer, die Dunkelheit will nicht weichen und oh, Anthony…" „Du musst damit aufhören, Madeline...", fiel er mir ins Wort, und ich antwortete ihm: „Sei still und beurteile nicht Dinge, von denen du nichts verstehst! Du, der uneingeladen zu uns kamst, der, der sich zu mir ans Klavier gesetzt hat und nicht gehen wollte! Belüge dich nur selbst, glaube es dir selbst." „Madeline, bitte, ich…" „Nein Anthony, natürlich, ich verstehe dich ja… du bist unantastbar, so ehrenhaft und frei von Fehlern, so wie kein anderer auf der Welt zu sein vermag, einer, der sich um das Wohlergehen seiner Mitmenschen oder soll ich sagen seiner Patienten sorgt, das hatte ich vergessen. Oder nein… ich vergaß, ich bin ja verrückt, so wie es in unserer Familie üblich ist, meiner Erbkrankheit bin ich verfallen, und du bist der Retter derer, die den ehrbaren Weg verlassen haben! Ich bitte Sie, verehrter Dr. Bennett, um Vergebung, Sie geküsst zu haben." Ich lachte, ich lachte, weil ich nicht weinen wollte. „Madeline, was erzählst du nur, ich erkenne dich nicht wieder. Was soll ich dir sagen? Was willst du von mir hören? Ich bin verheiratet, Madeline, genau wie du, und ich hatte niemals Absichten, ich war…" „Natürlich sind wir das!" „Ich… Ich gehe jetzt, ich kann das nicht mehr." „Was kannst du nicht mehr, Anthony?" „Dich in diesem Zustand sehen." „Was meinst du für einen Zustand? Hast du geglaubt, ich könnte meine Gefühle für dich ignorieren, weil es nichts leichteres auf der Welt gibt als das?" „Das dürfen wir nicht! Hast du das etwa vergessen?" „Vergessen? Verflucht nochmal, Anthony!" Meine Kraft verließ mich, und mir wollten keine Worte einfallen, die meiner Herzregung entsprochen hätten. Ich schüttelte ungläubig den Kopf und sprach sanft: „Anthony, bitte… bitte geh'… denn auch ich habe keine Kraft mehr…" Bestürzung war ihm ins Gesicht geschrieben, vielleicht sogar Verzweiflung… obwohl ich ihn nicht anblicken wollte, sah ich, dass selbst dem wortgewandten Doktor die Worte fehlten. „Maddie, bitte beruhige dich und schlaf ein wenig…" „Sag' mir nicht, was ich tun soll! Du liebst mich ja nicht! Du, nein du liebst mich nicht, und es fällt dir so leicht zu vergessen, dass es da eine Verbindung zwischen uns gibt, wir diese Momente geteilt haben, du leugnest es, willst davon nichts wissen, da du dein Vergehen verheimlichen willst! Du bist ein Feigling, ein Feigling, oder du liebst mich wirklich nicht und ich bin verrückter, als ich glaubte zu sein!" „Madeline, was willst du von mir… ich kann dir nichts von dem geben, was du dir wünschst!" „Ich erwarte nichts von dir, Anthony, ich bin müde, müde des Lebens und seiner Tragödien, dieses Theaters. Ich ertrage keinen Kummer mehr, keine Abweisung mehr von dir. Der Teufel lässt mich nicht mehr los! Ich bin ausgeblutet, ich verblute, und niemand sieht, dass jedes Mal, wenn du gehst, ein weiterer Teil meines Herzens stirbt! Es ist nicht mehr auszuhalten… Ich ertrage keinen weiteren Abschied mehr von dir. Welches Wesen ist in der Lage, diese Qualen zu erleiden? Ich bin es nicht, nicht mehr…" „Verdammt nochmal, Madeline… Ja… Ich denke an die Frau im blauen Kleid, mit der ich die Nacht durchgetanzt habe, mit der ich Gespräche geführt habe, die ich zuvor mit niemandem geführt habe, die Frau, die sich aufopferungsvoll um ihre Familie kümmert, die Klavier spielen kann, bis es einem schwindelig wird und man glaubt, in einer anderen Welt zu sein, ich bin glücklich, wenn ich an die Frau denke, deren Seele ich beim Anblick ihrer Augen wieder erkenne… Ich denke an die Frau, die klug, zurückhaltend und wunderschön ist… an die, die mich mit ihrer elfenhaften Erscheinung vom ersten Augenblick an verzaubert hat... Herr Gott, Madeline… Ist es das, was du willst, dass ich dir meine Sünde offenbare? Bessert es die Umstände dann… Du weißt, wir werden niemals zusammen sein… Ich breche meinen Treueschwur nicht! Ich komme um vor Sorge, es schmerzt mich tiefer, als du glaubst, dich leiden zu sehen. Wo ist die Madeline Susannah, die mein Gedanke am Tag und mein Traum in der Nacht war? Glaube mir, dass nicht nur du alleine leidest! Ich will dir helfen, verstehst du, jeder hier in diesem Haus will das. Werde gesund, Madeline, akzeptiere es, dass ich bei meiner Frau bleiben werde! Ich habe mich bereits versündigt, denn wie ich es dir in dem Billett geschrieben habe:

Wenn ich auch nicht bei dir sein kann, so ist es doch mein Herz, das bei dir ist.

Sei sicher darüber, dass es dir vom ersten Tag an galt.

Das war es doch was du wissen wolltest..."

Ich fiel ihm weinend in seine Arme, er fing mich auf. Mein Herz bebte, ich zitterte am ganzen Leib. Wie ein kleines Kind drückte ich mich halt-suchend an seine Brust, er strich mir durchs Haar, hielt mein Gesicht in seinen Händen, blickte tief in meine Augen und ich sah ihn die Tränen zu-rückhalten. Ich küsste sanft seine Wangen, dabei schloss er seine Augen, und es war mir nicht möglich, an seinen Lippen, die nur hauchdünn von meinen entfernt waren, vorbei zu sehen. Zag-haft berührte ich seinen Mund. Seine Tränen be-feuchteten meine Nasenspitze, und er erwiderte angstvoll zitternd, aber voller Verlangen meinen Kuss. Es war der schönste Kuss meines Lebens, und die Worte, die er eben noch so ehrenhaft ausgesprochen hatte, verloren ihre Bedeutung. In der Seele war er ihr doch untreu… nicht, dass ich mich dadurch als Siegerin über sie sah… Die Gewissheit bedeutete für mich das Glück des Lebens, für mein Herz. Es bedeutete, dass ich nicht verrückt geworden war… Er schluchzte tief, wischte sich die Tränen fort und entließ mich aus seiner Umarmung. „Ich kann es doch nicht, Anthony, ich kann es nicht… Ich liebe dich...“ „Ich weiß, Maddie, aber du musst… Ohne eine Therapie wird sich dein Zustand nicht bessern, dein Mann und ich haben alles in die Wege geleitet, der Abstand wird dir helfen.“ „Wie soll man Liebe im Herzen therapieren, Anthony? Kannst du mir das sagen?“ „Madeline, du musst Ruhe finden, und dann wirst du die Kraft haben, mich zu vergessen...“ „Dich vergessen, ja…, wenn es so leicht ginge…“ Seine Worte überzeugten mich nicht, doch welche Wahl hatte ich? Er hielt mich noch einmal fest, gab mir einen Kuss auf die Stirn, sodass ich ruhiger wurde. „Werden wir uns wieder sehen, Anthony?“ „Madeline… Versprich mir, wieder gesund zu werden." „Ich verspreche es."

Als er gegangen war, begann ich, meinen Koffer für den Kuraufenthalt zu packen. Zu wissen, dass auch ich einen Platz in seinem Herzen hatte, verlieh mir einen bisher nicht gekannten Frieden, der mein wütendes Gemüt besänftigte.

„Ich liebe dich…

Und ich werde dich lieben,

nicht nur aus der Ferne, in einem anderen Universum,

einem anderen Leben,

zu einem anderen Zeitpunkt…

Werde ich dich lieben…

Ich werde weinen um die verlorenen Stunden,

ohne dich,

als ich nicht ich selbst sein konnte…

Die Zeit bleibt stehen und alles, die ganze Wahr-heit liegt klar vor uns.

Der, der du meine Hoffnung bist,

meine Hoffnung darauf,

dass du mich erkennst wie kein anderer Mensch…

meine ganze Hoffnung habe ich auf dich gesetzt,

alles.“

John begleitete mich zum Kurort. Die Anreise mit der Kutsche dauerte etwas mehr als vier Stunden. Die ganze Fahrt über hielt er meine Hand. Ich war für seinen Beistand sehr dankbar. Ich glaube, ohne ihn hätte ich es nicht geschafft… und meine Schuldgefühle plagten mich umso mehr. Ich hatte in den Jahren unserer Ehe mehrfach das Gefühl gehabt, es liege ihm nichts an unserem Bund, durch seine kühle und reservierte Art konnte er arrogant wirken, aber so war er nicht immer. Ich erinnerte mich an unsere erste Begegnung, die bei einem Fest stattfand. Er war damals sechzehn und ich fünfzehn Jahre alt. Es war der Geburtstag seines Großvaters, den mein Vater durch die Arbeit kannte. Wir beide langweilten uns sehr während der trockenen Erwachsenengespräche und er ging auf mich zu, mit der Frage, ob ich nicht mit ihm spazierengehen wolle. Wir blieben daraufhin brieflich in Kontakt, und sowohl ich als auch er besuchten einander im Laufe der folgenden drei Jahre regelmäßig ehe wir heirateten. Er vermittelte mir stets ein Gefühl von Leichtigkeit, denn in seinem Wesen lag wenig Nostalgie, keine Schwermut. Wir tauschten zu Anfang viele Liebesbriefe, und ich war glücklich an seiner Seite. Über die letzten Jahre schliefen diese zärtlichen Austausche ein, und er widmete sich mehr und mehr seiner Arbeit, auch unser unerfüllter Kinderwunsch trug dazu bei, doch jetzt war er für mich da, und es traf mich als er wissen wollte: „Madeline, nach dem Unfall mit Betsy, als du im Zimmer warst… da hast du den Namen von Dr. Bennett gerufen… wieder und wieder… warum? Es beschäftigt mich schon eine ganze Weile.“ Ich war auf diese Frage nicht vorbereitet, fühlte mich ertappt und genötigt, mich zu rechtfertigen, und stammelte: „Du weißt doch, wie ich bin, wenn ich einen dieser Anfälle habe, ich bin schlichtweg nicht zurechnungsfähig, es hatte nichts zu bedeuten… ich weiß nicht, warum ich nach ihm gerufen habe." Er streichelte meine Hand und erwiderte kein Wort, blickte aus dem Fenster der Kutsche, um den vorbeiziehenden Bäumen nachzusehen. Ich hoffte, er würde mir Glauben schenken, ich wollte ihn nicht verletzen, das hatte er nicht verdient…

Liebe sollte nicht schmerzen… vor allem darf sie nicht Menschen verletzen, die *WIR* lieben. Was würde meinem lieben Ehemann geschehen… das Herz würde es ihm zerreißen, und er würde glauben, ich liebe ihn nicht! Sind wir nicht verantwortlich für die, die wir lieben? Wir dürfen sie nicht verletzen, nicht eigensinnig, egoistisch, von Verlangen getrieben hintergehen und ihr Vertrauen missbrauchen, denn dies wäre die Sünde, mit der wir leben müssten, was der Tatsache folgt, uns früher oder später selbst zu erniedrigen. Wir würden uns selbst das Himmelreich verwehren…

Der Aufenthalt gestaltete sich durch Musiktherapie, Schreiben von Briefen, die nur meinen eigenen Augen bestimmt waren, und beschäftigte sich mit der Frage, wie ich mein Leben wieder in die Balance bringen sollte, welche zukünftigen Pläne zu einer positiven Lebenseinstellung beitragen können. Ich ging täglich spazieren und malte Bilder, von denen ich mir stets wünschte, sie freundlich zu gestalten, letztlich waren sie von dunklen Farben geprägt und wenig heiter. Ich benötigte Ruhe, um mit mir selbst in Einklang zu kommen, so konnte ich mit der Zeit auch wieder Schlaf finden, wenn auch unregelmäßig und oft am Tag anstatt in der Nacht. John war bei mir, die ganze Zeit über, ließ geschäftliche Dinge außer Acht oder delegierte sie, wenn die Angst mich überkam, war er für mich da. Für seine Unterstützung war ich ihm unendlich dankbar. Briefe von Vivienne sollten mich aufheitern, und auch den Dank für diese verspürte ich, doch wonach sich meine Seele sehnte, war eine Nachricht von ihm, die ausblieb.

So vergingen die Wochen, und die örtlichen Ärzte würden meine Behandlung bald abschließen. Mein Zustand hatte sich tatsächlich gebessert, der letzte Anfall lag weit zurück und der Tag der Heimreise war nicht mehr weit. An einem der letzten Tage vor Ende des Aufenthalts saß ich mit John beim Abendessen, und er richtete das Wort an mich: „Madeline, glaubst du, die Therapie hat dir geholfen, fühlst du dich besser und gestärkt?" „Ja, ich fühle mich um einiges besser…, ich danke dir, dass du das alles mit mir durchstehst." „Ich bin dein Ehemann, und alles, was ich will, ist, dass es dir gut geht und du glücklich bist."

„Hast du Dr. Bennett schon eine Nachricht zukommen lassen?" Ich war über seine Frage irritiert. „Wieso? …was meinst du, dass seine Kollegen mir helfen konnten?..." „Glaubst du, mir ist entgangen, dass du für ihn mehr als freundschaftliche Gefühle hegst?" „Ich… wieso glaubst du das? Das stimmt nicht." „Madeline… bitte… Ich liebe dich, nur möchte ich nicht die zweite Wahl sein, das möchte niemand..." „John… ich… ich liebe dich…" „Das mag sein Madeline, das glaube ich dir sogar, aber ihn liebst du offensichtlich mehr." „Nein…", erwiderte ich stotternd.

Ich dachte, mich in den letzten zwei Monaten rehabilitiert zu haben, stabil zu sein, aber mit einem Schlag war alles dahin. War ich doch von der Zuneigung und Anteilnahme unserer Beziehung gefestigt worden, der Unterstützung von ihm. Er hatte es die ganze Zeit geahnt, mir etwas vorgespielt und mich sogar unterstützt. Schuldgefühle, Selbsthass suchten mich heim, Scham. „Ich liebe dich doch, John." „Das tut nichts zur Sache, wenn du ihn mehr liebst. Ich werde Euch nicht im Weg stehen. Du bist frei, ich halte dich nicht auf und werde euch keine Schwierigkeiten machen. Schreib ihm..." „Das ist nicht dein Ernst?" „Was meinst du, Madeline?" Er aß weiter von der reichlich gedeckten Tafel, als wäre dieses Gespräch ein alltägliches. „Ich meine… seit wann weißt du…?" „Ich war ein Tölpel, der es viel zu spät bemerkt hat, weil ich zu oft mit mir selbst beschäftigt war… Ich bin doch kein guter Ehemann gewesen, aber sei dir sicher, dass ich stets das Beste für dich wollte, für uns. Ich wünschte, du hättest mich einmal so angesehen, wie du ihn ansiehst…, aber so ist es nun einmal, und ich akzeptiere es… „John… Es tut mir leid…" „Schon gut, schon gut, erspare mir die Dramatik, ich habe mich damit bereits seit einigen Wochen abgefunden. Jetzt geh' und schreibe dem ehrenwerten Dr. Bennett, dass du ihn sehnsüchtig erwartest." „Ich wollte niemals unsere Ehe zerstören, John, ich wollte das alles nicht! Das war doch mit ein Grund, warum es mir so schlecht ging, nicht nur alleine wegen Lanas Tod, ich wollte das nicht! Ich will mit dir Leben, du bist doch mein Ehemann, John!" „Vielleicht will er sich auch nicht von Celeste trennen, und du willst deshalb bei mir bleiben, aber so oder so, Maddie, ab jetzt bist du dir selbst überlassen, es ändert doch nichts an der Tatsache, dass wir so nicht weiter machen können. Ich reise morgen früh ab und überlasse dir den Zeitpunkt zu bestimmen, wann du es der Familie sagen wirst, aber vielleicht wissen sie es schon, und du hast mich zu einem größeren Narren gehalten als ich bislang dachte..." Welche Worte wären in der Lage gewesen, seinen

Schmerz, seine Enttäuschung zu lindern... Welche Rechtfertigung hätte mir die Schuld nehmen können? Keine. Betroffen stand ich auf und ließ ihn alleine am Tisch zurück. Ich suchte seinen Blick, doch er sah nicht mehr zu mir hoch. In meinem Zimmer wusste ich nichts zu tun... Gerade als ich dachte, mein Leben wieder kontrollieren zu können, stand ich nun erneut vor einem Scherbenhaufen ohne ein Wissen darum, was ich noch tun könnte. Mein Leben lag endgültig in Trümmern, endgültig war alles dahin, was ich liebte. Ich fühlte mich wie eine Hure, eine Verräterin… das Salz der Tränen brannte in meinen Augen, ich zitterte, spürte die Wut in meinen Adern aufsteigen. Gequält, gepeinigt über die Erkenntnis der Selbsttäuschung und Enttäuschung. Mein Leben war geworden, wie ich es nie für möglich gehalten hatte. Als ich vor Erschöpfung starr geworden war, eingerollt auf dem Teppich lag, fuhr ich mit meinen Fingern die Muster des Blumenteppichs nach. Blaue und rote Schnörkel, ich regte mich, setzte mich aufrecht und erblickte sie empor des Stoffes steigen, wie sie tanzend sich Blume um Blume im

Kreise hinauf zur Decke bewegten und zum Himmel hinauf schwebten, ich inmitten dieses Blumenstrudels meiner Sinneswahrnehmung verfallen war. Der Schmerz breitete sich in meinem ganzen Körper aus, und jede Zelle verlor den Sinn zu existieren. Ich spürte meine Gedärme und wünschte, sie anfassen zu können, um sie einzeln nach und nach in zwei Teile teilen zu können, um so den Schmerz meines Herzens nicht mehr spüren zu müssen. Ich verachtete niemanden mehr als mich selbst. Der Kummer ist tiefer als jede bekannte Trauer. Ich kann nicht mehr, ich kann nicht mehr... „Da hast du es! Sünderin, Sünderin! Huren wie du sind dem Fegefeuer geweiht." Lange war sie fortgeblieben, die Stimme, aber jetzt war sie wieder in meinem Kopf und die Worte erklangen: „Hure, Hure, du verdammte Hure." „Aufhören! Aufhören! Bitte! Bitte! Ich gehe doch, ich gehe doch."

Nachdem ihre Stimme mich am späten Abend endlich verlassen hatte, war ich in meinem Verstand so klar wie lange nicht mehr. Es blitzte und donnerte gewaltig draußen. Rasch zog ich meine

Schuhe an und griff nach meinem Regencape.

Das ganze Haus schlief, leise verließ ich es. Ohne einen Abschied sah ich meine einzige Hoffnung darin, mich in Gottes Hände zu begeben. Die Kutsche am Stadtplatz brachte mich noch am selben Abend in das nächstgelegene Kloster, nachdem ich einen kleinen Koffer mit Wäsche und Kleidung gepackt hatte. Wenn Gott meine Reue und Ernsthaftigkeit erkennen würde… ja dann… könnte er mir vielleicht vergeben… möglicherweise sogar ich mir selbst, und ich beschloss zu gehen, ohne auf wiedersehen zu sagen...

Der Kutscher war ortskundig und erklärte mir, dass das Kloster St. Clara nur eine halbe Stunde entfernt lag. Ich hatte des Öfteren von diesem gehört. Mich fröstelte, ich fühlte mich ausgelaugt, ausgemergelt, und gleichzeitig spürte ich, wie mein Puls in die Höhe schnellte. Ich bangte um meine Seele, und ich sah keinen anderen Ausweg, als mein altes Leben hinter mir zu lassen, in dem ich mich versündigt hatte, vom Wahnsinn getrieben jene verletzte, die meinem Herzen am nächsten waren. Es war bereits nach dreiundzwanzig Uhr, als ich zaghaft an die Türe des alten Klosters klopfte. Es dauerte nicht lange und eine rundliche kleine Dame, Mitte fünfzig, öffnete mir. „Guten Abend, junge Frau, was wollen Sie hier?“ „Ich… Entschuldigung, dass ich Sie so spät noch störe, ich wollte Sie fragen, ob ich für eine Weile bei Ihnen bleiben dürfte?“ „So… sind Sie Christin?“ „Ich… ja…“ „Kommen Sie herein, Essen gibt es heute keines mehr.“ „Ja, nicht nötig, danke, ich habe keinen…“ „Kommen Sie mit, aber leise, die Schwestern schlafen schon.“ Mit einer Öllampe in der Hand ging sie mir voran, und wir durchliefen einen langen dunklen, kühlen Korridor. Das letzte Zimmer auf dem endlos langen Flur sperrte sie auf, nachdem sie zunächst den Schlüssel nicht fand. „Fünf Uhr morgen früh ist Aufstehzeit, danach gibt es Frühstück, im Anschluss werden Sie sich in die Gemeinschaft integrieren. Mein Name ist übrigens Schwester Marianne.“ „Sehr freundlich von Ihnen, mein Name ist Madeline.“ „Dann wünsche ich Ihnen eine gesegnete Nachtruhe,

Madeline." „Vielen Dank, das wünsche ich Ihnen auch." Die Nacht über war ich geplagt von Schuldgefühlen, wusste nicht, ob ich die richtige Entscheidung getroffen hatte oder wenigstens Viv hätte Bescheid geben sollen, wo ich war, aber was hätte es schon geändert… An Schlaf war nicht zu denken, doch als ich noch ein Kind war, da sagte meine Mama immer: „Selbst, wenn du nicht schlafen kannst, gönne deinem Körper Ruhe." Ich war bemüht, auf der dünnen Matratze Ruhe zu finden. Ich erkundete mit meinen Augen das Zimmer, in dem es kein Fenster gab. Ein Stuhl, ein Tisch und ein kleiner Schrank aus Holz befanden sich in ihm. Mir war das Herz so schwer wegen der Worte, die John zu mir sprach, er musste mich für das schlechteste Weib hal-ten… es schmerzte tief, war er doch derjenige, auf den ich letztlich immer bauen konnte… Was war nur aus meinem Leben geworden, an welcher Gabelung war ich falsch abgebogen und vor al-lem, konnte ich den Weg noch einmal begradi-gen? Ich glaubte nicht… Was hoffte ich hier zu finden? Ruhe? Frieden? Gottes Vergebung!

Wie angekündigt klopfte es fünf Uhr morgens an der Türe, sodass ich unsanft geweckt wurde, wenngleich ich erst vor einer Stunde zur Ruhe gekommen war. Ich war froh, dass mich hier niemand kannte und ich vorurteilslos ohne Fragen für unbestimmte Zeit aufgenommen wurde. Ich zog mich an und folgte den anderen Damen. Überwiegend befanden sich ältere Ordensschwestern im Kloster, umso überraschter war ich, als ich inmitten von ihnen ein junges Mädchen erblickte. Als sich unsere Blicke trafen, schenkte sie mir ein einladendes freundliches Lächeln. Sie hatte langes blondes Haar, ein lebendiges Wesen, blaue Augen, rosa Wangen. Sie war von kleiner, zierlicher Statur und vielleicht gerade volljährig. Bemerkte sie, dass ich sie beobachtete, oder erkannte sie mein hilfloses Umherirren in dem kalten ungemütlichen Kellergewölbe? Tatsächlich kam sie auf mich zu, berührte sanft meine Hand und sprach herzlich: „Guten Morgen, mein Name ist Estelle, wer bist du?“ Sie erinnerte mich an Lana, in ihrer ganzen Art, sich zu bewegen, zu sprechen, sodass ich dachte, sie musste es sein.

Als ich nach einigen Sekunden immer noch nicht antwortete, sprach sie weiter: „Bist du gestern Abend angekommen?" „Ja, ja… entschuldige, mein Name ist Madeline, ja gestern Abend, eigentlich in der Nacht." „Freut mich, dich kennen zu lernen." „Freut mich auch." „Na, was machst du hier?" „Ich… ich hörte, dass es hier irgendwo Frühstück geben soll, mein Magen knurrt fürchterlich", und wich damit der Ernsthaftigkeit ihrer Frage aus. „Frühstück ist ein überzogener Ausdruck, es sind zwei, drei Löffel einer klebrigen Masse, die meistens von Schwester Monique gereicht wird, aber man gewöhnt sich daran, und irgendwann hat man keinen Hunger mehr." Sie lachte, nahm mich wie selbstverständlich an die Hand, und zusammen reihten wir uns am Tisch der Essensausgabe ein. Ich gähnte und wollte von ihr wissen: „Steht ihr hier immer so früh auf? Es ist ja noch dunkel draußen." „Ich fürchte, daran musst du dich gewöhnen, wenn du vor hast, länger hier zu bleiben. Wirst du länger hierbleiben?" „Ich weiß es noch nicht, wahrscheinlich schon." „Schwester Agatha erklärt immer: Der frühe Vogel fängt den Wurm und ruhen können wir, wenn wir zurück in des Herren Haus kehren." Ihre Aussage überraschte mich keineswegs. Es wurde gewartet, bis jede ihren Platz eingenommen hatte, dann sprach eine ältere Dame das Vaterunser, in das wir alle mit einstimmten. Mittlerweile war der Brei ausgekühlt. Während des Frühstücks war es verboten zu sprechen.

Estelle hatte, was das Essen anbelangte, nicht zu viel versprochen. Eine zähe dickflüssige Masse klebte an meinem Löffel, welche ich mühevoll mit Hilfe meiner Zähne und Zunge versuchte, von selbigem herunter zu bekommen. Danach wurden wir in Gruppen eingeteilt, ich schätze, es waren um die dreißig Frauen anwesend, von denen die meisten die Fünfzig überschritten hatten. Eine Gruppe wurde für die Gartenarbeit eingeteilt, die nächste für den Kochdienst und die andere für Reinigungs- und Wäschearbeit. Bisher kannte ich nur Estelle, außer der Oberschwester Marianne, die mich gestern empfing, und ich war froh, mit Estelle für die Garteninstandhaltung sorgen zu dürfen. Mit Sonnenaufgang begannen wir, Unkraut zu jäten, neue Setzlinge wurden gepflanzt, Kartoffeln, Karotten und Tomaten geerntet. Insgesamt herrschte eine wortkarge bis gänzlich stille Atmosphäre. Jede ging akribisch ihrer Arbeit nach. Flüsternd stellte sie mir erneut die Frage von heute Morgen: „Jetzt sag' schon, was hat dich hier er verschlagen?... Ich sehe, du bist verheiratet." Sie blickte auf meinen Ehering. „Ist er gestorben?", wollte sie wissen. „John… nein. Er… ich habe einen Fehler gemacht und es… es ist kompliziert." Eine der Schwestern sah uns ermahnend an, als sie unsere Unterhaltung mitbekam. Mit gesenktem Kopf, da wir es beide bemerkten, führten wir stillschweigend unsere Arbeit fort. Nach einer Weile, als sich Estelle sicher war, dass die Aufseherin, welche Anouk hieß, abgelenkt sei, fing sie erneut an: „Was kannst du nur für einen Fehler gemacht haben? Ich finde dich sehr lieb." „Du kennst mich doch gar nicht", entgegnete ich ihr flüsternd. „Miss Tivial", erklang echauffiert Anouks Stimme. „Entschuldigen Sie Madame, ich werde keinen Ton mehr sagen, ich wollte nur etwas über unser neues Mitglied erfahren." „Jetzt ist nicht die Zeit dafür, Miss Tivial, Sie haben von der Gemeinschaft eine Aufgabe erhalten und es gilt, sich in dieser Zeit ausschließlich darauf zu besinnen." „Natürlich", antwortete sie ein wenig eingeschüchtert.

Für meinen Geschmack war Estelle recht neugierig, aber sie hatte eine sehr liebenswerte Art an sich. Sie sprühte vor Energie und wirkte aufrichtig dabei, das mochte ich an ihr. Am Abend, als alle anderen schon in ihren Zimmern waren und sich dem Abendgebet widmeten, klopfte es an meiner Türe. Es war Estelle, jemand anderen hatte ich auch nicht erwartet. Hastig, dennoch leise, schlüpfte sie durch den Türspalt hindurch und machte es sich auf meinem Bett gemütlich. „Was machst du hier?", wollte ich von ihr wissen. „Wenn das irgendwer mitbekommt, dass du nicht in deinem Zimmer bist…" „Ach, Madeline, sei keine Spielverderberin. Ich fühle mich so schrecklich einsam in dem kalten unfreundlichen Raum, Zimmer kann man diese Abstellkammer wirklich nicht nennen. Ich glaube kaum, dass du diesen Ort hier genießen kannst, ich meine, so ganz ohne Gesellschaft, oder?" „Ich… ich komme ganz gut zurecht…" „Aha", erwiderte sie und lag inzwischen in einer Gemütlichkeit auf der dünnen Matratze, als wenn es ganz selbstverständlich wäre. Ihre Hände auf den Bauch gelegt und die kahle Steindecke anstarrend, aber auf ihrem Mund lag ein Lächeln. Sie verwunderte mich, doch war mir ihre Anwesenheit keineswegs unangenehm. Ich setzte mich auf den Stuhl, der in der Ecke des kleinen Zimmers stand. Eine Weile schwiegen wir, ehe sie begann: „Also, Maddie… Ich darf dich doch Maddie nennen, oder?" „Wie du willst…" „Ich glaube, du bist ein verschlossener Mensch, sozusagen eine harte Nuss, die man knacken muss, der man erst von sich etwas geben muss, bevor sie sich jemand anderem öffnet… deshalb erzähle ich dir von mir... Weißt du, ich bin seit vier Monaten hier, und trotz der Strenge und des fehlenden Spaßes bin ich glücklich, weil ich hier sicher bin, das hoffe ich zumindest." „Sicher?", fragte ich sie. „Ja, sicher." „Warst du das in deinem zu Hause etwa nicht?“ Ein stiller Moment herrschte, dann erzählte sie weiter: „Nein. Meine Eltern sind schon lange tot, und meine Tante starb vor einem Jahr, sie hat mich großgezogen, sie war toll…, hab‘ sie sehr lieb gehabt… Ihr Mann allerdings ist kein feiner Mensch und er… Ich habe es nicht mehr ausgehalten und bin geflohen, hier nach St. Clara. Ich bete jeden Tag zu Gott, dass er mich hier niemals finden wird. Willst du auch für mich beten, Maddie?“ Ich war mir nicht sicher, was die Andeutung diesen Mann betreffend tatsächlich zu bedeuten hatte, aber ich empfand Mitgefühl mit ihr, dass ihre einzige Bezugsperson verstorben war und sie gezwungen gewesen war, sich aus den Fängen eines „nicht feinen Menschen“, wie sie sagte, zu befreien, und sie dafür als einzige Lösung das Kloster sah. „Ich werde für dich beten, Estelle.“ „Das ist wirklich lieb von dir.“ „Wie lange wirst du hierbleiben?“, wollte ich von ihr wissen. „Solange es nötig ist, zumindest, bis ich volljährig bin, bis ich einen Ehemann finde oder genug Geld habe, um unterzutauchen... das wäre die beste Lösung… Am

liebsten würde ich mich einer Gruppe von Tänze-
rinnen anschließen. Meine Tante Henriette hat
mir Jahre lang Ballettunterricht bezahlt, ich bin
gut, wirklich." „Das finde ich schön", antwortete
ich und fragte mich, wieso sie eine so große
Angst quälte…, dann erzählte ich: „Ich tanze
auch gerne oder… ich habe es zumindest früher
gerne getan." „Erfahre ich also doch noch etwas
von dir", sie lächelte. „Wieso hast du damit aufgehört?" „Kennst du das Gefühl, dich selbst verloren zu haben? Wenn alles nur noch schmerzt
und du weder ein noch aus weißt, wenn kein Tun
mehr Sinn ergibt?" „Das Gefühl von Hilflosigkeit
meinst du?" „Ja." „Natürlich, aber deswegen solltest du nicht mit dem Tanzen aufhören, finde
ich." „Naja… ich empfinde keine Freude mehr,
warum sollte ich es dann tun?" „Ach, Maddie, sei
kein Trauerkloß. Was ist mit deiner Familie?"
„Meine Mutter ist gestorben, mein Vater wurde
als nicht mehr gesellschaftsfähig deklariert und
meine Schwester beging vor einigen Jahren
Selbstmord. Ich habe die Verbindung zu meinem
Mann verloren, da ich einen anderen mehr liebe

als ihn." Mitfühlend dreinblickend entwich ihr: „Oh je, oh je… das ist hart, Madeline. Tut mir ehrlich leid." „Das muss es nicht, nur bin ich am Ende meiner Kräfte, und nichts und niemand vermag mir zu helfen. Ich bin zu jemandem geworden, der ich nie sein wollte. Ich ertrage mein eigenes Spiegelbild nicht mehr…" „Was ist mit dem anderen Mann, liebt er dich denn nicht?" „Sein Herz gehört einer anderen, mit der er schon viele Jahre verheiratet ist und eine Familie hat." Sie sah mich mitfühlend an und stieß einen tiefen Seufzer aus. „Und was hast du jetzt vor?" „Wenn ich das wüsste…" Ich war von mir selbst überrascht, ihr gegenüber so offen zu sein, doch es tat gut, darüber zu sprechen. „Weißt du, ich habe alles verloren… es schmerzt so sehr und ich kann nicht vergessen…" Ich fing zu weinen an und sie nahm mich in ihre Arme. „Es tut mir leid, du denkst bestimmt, ich sei verrückt…" „Wieso? Nein!" „Dir geht es schließlich auch nicht besonders gut, und ich belästige dich auch noch mit meinen Problemen…" „Ich wollte ja wissen, was mit dir los ist." Ich sammelte mich, schnäuzte meine Nase und lenkte das Gespräch wieder auf Estelle, indem ich sie fragte: „Was hat er getan? Der Mann von deiner Tante?“ „Was Männer eben mit Frauen tun können…“ „Du meinst…?“ Sie nickte mit beschämt gebrochenem Gesichtsausdruck. „Das darf nicht wahr sein!“, stieß ich entsetzt vor. „Nach dem Tod meiner Tante wollte er mich heiraten, wogegen ich natürlich protestierte, mich mit Händen und Füßen wehrte. Jeder Fluchtversuch schlug fehl, bis zuletzt. Er darf mich niemals finden, Madeline! Er wird mich in ein Zimmer sperren und mich wie seinen Besitz, seine Gefangene halten, mit der er jederzeit alles machen würde, was ihm beliebt!“ „Du hast niemanden, der dich vor ihm beschützt?“ „Nein, sonst wäre ich nicht hier.“ Ich war fassungslos. Was ihr widerfahren war, tat mir im Herzen weh, und ich war bestürzt darüber, mit welcher Angst sie leben musste. Darüber hinaus sah ich, dass ich durchaus nicht der einzige Mensch war, der sich in einer aussichtslos schmerzhaften Situation befand.

Wir wurden zu engen Vertrauten, Freundinnen. Die Schwestern bemerkten das wohl und sahen glücklicherweise kein Problem darin, sodass wir stets in die gleiche Arbeitsgruppe eingeteilt wurden. Ich war froh, dass wir uns gefunden hatten, doch mich quälte mein Gewissen darüber, Vivienne und Lorna wortlos verlassen zu haben und ja... Papa… Doch was hätten sie schon von einem Wesen gehabt, dass nicht einmal mehr in der Lage war, sich selbst zu erkennen. Welche Bereicherung wäre ich für ihr Leben? Nein, es war das einzig Richtige, um ihretwillen, obwohl der Schmerz tief saß. Die Predigten von ihnen, obwohl sie mich liebten, würden mich doch nicht mehr belehren. Für mich ist alles zu spät, ich habe meinen Weg gewählt, den einzigen. Die Erkenntnis darüber, dass wir manchmal einen Entschluss fassen müssen, um die, die wir lieben, schützen zu können, erkennt im besten Falle zuerst nur derjenige, der der Verursacher dieser Misere ist, und im allerbesten Falle später diejenigen, vor denen der Gefallene sie schützen wollte. Es muss so sein. Deshalb möchte ich kein Trübsal blasen, sondern mutig Schritt für Schritt voran gehen, auch wenn es im Bewusstsein geschieht, es nicht allen recht machen zu können. Das kann und wird niemals funktionieren, da Gott uns den eigenen Willen geschenkt hat und dementsprechend Fehler nicht zu vermeiden sind, wir mit jedem Fehler lernen dürfen. Jeden unserer Schritte müssen wir behutsam wählen, da jeder Fußtritt dich auf einen Pfad führt, den du zu rechtfertigen hast, wodurch Entscheidungen getroffen werden. Du kannst andere nach dem Weg fragen, doch woher sollen sie den für dich den richtigen kennen? Vielleicht bedarf es für die Erkenntnis des Wahrhaftigen mehrerer Leben... Wir sind, *wer* wir sind, wir sind, *was* wir sind, wir sind… *alle Menschen…* ein Gedanke Gottes, und ich überlegte reumütig, wie eine Kämpferin, was ich an guten Dingen gegen Ende meines Daseins tun könnte, denn mit dem Leben hatte ich abgeschlossen.

Estelle war diejenige, die mir wieder Leben einhauchte, die mich daran erinnerte, dass selbst, wenn es für mich keine Hoffnung mehr gäbe, ich auf meinem letzten Weg mein Dasein dazu nutzen wollte, um ihrer leidenden Seele zu helfen. Da sie mich so sehr an Lana erinnerte und mir das

Leben mit ihrer Anwesenheit heller erscheinen ließ, nannte ich sie „Stella".

Eines Abends klopfte es wie so oft an meiner Türe, Stella sprach mit angsterfüllten Augen zu mir. „Ich kann nicht schlafen, Maddie, obwohl ich wirklich müde bin, aber jedes Mal, wenn ich die Augen schließe, sehe ich ihn vor mir, spüre seine Hand an meinem Arm zerren, und ich erinnere mich an die Schmerzen, die er mir damals zufügte." „Das verstehe ich, Estelle, das muss schrecklich sein." „Kannst du ein Geheimnis für dich bewahren, Maddie?" „Natürlich." „Weißt du, als mir die Flucht durch den Keller gelang, da habe ich eine seiner Waffen stibitzt. Ich hatte solche Angst, dass er meine Abwesenheit zu schnell bemerken würde und mich verfolgt. Der Zufall eilte mir zu Hilfe, denn da er dachte, ich sei gefesselt, ließ er die Waffe im Schrank. Sie ist geladen, und ich schwöre bei Gott, sollte er hier jemals auftauchen, ich würde ihn, ohne mit der Wimper zu zucken, abknallen." „Das hat keiner der Schwestern bemerkt, ich meine, dass du hier mit einer Waffe hineinspaziert kamst?" „Ich hatte meine Tricks, sie vor ihnen bislang verborgen zu halten, und so wird es bleiben." „Ich kann dich verstehen!"

Als sie beinahe jede Nacht, erwacht aus einem schrecklichen Traum, der ihrer Erinnerung entsprang, verstört mein Zimmer aufsuchte und sich krampfend, weinend in meine Arme stürzte, als ich nicht wusste, ob sie noch träumte, als sie stetig luftringend seinen Namen schrie: „Nein, Clive, nein, lass mich los!!!", da fasste ich einen Entschluss. In mir rührte sich ein Kampfgeist, welcher sich gegen die Ungerechtigkeit richtete. Ich wollte Rache nehmen. Rache an Owen Ferris und Clive McDonald, sie haben das Leben zweier unschuldiger Mädchen erschüttert wie niemand sonst. Die Hüterin der Gepeinigten, die unverschuldet in eine nicht christliche Situation geraten sind, die wollte ich sein. Etwas in mir war bereit… bereit, allen Konsequenzen zum Trotz die wirklich Niederträchtigen, die frei von Liebe und Verantwortung sind, die Machtbesessenen zu strafen… wie auch immer… der Teufel trägt viele Umschreibungen, doch nicht die der Liebe, weder die des Besitzanspruches noch die der Demütigung, geschweige denn des Sadismus. Wir dürfen vor Ungerechtigkeiten die Augen nicht verschließen. Ich musste diese Monster beseitigen, das wurde mir Tag für Tag klarer, und da ich keine Angst mehr hatte, fiel mir die Entscheidung leicht. Es galt, an der Umsetzung zu arbeiten und sie letztlich zu vollziehen. Owen zu erledigen, sah ich für mich nicht als das größte Problem, ich musste alleine mehr über diesen Clive in Erfahrung bringen, um ihn zur Strecke zu bringen.

Vielleicht befinde ich mich tatsächlich auf dem falschen Weg, doch meine Entscheidung ist gefallen, die Peiniger, die Mörder zu bezwingen, um so Gerechtigkeit einzufordern, um weitere Schande zu vermeiden und so folglich die Verbrecher nicht ungestraft verweilen zu lassen.

In den nächsten Tagen brachte ich durch Estelle immer mehr über Clive in Erfahrung, über sein Aussehen, den Ort, wo er lebte, sein Alter. Ich ging mit meiner Recherche vorsichtig vor, da ich darauf bedacht war, ihre Wunden nicht wieder und wieder unnötig offen legen zu müssen. Ich fand heraus, dass über seine rechte Gesichtshälfte eine Narbe verläuft, die er seinem Vater zu verdanken hatte, als er noch ein Junge war, sei er von ihm in einem Streit attackiert worden. „Die Narbe ist sehr markant", erklärte sie mir und: „Er kommt aus einer zwiespältigen Familie. Ich habe öfters mitbekommen, wie er meinte Tante schlug." Vorsichtig tastete ich mich vor, um ihr Geheimnis um die Waffe zu erfahren... „Sag' mal, wo kannst du die Waffe nur versteckt haben, Stella, mir würde in diesem kleinen Zimmer kein Ort einfallen, an dem sie unbemerkt blieb." „Aber du darfst es niemandem verraten, du musst es schwören, Maddie!" „Natürlich nicht!" Sie stand vom Stuhl auf, rückte den kleinen Holztisch von der Wand weg und deutete mir: „Schau, ein Mauseloch. Ich musste es größer machen, damit sie reinpasst, aber darauf wird niemand kommen. Das Tischbein steht genau davor, und ich lasse immer meinen langen Mantel auf der Stuhllehne, er ist lang genug, dass man nicht näher hinsieht und mal ehrlich: Wer rechnet schon damit? Was denkst du?“ „Ich wäre auch nicht darauf gekommen, wirklich clever. Kannst du sie denn im Ernstfall auch benutzen?“ „Nun ja, ich gehe davon aus…, jedenfalls verschafft einem alleine der Besitz dieses Dings Respekt.“ „Könntest du denn damit umgehen?“ „Ich denke mehr oder weniger. Mein Vater hat mir früher bei der Jagd einiges über die Handhabe erklärt.“ „Ich will hoffen, dass du nie in die Situation kommst, sie abfeuern zu müssen!“ „Ja, das hoffe ich natürlich auch, wer würde das schon wollen.“

Nach meinem beinahe zweimonatigen Aufenthalt in St. Clara fühlte ich des Abends, dass es Zeit war aufzubrechen. Noch einmal schlich ich mich in Estelles Zimmer, als die Schwestern schliefen und legte ihr eine roséfarbene Rose auf den kleinen Tisch, welche ich aus dem Garten gepflückt hatte, mit den Zeilen:

„Danke für deine Freundschaft – du erinnerst mich sehr an meine Schwester! Dein Herz ist mir nah!

*Tanze durchs Leben, bis dir vor Glück schwinde-
lig wird. Du wirst frei sein.*

Vergiss mich nicht…Stella…

In tiefster Verbundenheit,

Madeline."

Leise entnahm ich die Waffe dem Mauseloch.

„Liebster John,

*du sagtest, du wärst mir kein guter Ehepartner
gewesen, doch das ist nicht wahr. Ich war dir keine treue Gefährtin…*

*Vergib mir bitte…, eines Tages. Ich danke dir für
deine Liebe und Unterstützung. Du wirst für immer in meinem Herzen sein. Ich bin ein schlechter
Mensch, anders als du. Ich danke dir für alles…*

In Liebe, Madeline"

*„Zart, verletzlich, rein, wie eine weiße unbefleck-
te Feder hoffe ich zu sein. Aufrichtig werde ich*

ihm, unseren Herren, gegenüberstehen. Er wird sehen, dass ich mein Leben gegeben, um dich und die meinen schützen zu können. Es hat doch etwas Gutes, denn ich weiß, sie warten bereits auf mich, nicht alleine werde ich sein. Ich freue mich, sie wieder in meine Arme schließen zu dürfen. Ich weiß, ich bin dem Wahnsinn verfallen, ich weiß, meine Familie wird Trauer erfahren, doch wieviel mehr Leid müssten sie ertragen, würde ich weiter verweilen. Bitte vergib mir, Anthony, doch ich musste Owens Leben beenden, er nahm mir Lana. Bitte richte meiner Familie aus, dass ich sie liebe. Ich habe keine Angst. Wo Mut ist, ist keine Angst mehr.

Still und ruhig erlebe ich den letzten Morgen dieses Lebens, an dem ich diese Zeilen schreibe, die Vögel zwitschern lieblich froh, der Sommer kommt und ich gehe mit ihm, die Sonne strahlt in mein Gesicht und ich träume von Sonnentagen, die wir hätten erleben können. Ich träume von einer Schaukel, auf der wir uns verliebt und fröhlich, lachend emporschwingen und alles Wonne ist… Scheinen doch all´ die Jahre wie vergeudet, *derer ich dich, mein geliebter Anthony, zu meiner Seligkeit machte, doch gleich wie unabänderlich es auch ist, bin ich trotz alle dem dankbarer als ein Tier, das vor dem Verhungern gerettet worden ist, dich getroffen zu haben.*

Nun steht mir keine Kraft mehr zur Verfügung. Ich gehe, doch daran ist niemand schuld, nicht einmal ich selbst… Ich habe dich geliebt, vom ersten Moment an, als ich dich sah… auch wenn es niemals meine Absicht gewesen ist… als wäre Liebe herauf zu beschwören...

Lebe wohl, König meines Herzens,

mon trésor, mon âme, mon cœur.

Ich liebe dich,

für immer.

Deine Madeline Susannah"

Schnell gelangte ich zum Pferdestall, Jasper, von dem ich wusste, dass er das schnellste Pferd von allen war, erkannte mich, sodass er ruhig blieb und ich ihn satteln konnte.

Obwohl ich mir meines Plans absolut sicher war, zitterte ich am ganzen Körper, schließlich war es das erste Mal, dass ich einen Revolver in der Hand hielt, mit der Absicht, ihn zu benutzen. Schweißperlen kitzelten auf meiner Stirn, die sich mit dem herabkommenden Regen vermischten. Der Wind peitschte das Wasser in mein Gesicht, mir war schrecklich kalt und es kostete mich große Mühe, das Zittern meiner Hand zu unterdrücken.

Ich lauerte vor seinem Anwesen, im Haus brannte Licht, und ich verschaffte mir durch leises Schleichen um das Haus einen Überblick, ob noch andere Personen anwesend waren. Die Dämmerung bot mir Schutz. Als ich sicher war, dass sich niemand sonst im Haus befand und es im Inneren dunkel wurde, ergriff ich meine Chance und öffnete die Eingangstüre mit Leichtigkeit, da sie unverschlossen war. Das Schnarchen des Monsters wies mir den Weg. Vorsichtig öffnete ich die

Schlafzimmertüre, ich wusste, im richtigen Zimmer zu sein, die Öllampe war hell. Clive schrak aus dem Bett hoch, als die Türe hinter mir zufiel. Ich erkannte die markante Narbe auf seiner Wange und sah in seine angsterfüllten Augen, obwohl ich die Waffe noch nicht einmal offenbart hatte, flößte ich ihm Schrecken ein. Mich vergewissernd, tatsächlich ihn vor mir zu haben, sprach ich ihn an: „Clive McDonald?" „Ja, was… was wollen Sie?" Innerhalb weniger Sekunden fasste ich in meine rechte Manteltasche, ergriff den Revolver, zielte in einem Abstand von ungefähr fünf Metern frontal auf ihn und drückte ab. Ein lauter Knall ertönte, der Revolver rauchte und er lag reglos in seinem Bett. Ich hatte ihn mitten in seine Brust getroffen, aus welcher das Blut floss. Ich ging näher zu ihm heran, um sicher zu gehen, dass er tatsächlich tot war, als ich ein Bellen vernahm. Ich zitterte am ganzen Leib. Da stand ein entsetzlich hässlicher Hund stolz und zum Angriff bereit vor mir, fletschte seine großen Zähne, und der Speichel floss aus seinem Maul. Reglos stand ich vor dem Vieh und betete zu Gott, dass

es nicht meine vorherbestimmte Strafe war von
diesem Tier zerfleischt zu werden. Als ich ruhig
vor Angst erstarrt vor dem Tier stand lenkte es
seine Aufmerksamkeit auf sein Herrchen, sprang
zu ihm aufs Bett und leckte ihm das herablaufen-
de Blut. Ich ergriff meine Chance, um zur Türe zu
gelangen, doch das Vieh musste bemerkt haben,
dass ich am Zustand seines Herren schuld war
und biss mich am Fuß, als ich es schon fast hin-
ausgeschafft hatte. Mit letzter Kraft schlug ich
der Bestie die Waffe auf den Schädel, knallte die
Türe zu, sperrte ab und rannte um mein Leben.
Als ich nicht mehr konnte und der Rausch der Tat
nachließ, übergab ich mich, zitterte mehr wie vor
der Tat, doch lange konnte ich nicht rasten, es bestand die Möglichkeit, dass jemand den Schuss
wahrgenommen hatte. Ich musste weiter, weiter,
um den ganzen Plan auszuführen. In meiner
Angst und Verwirrtheit begriff ich erst jetzt, dass
ich den Revolver fallen gelassen hatte, doch ein
Zurück gab es nicht. Was konnte ich nur tun, wie
sollte ich mein Vorhaben ohne eine Waffe voll-
bringen? Anthony! Er erwähnte mir gegenüber

einmal, im Besitz eines Revolvers zu sein, um im Ernstfall seine Familie verteidigen zu können.

Im größten Gewitter setzte ich meinen Weg fort. Als ich mitten in der Nacht ankam und er mir nach mehrfachem Klopfen die Türe öffnete, sah er mich erschrocken an und sprach: „Madeline, was ist passiert, was machst du hier zu dieser Uhrzeit? Geht es dir gut? Wo warst du die Monate über?" „Ich…, es tut mir leid, ich brauche deine Hilfe! Ich weiß, du besitzt eine Waffe, gib sie mir!... Bitte..." „Madeline, um Gottes Willen, wofür brauchst du eine Waffe?" „Vertraust du mir, Anthony?" „Ich… Madeline, du bist völlig durchnässt und aufgebracht, du musst dich beruhigen, komm' und setz' dich erst einmal und wir reden in Ruhe über alles." „Anthony, verdammt nochmal, ich will wissen, ob du mir vertraust, ich habe keine Zeit für Erklärungen." Ich sah, wie ihm die Tränen in den Augen standen und dann heruntertropften, ich sah, wie schwer es ihm ums Herz war, sah seine Verzweiflung. „Madeline, bitte, ich weiß nicht, was du vorhast, aber bitte tu es nicht! Ich flehe dich an, Madeline!" „Anthony, bitte gib mir jetzt die Waffe und ich gehe. Du willst doch nicht, dass Celeste und die Kinder wach werden." „Madeline, bitte… du bist nicht du selbst, lass uns über alles reden." „Anthony, es gibt nichts mehr zu reden, es gibt nichts, was mich davon abhalten wird." „Von was abhalten, was hast du vor?" „Ich werde Rache nehmen, Anthony, mein Entschluss steht fest, ich habe keine Angst. Vivienne und James werden es auch ohne mich schaffen, ich kann mich nicht für sie aufopfern." Ich ging ins Schlafzimmer, in dem ruhig atmend seine Familie schlief, Celestes Haar umspielte ihre helle zarte Haut. Wenn sie schlief, sah sie noch schöner aus. Leise öffnete ich die Schublade des Nachtkästchens. Ich lag mit meiner Vermutung richtig, die Waffe dort vorzufinden. Sachte nahm ich sie heraus. „Madeline, denk' doch nur an deinen Vater." „An meinen Vater, ja, das tue ich, aber wie ich dir bereits gesagt habe, ich kann mich nicht für alle aufopfern, und ich muss tun, was ich tun muss, um meinen Frieden zu finden." „Wie soll Frieden aussehen, wenn eine Waffe im Spiel ist? Madeline, was hast du verdammt nochmal vor?“ Ich antwortete ihm nicht und verließ leise das Schlafzimmer, um dann sein Haus zu verlassen. Er versperrte mir die Türe und kauerte zu meinen Füßen am Boden, schluchzend mich anflehend, nicht zu gehen. Ich sah ihn noch nie so verzweifelt. „Ich werde dich nicht gehen lassen.“ Ich kniete mich zu ihm hinunter, strich ihm sanft eine Strähne aus seinem Gesicht, die von seinen Tränen nass geworden war, sah ihn an und sagte ihm mit sanfter Stimme, flüsternd: „Welches Glück hat Gott mir zuteil werden lassen, dich kennengelernt zu haben, mein Herz, meine Seele. Ich werde dich immer lieben Anthony, aber du musst mich jetzt gehen lassen, verstehst du?“ „Nein, Maddie, nein… so muss es nicht enden.“ „Wie soll es denn enden? Hör‘ auf damit, Anthony, meine Reise neigt sich dem Ende und es ist nicht aufzuhalten.“ Ehe er antworten konnte, stand Celeste im Türrahmen mit ihrer Jüngsten auf dem Arm und sagte: „Madeline, was tun Sie hier? Was ist los, Anthony?“ Als er von ihr abgelenkt war, ergriff ich meine Chance, verpasste ihm einen sanften Stoß, riss die

Türe auf, entledigte mich meiner Briefe, indem ich sie zu Boden fallen ließ, sodass ich sicher sein konnte, dass er sie später lesen würde. Eilig hastete ich hinaus und schwang mich auf Jaspers Rücken. „Madeline!", hörte ich ihn meinen Namen rufen. „Madeline, tu es nicht, ich flehe dich an!" Umsonst war sein Betteln, ich saß bereits auf Jaspers Rücken und ritt schnell wie der Wind meines Weges.

Die Sonne würde schon bald aufgehen, mir blieb nicht viel Zeit, ich war in Eile. Bei Dunkelheit war es einfacher, ins Haus einzudringen. Jasper band ich ein Stück entfernt vom Anwesen fest, dass sein Wiehern mich nicht verraten konnte, den Rest des Weges beschritt ich zu Fuß zum Haus. Mit ruhiger Hand und Geschick gelang es mir, ein Fenster zu öffnen, durch welches ich leicht ins Haus hineinkam. Ich zog die Schuhe aus, um auf Zehenspitzen die Treppenstufen hinauf Owens Schlafzimmer zu erreichen. Auf halber Strecke hörte ich das Fenster auf- und zuschlagen, das ich vergessen hatte, zu schließen. Das Gewitter tobte immer noch und wehte es auf und zu. Ich hörte, wie das Glas zerbrach. Gleich darauf ging das Licht unten im Flur an und ein Diener im Schlafanzug bemerkte es. Panik ergriff mich, ich war so kurz vor meinem Ziel, und ein dummer Fehler sollte die Durchführung meines Plans erschweren, doch ich war weiterhin entschlossen. Ich hörte Charlottes aufgeregte Stimme: „Viktor, was war das? Viktor?" „Mrs. Ferris, der Sturm muss das Fenster beschädigt haben, das Glas ist herausgesprungen." „Um Himmels Willen, Viktor, wie kann das sein? War es nicht verschlossen?" „Doch, Mrs. Ferris, ich schließe stets die Fenster." „Sieh' bitte nach, ob jemand im Haus ist, mir ist unheimlich." „Natürlich, Mrs. Ferris, keine Sorge." Ich befand mich immer noch im oberen Stockwerk, versteckt hinter einem Vorhang, als ich Owen aus seinem Zimmer herauskommen sah. Er rief nach unten: „Mutter, was soll dieser Lärm mitten in der Nacht?" „Das Unwetter hat ein Fenster beschädigt." „Na dann lassen wir es morgen richten, was ist schon dabei?" „Ja, natürlich mein Junge, leg dich wieder schlafen." Als er mir den Rücken zuwandte ergriff ich meine Chance, sprang hinter dem dichten Vorhang hervor, packte ihn von hinten, umklammerte ihn mit meinen Armen am Hals und richtete dann die Waffe an seine Schläfe. „Bist du überrascht mich zu sehen Owen?" „Madeline", sprach er erschrocken meinen Namen. Von unten hörte ich meinen Namen erneut rufen, es war Charlotte die mich jetzt auch bemerkte." „Madeline, um Gottes Willen, was hast du vor?" „Nach was sieht es denn aus Tante Charlotte, was glaubst du denn?" „Madeline, bitte tue ihm nichts, lass meinen Jungen in Frieden." „Halts Maul Charlotte!! Weißt du, ich hätte mir diesen Auftritt auch gerne erspart, aber was soll ich machen, daran ist dein lieber Junge alleine schuld." „Willst du mich jetzt abknallen Madeline?" „Oh gut, gut erkannt Owen, du bist ja gar nicht so dumm wie ich dachte." Ich konnte mir ein sarkastisches Lachen nicht verkneifen und es machte mir Spaß ihn in Angst und Panik zu erleben. „Spinnst du, was hab ich dir getan?" „Das fragst du ernsthaft?" „Das fragst du mich ernsthaft?", schrie ich ihn lauter an und hielt die Waffe fester an seinen Kopf gedrückt.

Ich war rasend vor Wut. „Liebstes kleines Cousinchen, die so zart wie eine Butterblume ist, möchte ich mit dir zu den Sternen reisen und die Sonne in dein Herz legen". „Kommt dir das bekannt vor Owen? Na? Klingelts? Er schlug um sich und konnte sich aus meinen Fängen befreien, doch ich richtete die Pistole gezielt auf ihn als er im Begriff war die Treppen hinunter zu flüchten. „Keinen Schritt weiter Owen Ferris, ich erschieß dich von hinten! Vielleicht willst du noch ein paar Worte sagen- zum Abschied. Mir immer noch den Rücken zugewandt erhob er seine Arme in ergebender Stellung. Mami wird dir nicht helfen können. Ganz hilflos, ganz machtlos bist du jetzt… Du Dreckskerl! Aber ich kann dich beruhigen lieber Cousin, es wird nur kurz weh tun, nur so lange wie du um deine letzten Atemzüge ringst, wenn ich dich richtig treffe, vorausgesetzt. Allerdings bin ich im Schießen nicht geübt, es könnte also etwas schmerzhafter für dich werden." Er drehte sich zu mir herum, sah mich mit offenem Mund stumm an. „Was glotzt du mich so blöd an, schau' zu deiner Mutter, ich ertrage deinen Anblick nicht mehr, dreh' dich um." „Madeline, bitte…" „Du sollst dich umdrehen, verdammt nochmal! Du wolltest es so." „Du bist doch verrückt, das sagen alle schon lange und es ist wahr." „Auf die Knie!" „Was?" „Du sollst dich auf den Boden knien, hab' ich gesagt." Ein ironisches Lachen vermischte sich mit meinen Tränen, als er es in Todesangst tat. Wieder mischte sich Charlotte ein: „Madeline, mein Kind, du bist verwirrt, bitte lass' Owen doch in Ruhe, ich flehe dich an, beruhige dich!" „Ich bin nicht verwirrt, Tante Charlotte, ich nicht! Es war ihm egal, dass sie sich in ihn verliebt hatte, er hat sie erniedrigt, ihr sogar Hoffnungen gemacht! Du hattest sie niemals verdient, wegen dir ist sie…" Ich musste mich zusammenreißen, um die Nerven zu bewahren. Ich wischte mir die Tränen aus dem Gesicht, um ihn besser sehen zu können. „Ich habe nie…", fing er an. „Halt's Maul… halt' dein dämliches Maul, du Mörder." Er sprach weiter: „Das ist doch lächer…" Ich feuerte zwei Schüsse nach oben ab, sodass Teile der Decke herunterbrachen. Charlotte schrie heulend: „Hör' auf damit, Madeline, hör' auf!!!" Sie wimmerte weiter und sprach: „Nimm an mir Rache, aber lass' um Himmels Willen meinen Sohn frei." Erwartungsvoll starrte mich Owen mit erhobenen Händen weiter an. „Tu' schon ‚was sie sagt, Madeline", wandte er ein. „Dir gebührt mein tiefstes Mitgefühl, Charlotte, damit leben zu müssen, solch einen Bastard in die Welt gesetzt zu haben, der Leben zerstört hat, das ist ein übles Schicksal, beinahe so schlimm wie meines… Hätte ich deinen wahren Charakter doch schon früher erkannt, Owen! Du würdest deine eigene Mutter opfern, um dein erbärmliches Leben zu retten… das ist… ich weiß nicht, was ich sagen soll, Charlotte, ich würde sagen, du hast bei deiner Erziehung auf ganzer Linie versagt… Ist wirklich schade, dass es so enden muss. Sag' Mama ‚Gute Nacht', Owen." „Madeline, nein!", rief Charlotte, und ich hatte den Finger schon am Abzug, als stürmisch die Türe aufbrach. „Madeline! Nein!"

Es war Anthony, der meinen Namen schrie! Damit hatte ich nicht gerechnet. Er musste meinen Brief zu früh gelesen haben, andernfalls hätte er nicht gewusst, mich hier zu finden. „Anthony! Was willst du hier?“ „Hör‘ mir zu, wenn du ihn umbringst, kommt Lana deswegen nicht zurück. Du bist keine Mörderin, das bist du nicht.“ „Sag‘ mir nicht, was ich bin und was nicht, Anthony, verschwinde, das hier geht alleine mich etwas an. Ich habe schon getötet, und ich werde nicht zögern, die Welt von einem weiteren Monstrum zu befreien! Steh‘ auf“, befahl ich Owen und trat ihn gegen den Rücken, „steh‘ auf du, Dreckskerl! Beweg‘ Dich!“ Ich packte ihn an seinem Haupthaar, um dann die Pistole erneut auf ihn zu richten. Er befand sich endgültig in meiner Gewalt und es gab keine Möglichkeit mehr für ihn zu fliehen. „Maddie, du bist über Jahre hinweg stärker gewesen, als man es sich vorstellen kann“, sagte Anthony… „Du hast zu viel Schmerz erfahren müssen, den dein Herz nicht mehr tragen kann, und bist deswegen krank geworden… und das ist keine Schande. Du wirst wieder gesund, deine Nerven werden sich erholen, glaub‘ mir. Ich werde dich nicht alleine lassen.“ Ich weinte noch mehr, als ich seine Worte empfing, es zerriss mir das

Herz, als ich ihn so verzweifelt sah und seine Worte vernahm. „Geh' doch bitte, Anthony, das hier geht dich nichts an, das ist meine Sache, meine… so war das nicht geplant." Tränen liefen entlang meiner Wangen. „Du hast gesagt, du liebst mich, Madeline, dann lass' ihn gehen, bitte. Ich komme jetzt zu dir hoch, und du wirst mir die Waffe geben. Ich verharrte unverändert in meiner Position, Owen am Haarbüschel fixiert haltend. Dennoch ließ ich ihn gewähren, sich mir über die Treppe zu nähern. Als er ganz nah vor mir stand und meine Hand berührte, sah ich, wie er am ganzen Körper zitterte. Ich erkannte, wie er litt, wie schwer ihm das Herz war und ja…, ich glaubte zu erkennen, dass er mich liebte. Wie wunderschön er doch war… Ich versank im Blick seiner Augen, die mir seit Beginn wie seelenverwandt schienen, dachte daran, wie ich ihn das erste Mal sah, daran, wie wir getanzt hatten, wie wir gelacht hatten, daran, dass er mein zu Hause war, auf ewig... Wie glücklich wir hätten sein können, wir hätten reisen können, wo der Nordstern sein zu Hause weiß… Alle Hoffnung, die es nie gegeben hatte, die einer Sandburg glich, war dahin… jeder Lichtblick war gestorben… Ich ließ Owen los, denn mein Herz wurde sanft, besänftigt durch den Schmerz, der mich schwach werden ließ. Ich fiel Anthony in seine Arme, der mich unter Tränen festumschlossen an sich drückte. Ich erkannte, dass die Liebe zu ihm die Fähigkeit besaß, allen Hass und alle Schmerzen zu heilen und dass ich nichts anderes sein wollte, außer der Mensch, der ihn am meisten liebte. Inmitten dieser Dramatik erlebte ich meinen heiligen Moment, denn er sagte: „Ich gebe es zu, Madeline, ich gebe es zu: Ich liebe dich, ja, ich tue es und tat es schon immer. Ich hab' gelogen, all die Jahre! Alles wird gut, das wirst du sehen!" Tröstend hielt er mich in seinen Armen, meine Seele war gerettet. Leidenschaftlich küsste er mich und ich spürte, wie erleichtert auch er war. Dann sah ich ihm in die Augen und sagte: „Hätte ich gewusst, so zur Erfüllung zu gelangen, hätte ich es schon viel eher getan. Ich liebe dich so sehr, Anthony!

Warum? Sage mir, warum meine Seele ohne die deine nicht wirken kann. Muss ich doch nur in deine Augen sehen, um zu erkennen, dass ich machtlos bin.

„Ich habe eine weite Reise hinter mir, Jahre, die auf offenem Meer vergangen sind. Ich bin erschöpft, das lange schon. Ich schwamm weiter, in Gedanken an den Nordstern, wie er in der Mitte des Meeres mir erschien und mich zum Rasten einlud. Doch konnte ich nicht bleiben, war es klar.

Und ich lasse los den Fels im Meer, denn der Tod ist mir bestimmt, er empfängt mich mit offenen Armen und ich sage ja! Denn, wo soll ich ohne dich meine Bestimmung finden, wenn ich doch weiß, dass du sie bist… Jeder Abschied von dir ist wie ein langsames Sterben – es soll nur noch den einen geben.

Obwohl sich mir die Frage stellt, ob etwas von mir zurückbleiben wird, du dich meiner erinnern wirst, wenn ich gegangen bin...

Vielleicht werde ich erkennen müssen, dass meine Liebe, unsere Liebe Verschwendung war, nicht mehr als eine Verschwendung… an unnötigen

Hoffnungen, die Erkenntnis darüber, den Kampf verloren zu haben, und das Herz doch nicht die stärkste Kraft bedeutet, aber du dennoch die Liebe meines Lebens bleibst.

Mein letzter Gedanke,

Du und ich am Meere des Nordens, wo der Nordstern sein zu Hause weiß…"

Es fiel mir leichter, diesen grässlichen Ort der Materie zu verlassen, an welchen das menschliche Wesen aus Fleisch und Blut gebunden ist. Keine Angst war anwesend, da ich wusste, er ist da, er liebt mich… und ich musste gehen, da es ist, wie es in der Schrift heißt:

„Was Gott verbunden, soll der Mensch nicht trennen."

Dann spürte ich den vom Schweiß nass gewordenen Abzug deutlich an meinem Finger, setzte den Revolver an meine Schläfe und drückte ab.

„Du bist der Traum, den ich zu Grabe tragen muss,

der Traum, der uns beide betraf,

gestorben ist er, endlich, unabänderlich.

Mein Herz, es ist mit uns gestorben,

zurückgekehrt in des Vaters tröstenden Schoß,

wo die Masken der Liebe nicht vonnöten sind.“

„Ein Wunder war, dass ich dich traf,

Und als ich dich sah,

dein Aug, mir gleich, dem‘ meinen,

da wars mir klar,

dass alles, was ich je vermisst,

bei dir zu finden ist.“

„Endlos in meiner Erinnerung.

Edler Ritter bewegt und unbescholten,

dir hat meine Liebe gegolten.

Ich wollte springen und singen,

ich kann mich nicht besinnen.

Hoffnung keimte empor,

kurz bevor

ich dich erneut verlor.

Böses Erwachen

verstummte mein Lachen.

Meine Liebe, sie will dir gelten,

doch selten

werden Schein und Sein

Verbündete sein.

Ich verweile in der Klarheit der Nacht.

Ja, ich hab' an dich gedacht,

habe dir mein Herz vermacht.

Die Melodie, sie trägt mich,

doch ich erwache kläglich."